ジェイン・オースティンの語りの技法を読み解く

島﨑 はつよ

開文社出版

目　次

序　　章　Jane Austen の語りの技法
　　　　　──「自由間接話法」の研究と課題── ……………… 1

第 1 章　*Lady Susan* と *Northanger Abbey*
　　　　　──「書簡体」から「全知の語りの形式」へ── ………32

第 2 章　*Sense and Sensibility*
　　　　　──皮肉な声色を響かせる語り手と「仮定法」── ………63

第 3 章　*Pride and Prejudice*
　　　　　──静と動を演出する「直接話法」── ………………91

第 4 章　*Mansfield Park*
　　　　　──Fanny の成長と「話法」の選択── ……………121

第 5 章　*Emma*
　　　　　──Emma の内的世界からの分離── ………………148

第 6 章　*Persuasion*
　　　　　──「話法」による積極的なヒロイン像の構築── ………181

結　　論　……………………………………………………………210
参考書目　……………………………………………………………222
あとがき　……………………………………………………………233
索　　引　……………………………………………………………237

序章 Jane Austen の語りの技法
――「自由間接話法」の研究と課題――

(1) 文体論と Austen 作品の文体研究の意義

　Jane Austen（1775-1817）は、小説に「自由間接話法」を意図的に取り入れた、最初のイギリス作家だと言われる。[1]
　作家修業の時代に、Austen は、Samuel Richardson（1689-1761）の小説に代表される書簡体で創作を試みた。そして、複数の書簡の書き手がそれぞれ内面を吐露し、読者の共感を得る1人称の語りの手法をこの時期に修得した。しかし、その後、Henry Fielding（1707-54）らが用いた、全知の語りへと手法を変える。登場人物の発話や、物語の進行などを自在に操ることのできる語りの形式を選び取ったのだ。そして、その過程で、1人称形式と、全知の語りの形式との融合を図る。つまり、全知の語り手が持つ、作品世界を見通す安定した声色と、1人称で綴られる個々の登場人物の主観的な声色の、中間的な声色を響かせる「自由間接話法」を新たな技法として取り入れたのである。[2]
　「自由間接話法」は、叙述を、「語り手の叙述」から「登場人物の声色を含む叙述」へと移行する際に、これを円滑に運ぶ。19世紀中葉以降、内面描写を重視するヨーロッパ諸言語の小説家が急速に学んでいった技法である。「小説」の進むべき方向性に Austen が与えた影響は、この例1つを取っても計り知れない。
　ところが、20世紀に入ると、「自由間接話法」のみならず、「自由直接話法」をも駆使するモダニズム作家、James Joyce（1882-

1941）や、Virginia Woolf（1882-1941）などが現れた。1920年代に、かれらの実験的作品が発表されると、英文学者はその文体にいちはやく注目し、文体解明、文体分析に取り組んだ。これと比べると、Austenの文体研究は、相当立ち遅れている。

　今日、イギリス小説史上、Austenの「語り」が高く評価されているのは間違いない。人間の愚を鋭敏に捉えながらも、典雅なユーモアで包み込む、その筆致の秀逸さを認めないものはいない。しかし、文体研究の見地から、詳細な文体分析が行われているのだろうか。「語り」の効用は、理論的に解明されているのだろうか。残念ながら、内面描出に用いられる「自由間接話法」の機能など、細部にわたり研究されているとはいえない。また、「話法」の仕組みと「語り」の戦略を併せて解明する研究者も少ないといわざるを得ない。

　たしかに、Austenの「語り」の技法が際立つ Emma（1815）と、「意識の流れ」の手法を取り入れた Woolf の To the Lighthouse（1927）を並列させると、かなり異なった印象を受ける。Emma は、物語の筋が明確で、全知の語り手による叙述が多い。それに対し、To the Lighthouse では、読者は登場人物の意識のただ中に置かれる。

　Woolfの、登場人物の「意識の流れ」には、「自由間接話法」をはじめ、「直接話法」、「間接話法」、「語り手による発話・思考報告」、劇の独白形式に近い「自由直接話法」など、話法が複雑に組み込まれている。これらの話法が一文一句の細かい単位で変えられることで、登場人物の意識内に読者が留まる感覚を得るのだ。[3]

　では、Emma において、話法はどのように機能しているのだろうか。作品第1巻第16章に、主人公 Emma Woodhouse が長々と心中を吐露する一節がある。これを分析してみると、自由直接話法を除き、Woolfの「意識の流れ」に見られる、細かい話法の変換による意識の表出方法すべてが機能的に運用されていることが分かる。

そもそも Austen の文体研究が立ち遅れた理由は何なのだろう。最大の原因は、語りの技法を読み解く用語や研究方法が長い間体系化されなかったことにあるといえるだろう。「語り」が研究者の注目を集めず、分析が不十分に終わったのだと言い換えても良い。物語の題材や内容ではなく、「語り方」といった形式面が学問的に体系付けられるのは、文体論による取り組みが盛んになった 1970 年代のことである。また、個々の文学作品における話法が果たす機能が検証されるのは、文体論者が詩から散文へと研究対象を広げた 80 年代以降のことなのだ。

では、それ以前に、「語り方」には、注目が集まらなかったのだろうか。

ヨーロッパ圏の文学研究は、古くはプラトンの『対話篇』や、アリストテレスの『詩学』、『修辞学』など、言葉と文学の関係を明らかにする学問に始まり、「語り」は文学の基本として、大きな枠の中で捉えられて来た。[4]

「物語」を示す英語 'narrative' には、「物語の語り方」、あるいは物語中の会話部に対して、「語り手による地の文章の部分」という語義がある。物語の内容を単純に表す「話」'story' に対し、'narrative' が用いられる場合、「どのような語り方をしているか」という方法論の意味合いが含まれる。これは、日本語の「語り」に関しても同様である。'narrative'、もしくは「語り」が「物語」を指す場合にも、作者が物語をいかに展開させているか、語り手や登場人物がいかなる語り方、話し方をしているかという連想が付いて回る。

また、'narrative'（語り）という語は文学研究に不可欠な用語だが、曖昧に用いられることも多い。今日、「物語」というと、叙事詩や昔話、口承文学から、ロマンス、小説、あるいは、実在の人物がマスコミ等の注目を集めて生まれる英雄伝まで、さまざまなことを意味する。語義が広範囲に及ぶのだ。そこで、本書では、「語り」という語は、小説の構造において、「作者がいかなる戦略で物語を進めているか」に限定して用いることとしたい。Austen の「話法」

が果たす役割など、技法という観点から作品を解読することにより、「読者を作品世界に引き込むため、作者が誰（＝全知の語り手や登場人物）にどの話法で語らせているか」という、「語り」の構造を解明することが本書の目的である。

本論に入る前に、文体論が成立するまでの歴史を概観しておきたい。

詩や小説のテクストを技法的側面から研究する「文体論」は、成立に至るまで、さまざまな理論が展開された。言語と文学が研究領域として分化したきっかけは、構造主義言語学 'Structural Linguistics' が誕生し、言語学が独自の発展を遂げたことにあった。先駆けとなったロシア・フォルマリズムは1920年代から30年初頭にかけて興隆し、一旦は勢いを失うが、50年代にフランス構造主義へ受け継がれ、復興を遂げる。また、ドイツではロマンス語学の伝統の文体研究が行われるなど、ヨーロッパ各国にいくつか潮流があり、それぞれ独立した形で研究が行われた。これらの言語研究をまとめる形で、ヨーロッパ各国の文学作品を読み解き、西洋文学に受け継がれた伝統の全体像を明らかにすることを試みたのが、Erich Auerbach、[5] Mikhail Bakhtin[6] らである。

また、英語圏では1930年代に、言語と切り離された文学研究や、歴史的文学研究などへの反動として新批評 'New Criticism' が生まれ、1950年代には文学界を席巻する。この文学批評は、もともと精読 'close reading' の伝統があるイギリスで容易に受け入れられ、50年代以降は、ロンドン学派の言語学、新ファース言語学、そしてアメリカで生まれた変形・生成文法などが、テクスト分析の基礎を固めていく。これらを基に、1960年代から70年代にかけて、文学作品のテクストを文学的解釈にとらわれずに、言語的特徴から客観的に読み解く、言語学的文体論 'Linguistic Stylistics' が流行する。このような経緯で、文体論を文学研究に取り入れる素地が、イギリスを中心に固まった。[7] 一方、フランスで盛んになった文体研究は、Gérard Genette[8] らの批評が隣国に広く紹介される

ことで、互いに影響し合う。

　英語教育に力を入れるイギリスでは、Longman 社が English Language Series を発刊したことを契機に、言語学と文学研究の間で意識の転換が図られた。まず、言語学者 Geoffrey N. Leech は *Linguistic Guide to English Poetry*（1973）において詩の分析、解釈に携わる。散文と異なり、韻律などの形式を重視する詩の作品分析に、言語学的な理論を援用することに文学者たちは前向きであった。その後、Leech は Michael Short と共に、*Style in Fiction: A Linguistic Introduction to English Fictional Prose*（1981）を著し、言語理論の応用を散文分野に拡大する。[9] 70 年代までの文体研究を総括し、彼らは自分たちの試みを新文体論 'New Stylistics' と命名した。研究対象が詩から散文へと広がり、今日の文体論 'Stylistics' と呼ばれる研究方法が完成したのである。

　文体論は、このように独自の発展を遂げた言語学と文学の溝を埋める中間分野として成立した研究分野である。[10] 文学テクストに興味を持つ言語学者が文学研究に不可欠な概念や用語を提供し、一方で、言語学的見地からの研究に興味のある文学者が文体論による方法を援用する、という双方の歩み寄りが期待された。しかし、実際のところ、交流が盛んに行われてきたとは言い難い。また、文体論の研究方法が、文学者に十分受容されるに至っていない。作品の「語り」を、内容や歴史的背景などに基づいて文学的見地から批評することと、言語学的、文体論的手法を用いて語彙や文法、話法などを検証して読み解くことは、いずれも作品の豊潤さを味わうことに他ならない。しかし、言語学的、文体論的手法を前面に押し出して個々の作品を分析する方法論への抵抗が、文学者の間に未だに少なからず存在する。他方、文学テクストを分析の対象とする文体論は、話し言葉を主たる研究対象とする言語学とも隔たりが生じてしまったようだ。したがって、かつて言語学と文学が分化し、それぞれ独自に発展していったのと同様に、文体研究もまた独自に専門化された学問となりつつある。

文体論が文学研究の用語を整備しながらも、その研究方法が活用されない理由が幾つか考えられる。第 1 に、文体論のテクスト分析は、客観性を提唱しつつも、小説の場合には、引用が恣意的になりがちである。その誇りを免れるため、膨大な量のテクストからサンプルを収集しなければならない。その結果、データ提示に偏重し、解釈に深く係わる文学的考察に至らないのである。第 2 に、文学者が文体論を援用した場合にも、問題が生じる。例えば、自由間接話法の用いられるテクストが語り手と登場人物の双方の声色を響かせることから、語り手の背後に隠された作者の政治的姿勢を読み取ることに利用される危険性がある。つまり、他の考察から作品解釈を先行させ、そこに自由間接話法を用いた文章を当てはめる嫌いがあるのだ。

　Austen 作品の文体研究が、文学批評寄りのものと文体論的手法を用いたものに、大きく二分されるのも、文体論の成立と受容の歴史を反映している。

　文体論成立以前の研究として、「語り」の研究の先駆けとなった Mary Lascelles の *Jane Austen and her Art*（1939）を例に取ろう。Lascelles は、文体を追求するのみならず、伝記的背景や作品批評史を概観し、他の作家・作品との比較など行った上で、主題や語り手、視点、場の用い方などを検証している。[11] また、Ian Watt は、文学史における Austen の立場を明らかにすべく、Richardson らに代表される小説の勃興期を時代背景や読者層、リアリズムの発展などからたどり、その伝統を引き継ぐ作家であることを証明するのだ。[12]

　これに対し、文体論の手法で散文研究が行われるようになると、1981 年に、Paul G. Kreuzer が *The Development of Jane Austen's Techniques of Narration* を、[13] 1985 年には、Louise A. Flavin が *The Aesthetic Effects of Free Indirect Discourse in the Novels of Jane Austen* を著す。[14] また、John F. Burrows は Austen の他、複数の小説家の用いる語彙をコンピューターで統計処理し、登場人物の発

序章　Jane Austen の語りの技法

話の語数や、語彙の特徴などを明らかにする。[15]

1990年以降、文体論を援用した批評では、Roger Gard が、Gustave Flaubert（1821-80）の用いた自由間接話法との比較から Austen の語りの近代的側面を明らかにし、[16] D. A. Miller は、語り手の繰り返しなどの再話やサスペンスの効用などの古典的な語りのパターンから Austen の語りの仕組みを探る。[17] また、Clara Tuite は、ロマンティシズムとの係わりから Austen の語りを検証し、自由間接話法を用いることで道徳的批判を婉曲的に盛り込むことがいかに可能となったかを指摘する。[18]

Austen の「語り」の研究は、このように多方面から行われてきたものの、言語学的見地、あるいは文学的解釈のいずれかへの偏りがあり、「話法」を重点的に分析し、かつ文学的解釈へと導く批評がない。文体論的アプローチを取る Flavin は、Austen が「自由間接話法」を使用する頻度を1作ごとに追った。この研究は、Austen の作品を通時的に分析した点で評価される。というのも、「自由間接話法」の研究においては、Austen の長編小説6篇がもっぱら共時的に扱われ、立証済みの話法の効用を再確認するに留っていたからだ。しかし、Flavin は「自由間接話法」への移行の仕組みを解明するものの、作品解釈から離れて話法の機能を証明し、他の手法は研究対象としない。Austen は「自由間接話法」を習得する過程で、他の話法も一層意識的に用いるようになったのではなかろうか。「自由間接話法」のみを取り上げても、語りの様々な技法の組み合わせや、それによる1作ごとの異なる文体の効果は明らかにならない。一方、Gard、Miller、そして Tuite らの研究は、「自由間接話法」に言及しながらも、作品解釈の補足として用例が挙げられるのみで、話法の効果を検証するに至っていない。例文の描出内容が「発話」か「思考」か、明確化されない場合も多い。これは、人間心理を探求する文学者たちが、「自由間接話法」による登場人物の内面描出に関心を寄せ、主として「思考」に注目した結果であろう。このように文体論の文学研究への援用には、さまざまな問題点

があることが指摘できる。

　では、文体論を用いた文学研究に将来性はないのだろうか。*Style in Fiction* の出版から 20 年余りが経ち、今日、文学を技法的側面から読み解く方法として、他にも物語論（ナラトロジー）'Narratology'、「よみ」の理論 'Reader-response criticism' などが展開され、「語り」への関心はこれまで以上に高まっている。ナラトロジーは視点や構造から物語を読み解く点で文体論と重なる部分が多いが、差異もある。文体論は、イギリスの精読の伝統に則って、言語学的要素から文学テクストの解釈を行い、同時に創作理論などの教育分野への応用を始めている。これに対し、ナラトロジーは Gérard Genette の物語論に基盤があり、フランス語の文法の特徴から、小説など物語全般の解釈を行う。また、「よみ」の理論では、商業的な文学作品の生産による「語り手」と「読み手」の分業により、受動的に捉えられがちになった「読み」を反省し、読者の積極的「よみ」を回復するべく考察をめぐらせる。[19] これらの新しい研究動向から考えても、先行研究に見られる問題点の解消に努めるならば、文体論を用いた文学研究にも大きな展開が期待されるといえよう。

　このような実情を踏まえ、本書では、Austen の作品群に見られる「自由間接話法」を中心に、その語りの技法を解き明かすことを試みる。Austen の技法の組み合わせや語りの独自性を Leech や Short らによる文体理論を援用して調査分析し、作品解釈と結び付けて考察する。第 1 に、先行研究に見られる問題点の解消に努めるべく、着目する手法を「自由間接話法」に限定しない。第 2 に、中編小説 *Lady Susan*（1925）から最終作品 *Persuasion*（1917）に至る 7 作品の、1 作ごとの文体的特徴を見極め、もっとも効果的に用いられていると思われる「話法」、あるいは「仮定法」、「助動詞」などの機能を検証し、語りの変遷を通時的に探る。第 3 に、「話法」の描出内容が「発話」であるか、「思考」であるかを見極め、作者がこれを描き分けることで、読者の抱く登場人物像や作品解釈がどのように影響されるかについても研究の対象としたい。

作品構築のための技法として、話法を前面に押し出したWoolfらと異なり、Austenの話法や視点の操作は際立たないよう、作中に組み込まれている。そのため、見過ごされがちであったことは否めない。また、Austen作品の文体研究の初期段階において、「自由間接話法」に注目が集まった結果、誤解も生じた。Austenは、この話法を晩年に多用している。そのため、人間の機微を描く技法をこの話法を用いて修得し、最終的にPersuasionでこれを駆使するに至ったという通説が成立した。「自由間接話法」を用いることにより、語り手の存在を希薄化し、内的焦点化を図ったことがとりわけ強調されたのである。[20]「自由間接話法」は、語り手の存在をたしかに希薄化させる。しかし、通説を受け入れることで明確化するのは、Austenが登場人物の意識を読者に共有させようとした試みでしかない。

　Austenは、長編小説を執筆するごとに、「自由間接話法」の用例を単に増やしていったのではなく、作品構築の上で、これを用いる何らかの意図があったと推察する。「自由間接話法」のみならず、他の話法や技法、視点なども検証することで、Austenの技法上の戦略を見出すことができるのではないか。

　後期作品の*Mansfield Park*（1814）を考えてみても良い。ここでは、主人公Fanny Priceの、大邸宅Mansfield Parkにおける重要度や発言権、精神的成長などと呼応するように話法が変えられていく。それに対し、*Emma*では主人公Emmaの謎解きに読者を誘う手段として、話法や視点がさまざまに用いられる。また、*Persuasion*では、主人公Anne Elliotの人物像演出に、話法が重要な役割を果たす。Austenは後期3作品のうち、もっとも早く執筆された*Mansfield Park*において、すでに話法の機能的な運用方法を習得したのではあるまいか。そして、後の*Emma*と*Persuasion*においては、それ以前と異なる戦略を用いたのだと仮定できる。[21] この考察方法により、Austen作品の新たな解釈を引き出し、また、語りの技法を作品の構築に積極的に用いた作家Austenの野心的側

面を見出すことが出来るのではなかろうか。

(2) 自由間接話法と研究課題

　ここで、「自由間接話法」の研究の歴史を確認し、Austen の作品において、この話法が果たす役割と研究意義について考えたい。

　話者の「発話」を、実際の発言通りに写し取る「直接話法」と、聞き手との間に介在する第 3 者が言い換える「間接話法」は、それぞれ「話し言葉」と「書き言葉」の双方に用いられる。したがって、これらの話法は、言語に人々の関心が寄せられると同時に、その存在が知られていた。これに対し、「自由間接話法」は「書き言葉」にのみ表出される。しかも劇や詩、手紙などに用いられることはなく、小説などの物語形式にしか存在しない。そのため、この話法の成立と発達は、小説というジャンルの成立と発達に深い関わりがあるのだ。小説の勃興期には、作家たちは 1 人称による語りを展開することで読者にもっともらしさを感じさせていたが、後に、物語世界を見通す全知の語り手を配して物語を進行させるようになる。しかし、作品の表舞台に頻繁に顔を出す語り手の押し付けがましさや、物語が中断させられる煩わしさなどから、彼らは語り手の存在を読者に感じさせないように工夫を重ねる。登場人物の発話を直接聞いたり、場面を目撃したりする感覚を読者が得られるように、語り手を作品世界の背後に隠し、その過程において、「自由間接話法」が用いられるようになる。

　全知の語りの小説において、登場人物の発話を、発言どおり引用符で括って読者に直接的に伝える「直接話法」と、伝達節を伴って語り手が間接的に伝える「間接話法」、これらの中間に位置する話法が存在することは、19 世紀末にドイツの研究者たちの間で発見された。[22] この話法に、'le style indirect libre' という用語を与え、はじめて独立した形式としての認識を示したのは Charles Bally で、1912 年のことである。[23] Bally は、この話法が「間接話法」の伝達

節を取り払い、被伝達節では時制と人称がそのまま用いられ、より自由な形式となったため、この名称を付けたのだ。

　その後、この話法が単なる「間接話法」の変形としてではなく、「語り手」と「登場人物」の中間的な声色を持つ話法であると理解されるようになる。1921年、E. Lorck はこれを 'erlebte Rede' ('experienced speech', 体験話法) と呼び、1924年には Otto Jespersen が *The Philosophy of Grammar* の中で、この話法を 'represented speech' (描出話法) と呼んだ。すなわち、登場人物の発話でありながら、語り手による叙述的な文章の中に取り込まれて描出されるために、これらの呼称が付けられたわけである。Jespersen は、この話法を自国フランス語に特異な話法であると考えた Bally の説を訂正し、Emile Zola (1840-1902) の影響を受けてドイツでもこの話法が用いられるようになったこと、イギリスでは Austen がこの話法を好んで用いたことなどを指摘した。これ以降、イギリス文学研究者の間でも、この話法の存在が徐々に認識されていったようだ。[24]

　このように、「自由間接話法」は20世紀初頭から主に言語学者たちの間で注目されていた。しかし、この話法に関する研究が進むのは1970年代に入ってからのことで、個々の作品において具体的に分析が行われるようになったのも1980年以降である。その背景には、言語学的観点から文学作品を分析する際の用語や批評理論が、ようやく系統立てられたことがある。このような事情を反映して、イギリスの研究者の間では1970年頃まで、この話法の呼称は不確定なまま、'le style indirect libre'、'erlebte Rede'、そして 'represented speech' が漠然と用いられていた。1970年代に、イギリスで言語学的見地から文学作品を読み解く文体論が体系化される過程において、Norman Page は *Speech in the English Novel* (1973) を著し、'le style indirect libre' を英訳した 'free indirect speech' という名称を用いる。[25] この呼称が採用された背景には、1920年代以降、モダニズム作家たちが「直接話法」から引用符を取り払った「自由直接話法」を運用したため、'free' を冠することで、どちらも

引用符が取り払われた話法として並列的に扱われたためである。もっとも Page は、「直接話法」と「間接話法」の間に "'submerged' speech"（「隠された」発話）、「間接話法」と「直接話法」の間に "'parallel' indirect speech"（「並行的」間接話法）、そして "'coloured' indirect speech"（「彩られた」間接話法）と、伝達節や従属節の動詞の有無や差異、語彙や音声的な特徴を精査した上で、細かく分類する。

また、Roy Pascal は *The Dual Voice* (1977) において、「自由間接話法」が登場人物と語り手の中間的な声色を発するとは、すなわち両者の声色が混在して響くことなのだと、J. W. von Goethe や Austen、Flaubert らの作品解釈を通して証明した。

1980 年代に入ると、文体論的な研究方法によって個々の文学作品の分析が行われ、解釈が導かれるようになる。これには、先述の 1981 年に Leech と Short が著した *Style in Fiction* の影響が大きい。彼らは、'free indirect speech' と 'free indirect thought' と、初期の研究では区別なしに扱われていた「発話」と「思考」を分け、それぞれの機能の違いを他の話法の例証と共に詳細に説明する。日本の自由間接話法研究の草分け的存在である中川ゆき子氏は、1970 年から 1983 年までに執筆した論考を『自由間接話法』(1983) にまとめているが、ここでは Page や Pascal らを基に考察が行われている。中川氏が『自由間接話法』で、論考の執筆後に目を通した *Style in Fiction* では自由間接話法の新しい見解があることを断っているように、[26] 話法の分類方法や名称、機能についての捉え方は、Leech らの前後で大きく異なる。Page の分類では、伝達節を省略した 3 人称過去時制によるものを 'free indirect speech' と呼ぶが、これは「自由間接話法」の標準形を示したもので、"'parallel' indirect speech" や "'coloured' indirect speech" などは、その変形に過ぎない。むしろ、「自由間接話法」を 3 種類に分類すること自体が不可能で、実際の文学作品における個々の文章は、さらに細かい分類が必要なほど多様である。Page の分類方法に比較すると、Leech ら

の分類方法の特徴は、「発話」と「思考」を区別し、「間接話法」と「直接話法」の間を「自由間接話法」とした単純明快さにある。彼らは分類方法に拘るのではなく、様々な文学作品のテクストを引用し、実際に話法の機能を検証することで、文学研究に文体論を援用することの意義を証明してみせる。

一方、'represented speech' という呼称も効力を失った訳ではない。同じ英語圏のアメリカでは、Ann Banfield が *Unspeakable Sentences* (1982) において、やはり「思考」と［発話］を分けて、'represented speech and thought' を採用する。[27] 現在では、'speech' と 'thought' をまとめて 'style'、あるいは 'discourse' という語が用いられることも多い。

さて、以下、本書第1章〜第6章においては、このような「自由間接話法」研究の経緯を踏まえ、*Style in Fiction* の「思考」と「発話」の描出方法に関する研究を基に、考察していく。Leech らの分類方法に関する具体的内容は、次項(3)で扱うことにし、ここではなぜ Genette の物語論ではなく、Leech らの方法論を援用するのか記したい。

文体論的な研究方法に抵抗感を抱く文学研究者が少なくない一方で、物語における「語り方」を解き明かす「ナラトロジー」が広まりつつある現状に関しては先述した。文体論は詩と小説の言語学的側面をさまざまに分析するのに対し、ナラトロジーは小説などの物語における語り手と読者の関係の解明に、その目的を限定している点で異なる。どちらも文学作品を形式面から理解するという点では同じで、文体論の一部を発展させたのがナラトロジーと言えるが、実際には彼らの研究分野は別々に成立したものである。文学研究に用いる用語を提供してきた学派の間では、理論の細部まで互いに主張しあうため、Genette は *Narrative Discourse* (1972、英訳 1980)[28] が受けた批評に対する反論として、詳細な項目別に書き直した *Narrative Discourse Revisited* (1983、英訳 1988) を世に問う。前者において 'free indirect speech' への記述が少なかったことに対し、

この用語を容認しない訳ではないが、Genette 自身の提唱する 'focalization' という用語を好むことを記す。[29] 近年、文学研究家たちが「語り」を読み解く際に、語り手が主人公などの一登場人物の内面に入り、その視点からの描出を行うことを、'internal focalization'（内的焦点化）という用語で説明することがある。この用語は、物語世界の外に位置する語り手がその位置を変えることなく、自由に登場人物の内面に焦点を当てる状況を説明するのに便利である。また、語り手が登場人物たちに対して客観的な立場から物語を描出する際には、'external focalization'（外的焦点化）が用いられる。これらの用語によって、語り手と視点の位置関係を簡潔に言い表すことができ、また、語り手が物語世界を操作する概念がこれらの用語に表わされることからも、文学研究者たちが「語り」について述べる際に受け入れられやすいのだろう。

　しかし、「焦点化」という用語を当てはめるには、不都合な場合もある。例えば、*Pride and Prejudice*（1813）の主人公 Elizabeth Bennet、そして *Emma* の主人公 Emma Woodhouse への内的焦点化に関して述べるとする。*Pride and Prejudice* では、物語後半部において、Elizabeth の内面が「自由間接話法」を頻繁に用いて描出されている。登場人物たちが対話する場面を「直接話法」で頻繁に描出し、登場人物たちを客観的に見る視点からの描出、すなわち外的焦点化を行っていた語り手が、Elizabeth ひとりに注目して彼女の内面を描出し、読者の共感を引き寄せる操作に関して言及するには、「内的焦点化」という用語は実に的確である。しかし、作品の一部分にのみ、「自由間接話法」を連続して用いることで Elizabeth の内面の動きを描出する *Pride and Prejudice* に対し、*Emma* では物語の全編を通して語り手が Emma の内面に焦点を当て続け、内面描写を表わす「話法」も頻繁に入れ替わる。そのため、Emma への内的焦点化はその度合いが高い、あるいは低いという言い方はできるが、実際に Emma の内面で起きている心の葛藤や、感情の起伏を細かく話法を変えることで、より忠実に再現しよ

うとした作家の試みそのものに言及することは難しくなる。つまり、一文一句の単位で「話法」や「視点」が揺れ動く様について言及するためには、「直接話法」、「自由間接話法」、「間接話法」、「語り手の叙述報告」などの言葉を使い分けて、語り手が読者をどの位置に立たせているのかを詳述する必要があるのだ。

　本書では、Austen が話法を恣意的に用いることによって、いかに登場人物の内面の描き分けが豊かになり、読者を作品世界に引き込むような語りを展開するようになったのか、その方法を考察する。あたかも演劇の舞台における演出家のように、Austen がどのように技巧を凝らして物語世界を読者に提示しているのかを論じるためには、「焦点化」という用語では説明し切れない。現在、文体論的取り組みや、物語論が進められるに従い、「自由間接話法」や「焦点化」などの用語は、特定の学派が用いる用語ではなく、より一般化された用語となっている。「焦点化」などの Genette の用語は、必要に応じて用いることとし、本書では目的により適う Leech らの文体論の用語を中心に援用することとする。

(3) 話法の基本的機能と問題点

　Leech と Short の文体論の用語を援用するにあたり、*Style in Fiction* の主要点を記す。本書の目的は、すでに実証済みの話法の効用を、Austen の作品で確認することではない。したがって、文体論で整理された用語や話法の分類、それぞれの話法の基本的特徴などを、概説書のように改めて確認する作業はしない。ここで、Leech らの指摘する「発話と思考の表出」に関し、[30] 問題となる点のみを指摘し、話法の基本的効果や具体例に関しては、*Style in Fiction* に示された詳細な説明と検証に準拠するものとする。

　Leech らの指摘にあるように、「発話」と「思考」を表す話法とその効果は、たいていは重なるが、自由間接話法による「発話」と「思考」のように、効果が全く異なる場合もある。ゆえに、「自由間

接話法による発話の表出」とか「自由間接話法による思考の表出」と、区別して記すのが正しい表現である。以下、個々の発話と思考を表す話法の呼称に関し、*Style in Fiction* の分類方法を簡略化して示す。[31]

　登場人物の発話内容
　語り手の声色
　▲　　発話行為の語り手による伝達（Narrative Report of Speech Act）
　　　　間接話法（Indirect Speech）
　　　　自由間接話法（Free Indirect Speech）
　＊　　直接話法（Direct Speech）
　▼　　自由直接話法（Free Direct Speech）
　登場人物の声色

　登場人物の思考内容
　語り手の声色
　▲　　思考行為の語り手による伝達（Narrative Report of Thought Act）
　＊　　間接思考（Indirect Thought）
　　　　自由間接思考（Free Indirect Thought）
　　　　直接思考（Direct Thought）
　▼　　自由直接思考（Free Direct Thought）
　登場人物の声色

　　＊印は Leech と Short が指摘する「発話」と「思考」を表出する際の標準形

　話法を日本語で表すとき、たとえば英語表記に倣って「自由間接話法」、「自由間接思考」などの呼称が差異を際立たせるには有効ではある。しかし、「発話」と「思考」に共通した話法の機能を説明する場合、両者をまとめた「自由間接形式」を用いるならば、「間接形式」、「直接形式」などの日本語としては奇妙な呼称を生み出し

てしまう。また、speech を扱うとき「話法」とするならば、「間接思考」、「直接思考」は、なぜ「思考法」としないのか、などの疑問もある。これらの日本語訳が用いられることもあるが、用語として定着してはいない。したがって、「発話」と「思考」の総称として用いる場合に、従来の「間接話法」、「自由間接話法」、「直接話法」という日本語表記を用い、必要に応じて「発話」と「思考」と明記することにする。

　さて、上記の表にあるように、《語り手》の声色がもっとも強く響くのは「発話（思考）行為の語り手による伝達」であり、《登場人物》の声色がもっとも強く響くのは「自由直接話法」である。そして、語り手と登場人物の声色の中間に位置しているのが「自由間接話法」である。

　「自由間接話法」の「発話」と「思考」の表出に共通した効果は、第1に、語り手の叙述による地の文章から、登場人物の「発話」あるいは「思考」への移行における円滑さが挙げられる。自由間接話法を用いると、引用符が必要な直接話法のように、読者の注意を喚起することはない。また、自由間接話法は、間接話法のように伝達節を必要とせず、被伝達節に相当する部分だけを記すことから、語りの地の文章との時制や人称代名詞などのずれを、読者に意識させることもない。そのため、読者に気づかれずに登場人物の発話部分へと移行することが可能になる。

　第2の効果としては、この話法で伝える内容は、登場人物の発話（あるいは思考）でありながら、語り手の声色を完全に拭い去ることはない。したがって、読者は登場人物の声色に混じって響く語り手の声に、語り手のアイロニーを感じ取ることもできる。この第2の効果に関連して、Leech らは「発話」と「思考」を表す話法ではアイロニーの強さが異なることを指摘している。[32] 登場人物の「発話」を表す場合、その登場人物が実際に発言した通りに引用符で括って写し取る「直接話法」を、発話表出の基準として仮定する。（本章16頁の表における＊印を参照。）また、登場人物の「思

考」は、全知の語り手が登場人物の心中に踏み込み、間接的に読者に報告することから、「間接話法」を思考表出の基準であると仮定する。「自由間接話法」を用いる場合、基準となる「直接話法」による「発話」の表出、あるいは「間接話法」による「思考」の表出からずれが生じるため、そこに作者の意図があると考える。

さらに、「自由間接話法」が「発話」と「思考」の表出に用いられるとき、「発話」では基準となる「直接話法」よりも《語り手》寄りに、「思考」では基準の「間接話法」から《登場人物》寄りへと、それぞれ逆方向にずれが生じることになり、逆の効果を生み出すことを Leech らは指摘している。これが自由間接話法の第 3 番目の効果である。つまり、登場人物の「発話」の表出に「自由間接話法」が用いられる場合、「直接話法」と比較して《語り手》側に声色が近づくため、相対的に、読者は発話者自身の声色から遠ざけられる。逆に、登場人物の「思考」の表出に「自由間接話法」が用いられる場合、「間接話法」よりも《登場人物》自身の声色が強く響くため、読者は登場人物の心中により近づくことになる。

Leech らの指摘する、「発話」を表出する話法の標準形が「直接話法」で、「思考」では「間接話法」となるというのは、Austen 作品でも基本的に適用されている。ただし、Austen の話法の運用方法を検証していくと、これとは異なる用法が見られることもある。例えば、文体論において「発話」が「直接話法」、「自由間接話法」、「間接話法」でそれぞれ表出される場合、「直接話法」をもっとも《登場人物》の声色に近く、「間接話法」をもっとも《語り手》の声色に近いと分類する。ところが、「直接話法」と「間接話法」はどちらも語り手が伝達節を用いて導入するため、《登場人物》の発言の内容そのままに記される「直接話法」であっても、登場人物と同時に語り手の存在をも強調することになる。したがって、Austen は「発話」表出において、「直接話法」と「間接話法」を《語り手》寄り、「自由間接話法」を《登場人物》寄りに、使い分けている場合も多い。これは、本書第 1 章の (5) で扱った、*Northanger Abbey*

(1817) における General Tilney の発話の変化に見られる。

　また、Leech らも指摘しているように、自由間接話法を用いる場合に必ずしもアイロニーが生まれるわけではなく、「話法」と「思考」の表出には限りない多様性がある。[33]

　後の各章において論じる予定の Austen の作品の検証に備えて、ここで記しておくべきことは次のようになる。Leech と Short は文体論における「発話」と「思考」を表出する話法と、視点の選び方に関し、1970 年代には滞りがちであった散文テクストの分析を行い、話法の基本的効果を例証してみせた点に功績がある。しかし、作品の一部分だけを例証しても、必ずしもそれぞれの話法が基本通りの効果を発揮しているとは限らない。Austen がどのような戦略で話法と視点を選択しているのか、また Austen の長編小説全体では話法の組み合わせ方がどのように変化するのかなど、全作品に当たってみなければ明らかにならない部分が多い。彼らは文体論を体系付け、文学研究者に道標を示したに過ぎない。文学研究者がその恩恵を受けて、個々のテクストの解釈に文体論を応用しない限り、話法と視点の選択による作者の真意を見出すことはできないといえよう。

　その意味合いにおいて、従来の Austen 研究に「自由間接話法」という用語は頻出するが、Austen がこの話法を用いたことを指摘するに留まっている点が惜しまれる。これでは、Leech らの概説書的な話法の基本的な効果しか例証できない。Leech は、*Style in Fiction* の日本語版付章において、次のように言う。文体論から派生した「批評的談話分析 (critical discourse analysis)」では、「テクストに目立たぬように書き込まれた、ふつうは不合理と見なされている、社会政治的想定を明白にすることを目的として (たいていは非文学の) テクストを分析する」点で、文体論とは決定的に違う。[34]　すなわち、テクストを客観的に分析してそこから作者の意図を導き出す文体論に対し、批評的談話分析では、はじめからどのような解釈をしてそのテクストにあてはめるのか、あらかじめ決めてかかっ

ている節があるという。

　先の自由間接話法の第2番目の効果、アイロニーに関しては研究者が自説を当て嵌めやすい部分であろう。例えば、自由間接話法の多用により、主人公 Anne Elliot への内的焦点化の割合が多い Austen の最後の小説 Persuasion では、Anne の既存社会への決別が表れているという革新的な読みをする批評家も少なくない。例えば Gary Kelly は、女性の自立を主張する作者の主張が、Anne の自由間接話法を用いた発話に織り込まれていると解釈する。[35] Kelly の主張を必ずしも否定する必要はないが、Anne の自立という点は自由間接話法を持ち出さずとも、他の部分で Anne が果たしている役割などから説明可能ではないだろうか。

　完成した最後の作品 Persuasion で、Austen は自由間接話法のみならず、他の話法や視点の操作方法も駆使している。Leech が仮定した「発話」、「思考」を描出する基本的な話法の用い方を、Austen は Mansfield Park で習得し、Emma と Persuasion では、話法の特質を逆手に取る戦略的な用い方をしている。Austen 作品の「語り」を「話法」の機能という観点から読み解く際に、自由間接話法のみに注目したのでは偏りが生まれる。また、1部分ではなく1作品の全体像、さらには全作品における「語り」の変遷を考察しなければ、「話法」を物語構築に積極的に用いる Austen の戦略は見出せない。

（4）Austen の「語り」と読者の「よみ」

　Austen はどのような意図で、細かい話法の変換と視点の操作を試みたのだろうか。このことは、Frances Burney（1752-1840）の影響を視野に入れると解明されるかもしれない。Austen は、Fielding や Burney、Maria Edgeworth（1768-1849）らのイギリスの小説家たちが、わずか断片的に用いていた「自由間接話法」を作品に取り入れ、発展させたと推測されている。[36] 特に Burney は

Austen と同様、書簡体と全知の語りの形式で創作を行っている。*Pride and Prejudice* の題名は、Burney の長編小説 *Cecilia*（1782）の一節から引用したものだと言われるなど、Austen が彼女の作品の愛読者であったことは、周知の通りである。[37]

David Lodge は、Burney の *Camilla*（1796）と、Austen の自由間接話法の運用との興味深い関連性を指摘している。[38] *Camilla* では、主人公 Camilla と Edgar が対峙しそれぞれの心中が描出される際、"Thought he", "Thought she" が繰り返され、直後に全知の語り手が1人称で意見を述べるという手法が用いられている。ところが、物語前半部で存在感を示す語り手は、物語の進行に伴って1人称で語ることを止める。伝達節は省略され、登場人物の心中は「自由間接話法」を用いて「語り手の叙述部」に内包される。つまり、登場人物と読者の間に介在していた語り手は、物語が進行して、読者の登場人物への感情移入が容易になると、いわば身を潜める。そして、登場人物の「思考」内容が、読者に直接伝わる印象を抱かせるのだ。Lodge は、Burney がこのように描出方法を変え、自由間接話法を用いた語りの可能性を模索しておきながら、なぜこの技法をもっと重点的に用いようとしなかったのか、ということに注目する。Burney が Austen 以前の、Richardson や Fielding に近い時期に作品を完成させて出版していることを考慮すれば、単に期が熟していなかったと言うことも出来るであろう。

しかし、Austen 自身には、文体に関する明確な意図を持って創作に取り組む姿勢が見出される。*Pride and Prejudice* が出版された際、Austen は先の Lodge の指摘部分と似たような意見を姉 Cassandra に書き送っている。*Pride and Prejudice* の初版は3巻本として出版されている。Austen は、第2巻の草稿をいかに推敲して完成させたか、また、その語りの特徴について、先に出版した *Sense and Sensibility*（1811）と比較しつつ言及する。

　… a 'said he,' or a 'said she,' would sometimes make the

dialogue more immediately clear; but
   I do not write for such dull elves
   As have not a great deal of ingenuity themselves.
The second volume is shorter than I could wish, but the difference is not so much in reality as in look, there being a larger proportion of narrative in that part. I have lop't and crop't so successfully, however, that I imagine it must be rather shorter than S. & S. altogether.[39]

Austen が指摘する第 1 巻と第 2 巻の違いから、*Pride and Prejudice* 執筆中に Austen が意識的に直接話法に付随する伝達節を減らし、また、全知の語り手の叙述部では説明が緩慢になることを防ぐなどの工夫をしていることが分かる。

　このことから、Austen の語りの性質に関するいくつかの重要な点が指摘できる。"said he" あるいは "thought he" などの伝達節は、話者の声を直接読者に伝える書簡体小説と、全知の語りの小説の、もっとも判別しやすい差異の一つである。先述したように、文体論で登場人物の「発話」を表出する場合、「直接話法」を「自由直接話法」に次いで、《登場人物》の声色に近い話法であると認識する。しかし、「直接話法」に付随する伝達節が読者の注意を引き、作品をまとめる全知の語り手が話者の発言を写し取るという行為に気付かせるため、かえって《語り手の存在》を強調することになると、Austen は認識している。同時に、"I do not write for such dull elves" と、受動的な読者に対して辛口の批評をしているように、このような伝達節が存在する発話の描出方法は、語り手と登場人物の役割分担がはっきりしていて、読者の積極的な「よみ」の作業を必要としない、単純な語り方である。伝達節を取り除いて語り手の役割を減らし、登場人物の対話場面を読者が能動的に読み解くことで、独自に判断する余地を与えようと Austen が画策したと言える。また、語り手の地の文章に関する言及からは、語り手の叙述部と登

場人物の発話部がそれぞれ長々と続き、交互に繰り返される *Sense and Sensibility* に比較して、*Pride and Prejudice* では、語り手の解釈を読者に押し付けがちな説明を減らしたことが分かる。結果として、語り手の叙述部と登場人物の発話部が短い単位で繰り返されるようになったことを示すと思われる。

　このような語りの工夫を Austen が意識的に試みていることからも、Austen は「話法」を効果的に用いることで、読者を物語世界へと取り込むことを狙ったと推測できる。後期作品において「自由間接話法」を使いこなし、語り手と登場人物の境界が曖昧になると、読者の「よみ」の負担は増える。Austen が話法と視点の操作によって、より技巧的な「語り」を展開するに至ったのは、読者の「よみ」の姿勢があってはじめて作品が成立することが念頭にあったと考えられる。長い間、Austen は 18 世紀の伝統を引き継いだ保守的な作家であると見なされていた。近年、歴史的、フェミニズム的、あるいは心理学的見地からの考察が盛んになるにつれて、Austen は従来の保守的という評価と同時に、革新的な一面が取り上げられることも多くなった。読者に「よみ」の負担を強いる Austen の「語り」には、彼女が伝統を受け継いだだけではなく、独自の創作を試みる姿勢が強く表れているといえよう。

　その意味合いにおいて、*Northanger Abbey* の中で言及されている作家、Laurence Sterne（1713-68）と Austen の共通点も垣間見られる。モダニズム作家たちの積極的な評価によって 20 世紀に再び光が当てられるようになった Sterne は、時間の流れを錯綜させて読者に再読を促すなど、複雑な「語り」で読者の注意を引き、読者の「よみ」の姿勢を促す。Sterne と Austen の作風は異なるが、物語の内容だけではなく、語り方によって読者を物語に取り込もうとする点で共通している。語り手の作中における存在感を稀薄にして読者を引き込み、読者の「よみ」を利用することでサスペンス、共感や反感などを生じさせ、読者に作品世界を体験させる。Austen 作品の「話法」と「視点」の仕組みを明らかにすることで、作家

Austen の小説執筆における野心を見出すことになるだろう。

では、本書第 1 章～第 6 章において扱う内容に関し、ここに具体的に記す。

第 1 章では、初期の書簡体小説 *Lady Susan* と、前期の長編小説第 1 作 *Northanger Abbey* の語りの特徴を調査し、いわゆる 1 人称形式から全知の語りによる形式へと、Austen が手法を変えるに至った要因を探る。

Lady Susan には、複数の書簡の書き手がいる。主人公 Lady Susan が策を弄し、巧みな話術で男性を操る様子は、書簡の書き手たちが 1 人称で心情を吐露し、読者に直接訴えかけることによって多角的に伝えられる。しかし、書簡と書簡との間には時間的・空間的な空白があるため、読者は断片的な情報を繋ぎ合わせ、空白部分を想像力で補い、Lady Susan の魅惑的イメージを膨らませていく必要がある。また、同じ場所にいる人物同士が書簡を交わすことは不自然なため、読者がもっとも興味を抱く場面は Lady Susan の一方的な報告に終わり、彼女の魅惑的イメージが立体的に構築されない。これら書簡体の問題点を補うため、作者は「直接話法」や「間接話法」を用いて場面を再現し、読者に客観的視点を与えている。読者は Lady Susan の実像に近づくことができるが、これらは全知の語りに近づいたとはいえまいか。この辺りに、Austen が書簡体を放棄した原因を探る。

Northanger Abbey では、「話法」の操作方法を検証することで、「書簡体」と「全知の語り」の双方の特質を巧みに利用する Austen の戦略を見出す。この作品は、ゴシック小説の諷刺的側面が強く、登場人物の造形や物語構築の上で、重厚さに欠ける面がある。しかし、思い違いを重ねる主人公 Catherine Morland の「思考」、物語展開に重要な鍵を握る General Tilney の「発話」、それぞれを表す「話法」には、書簡体で草稿が執筆された *Sense and Sensibility* や *Pride and Prejudice* にはない高度な技法が用いられる。「自由間接話法」によって、Catherine の迷い込むゴシック小説風の世界へ読

者を誘い、彼女が疑いを掛ける General Tilney の声色を操作することで、読者を現実的世界へと引き戻す。物語の構築に話法が密接に係わり、物語世界における読者の位置は大きく変動する。Austenの語りの技法は、特定の場面を再現する Lady Susan、登場人物の内面と発言の印象を「話法」によって描き分ける Northanger Abbey の2作品が原点となっていることを明らかにする。

　第2章では、Sense and Sensibility の皮肉な声色を響かせる語り手と、「仮定法」の効用を探る。「自由間接話法」がわずかしか用いられないこの作品では、読者は物語世界の外に置かれる。他方、全知の語り手は、「もし〜だったら、…だったのに」という意味を含有する「仮定法過去完了形」を頻繁に用い、皮肉な語調を強める。仮定法の機能を果たす「助動詞」をも含め、その用例を検証し、登場人物に対する嘲笑や非難、道徳的判断や同情などを、語り手がいかに読者から引き出しているかを検証する。また、この作品では「感嘆文」の使用も目立つ。語り手が存在感を示すこの作品では、一方的に価値判断を押し付けることで、読者は受身に終わる印象がある。しかし、「仮定法」、「助動詞」、「感嘆文」などを用いて、主人公 Elinor Dashwood と他の登場人物たちを比較させ、彼女の視点に近づけて物語を映し出すことで、読者に価値判断を促す側面もあるようだ。これらの技法を検証することで、Austen が「自由間接話法」を多用する以前から、いかに「話法」の上での挑戦を試みたかを探る。

　第3章では、Pride and Prejudice における、静と動を演出する「直接話法」の効果を分析する。この作品は、「直接話法」による会話描出が多く、軽快な調子を帯びる。前作に比較し、語り手による過剰な解説が省かれ、代わりに話者の一方が沈黙するなど、「間」を示す表現が頻出する。これらの「間」にはどのような意味があるのだろうか。さらに、物語後半部では、主人公 Elizabeth Bennet が沈思する場面が数多く描かれる。このとき、彼女の内面描写には「自由間接話法」と「直接話法」と、2つの「話法」が用いられる。

これには、物語のほぼ中心部で Elizabeth が Darcy から告白されることと、関連があるようだ。他方、登場人物たちの対話部の描出から「直接話法」が意図的に排除された部分がある。このように、「話法」を使い分ける恣意性は、この作品に色濃く見られる。Elizabeth と Darcy の関係の変化、読者と Elizabeth の意識の共有、場の雰囲気の描き分けなどに、「直接話法」の効果を利用する、作者の戦略について考える。

第4章では、*Mansfield Park* における主人公 Fanny Price の変容と、彼女の「発話」、「思考」を描出する「話法」の密接な関わりを探る。Fanny の立場は、物語のほぼ3分の1ずつの区切りで大きく変わり、読者に与える印象も異なる。Fanny は、大邸宅 Mansfield Park に引き取られた当初、年上のいとこたちに気圧され、存在感が希薄である。しかし、物語の中盤、Fanny は屋敷で重要な地位を占めるようになる。精神的成長を遂げ、発言や判断力に自信が伴う。終盤で実家へ帰郷する Fanny は孤独感を強め、再び寡黙になる。しかし、道義心を身につけた Fanny は、確固たる主張を内に秘める。Fanny を取り巻く周囲の状況と内面の変化に呼応するように、彼女の「発話」「思考」を表す話法が細かく変化し、周囲の人々の「発話」、「思考」と対照される。「自由間接話法」を中心に、話法を複雑に組み合わせて用いることで、Fanny の変容と実像に近い印象を読者に抱かせる工夫が随所に凝らされている。後期第1作のこの作品で Austen がいかに話法の基本的機能を習得し、話法の効果を主人公の人物像構築に用いるようになったかを検証する。

第5章では、*Emma* における主人公 Emma の視点を共有する読者と、その分離の技法について考察する。他の長編小説5篇では、全知の語り手は物語前半で複数の登場人物たちの視点を多角的に用い、読者に人物関係などの全体像を把握させている。そして物語後半、主人公の視点からの描出を増やし、徐々に読者を主人公の内面へと引き寄せていく。しかし、*Emma* では、視点の用い方を逆転させ、語り手は冒頭から Emma の視点を通して物語を展開させ、

他の登場人物の内面描写を制限する。Emma の心中の只中に置かれた読者は、彼女の考えを共有せざるを得ず、後に脇役たちの考えが明かされることで、Emma との間に距離を置くようになる。つまり、他の5作品では、主人公が様々な経験をし、試練を乗り越えることなどによって、読者は共感を抱く。ところが、Emma では、Emma の想像力が生み出す誤解に基づいた、彼女の内的世界を、はじめから読者に共有させるため、作者は「話法」を巧妙に操作している。自由間接話法を自在に操る Austen が、「話法」と「視点」を組み合わせることで、語り手と Emma の境界線をいかに曖昧にし、読者に気付かれることなく Emma の内面を共有させているのか、その仕組みを明らかにする。

第6章では、Persuasion における Anne Elliot 像の変容を追う。主人公 Anne Elliot は屋敷 Kellynch Hall や妹の嫁ぎ先 Uppercross において、地味で目立たない存在である。ところが、物語の最後の5章では、恋人 Wentworth に間接的とはいえ愛を告白する情熱的な女性へと、そのヒロイン像は変貌する。この変貌は Mansfield Park の主人公 Fanny の変容を想起させる。しかし、Fanny が精神的成長に伴って自信を得るなど内面の変化から発言も変化して行くのに対し、Anne は精神的成長を遂げたために大胆な女性になるわけではない。Anne の実態を探ると、もともと主張すべきところでは主張し、他者を助け、自負心も強い成熟した女性である。にも拘らず、読者は彼女が突然輝きを増すように変化した印象を受ける。これは、かつての恋人との再会から物語最後の愛の告白場面までを徐々に盛り上げる意図で、Anne の「声色」が操作されたことの結果に他ならない。Mansfield Park で用いられた話法の機能を逆用するように、読者の Anne に対する印象と彼女の実像との間に隔たりを設け、劇的な恋愛を演出する作者の戦略を明らかにする。

以上、語りの形式、話法と視点の操作などの考察を中心として、Austen の「語り」の変遷をたどる。Austen の「語り」の特徴は、単に自由間接話法を用いる割合が増したために、登場人物への内的

焦点化が進められるばかりではない。直接話法や間接話法、仮定法、助動詞、感嘆文などによる、様々な技法を組み合わせて用いることで、登場人物の印象、場の雰囲気、物語展開に関する読者の予測さえ変えてしまう。Austen が、いかに緻密な「語り」における戦略を立て、話法、あるいは読者の「よみ」などを物語構築に利用したのかを検証する。

【註】

1) Ann Banfield, *Unspeakable Sentences: Narration and Representation in the Language of Fiction* (Routledge & Kegan Paul, 1982), 230.

2) 書簡体小説が衰退した原因は歴史的背景などから考察されることもあるが、David Lodge は、これを小説における語りの技巧が発達したことに見出し、Austen の功績を高く評価している。"Richardson's epistolary technique became obsolete with the development (in which Jane Austen played a crucial part) of more subtle and flexible methods of representing a character's thoughts and feelings in literary narrative." David Lodge, *After Bakhtin: Essays on Fiction and Criticism* (Curtis Brown, 1990), 116.

3) 文体論的アプローチによる To the Lighthouse の話法の研究に、例えば以下の批評がある。Yoshifumi Saito, "The Light of Mediation: A Stylistic Approach to Woolf's Narrative Technique in *To the Lighthouse*," in *Studies in English Literature*, Vol. LXVI, No.2 (The English Literary Society of Japan, 1990), 271–88.

4) 田口紀子、「ナラトロジー」大浦康介編『文学をいかに語るか——方法論とトポス』(新曜社、1996)、69-90 参照。

5) ドイツ構造主義の潮流を受けた Erich Auerbach は *Mimesis* を著し、その中で *To the Lighthouse* の Mrs. Ramsay と息子 James のやり取りを、話法の観点から考察している。"This entirely insignificant occurrence is constantly interspersed with other elements which, although they do not interrupt its progress, take up far more time in the narration than the whole scene can possibly have lasted." (529) また、作中人物の意識を表す手法に関し、次のように言及している。"The devices employed in this instance (and by a number of contemporary writers as well) to express the contents of the consciousness of the dramatis personae have been analyzed and described syntactically. Some of them have been named (*erlebte Rede*, stream of consciousness, *monologue intérieur* are examples). Yet these stylistic forms, especially the *erlebte Rede*, were used in literature much

earlier too, but not for the same aesthetic purpose. And in addition to them there are other possibilities—hardly definable in terms of syntax—of obscuring and even obliterating the impression of an objective reality completely known to the author; possibilities, that is, dependent not on form but on intonation and context." (535) Erich Auerbach, *Mimesis: The Representation of Reality in Western Literature*, trans. Willard R. Trask (Princeton UP, 1953, 1991).

6) Mikhail Bakhtin, *Problems of Dostoevsky's Poetics*, ed. and trans. Caryl Emerson (Minnesota, 1984).

7) 斎藤兆史、『英語の作法』(東京大学出版会、2000)、155-6。

8) Gérard Genette, *Narrative Discourse Revisited*, trans. Jane E. Lewin (Cornell UP, 1983).

9) Geoffrey N. Leech & Michael H. Short, *Style in Fiction: A Linguistic Introduction to English Fictional Prose* (Longman, 1981).

10) 斎藤、154。

11) Lascelles は "voice" や "narration" などの語を中心に Austen の語りの検証をする。現在でも Austen の技法を研究する上で Lascelles の批評は欠かせないが、文体論的側面から研究する場合、Lascelles の批評は現代とは解釈が分かれることもある。例えば、*Persuasion* で Frederick Wentworth が Anne Elliot に再会するとき(作品第1巻第7章)、Wentworth は Anne をひどく変わったと思う。そして、「Anne が自分を見捨てて失望させた」と思う場面では、それまで Anne の視点から描出されていた文章に Wentworth の視点が入り込み、描写の一貫性が破られていることを主張する。近年ではこれを、Wentworth の内面を自由間接話法で表したものと解釈する。Mary Lascelles, *Jane Austen and her Art* (Athlone, 1939, 1995), 204.

12) Ian Watt, *The Rise of the Novel: Studies in Defoe, Richardson and Fielding* (Penguin, 1957, 1963).

13) Paul Geoffrey Kreuzer, *The Development of Jane Austen's Techniques of Narration* (Mich., University Microfilms International, 1981).

14) Louise Flavin, *The Aesthetic Effects of Free Indirect Discourse in the Novels of Jane Austen* (Mich., University Microfilms International, 1985).

15) John F. Burrows, *Computation into Criticism: A Study of Jane Austen's Novels and an Experiment in Method* (Clarendon, 1987).

16) Roger Gard, *Jane Austen's Novels: The Art of Clarity* (Yale UP, 1992).

17) D. A. Miller, *Jane Austen, or The Secret of Style* (Princeton UP, 2003).

18) Clara Tuite, *Romantic Austen: Sexual Politics and the Literary Canon*

(Cambridge UP, 2002).
19) 宇佐美斉、「『よみ』の理論と読者論」大浦康介編『文学をいかに語るか―方法論とトポス』(新曜社、1996)、167-84。
20) Watt, 309. "She [Austen] dispensed with the participating narrator, whether as the author of a memoir as in Defoe, or as a letter-writer as in Richardson, probably because both of these roles make freedom to comment and evaluate more difficult to arrange; instead she told her stories after Fielding's manner, as a confessed author. Jane Austen's variant of the commenting narrator, however, was so much more discreet that it did not substantially affect the authenticity of her narrative.... At the same time, Jane Austen varied her narrative point of view sufficiently to give us, not only editorial comment, but much of Defoe's and Richardson's psychological closeness to the subjective world of the characters."
21) Austen の完成した長編作品の中、最後に執筆された Persuasion において自由間接話法を用いた内的焦点化がもっとも高いことは、Woolf がこの作品に注目していたこと、先述の Flavin、廣野由美子氏ほかの研究からも明らかである。また、Austen の作品で語りの技法が研究対象になることが多いのは Emma である。しかし、本書第4章において後述するように、Mansfield Park では前期作品とは異なる複雑な話法の用い方をしていて、Emma と Persuasion に用いられる話法の基本的な機能が Mansfield Park ですでに効果的に用いられていることを特筆したい。Persuasion に関する廣野氏の研究は以下を参照。廣野由美子、「失われた時を求めて――Persuasion における語りの仕掛け――」『ALBION』48 (京大英文学会、2002)、53-69。
22) Roy Pascal, *The Dual Voice: Free Indirect Speech and its Functioning in the Nineteenth-Century European Novel* (Manchester UP, 1977), 8.
23) 中川ゆき子、『自由間接話法』(あぽろん社、1983)、7。
24) Otto Jespersen, *The Philosophy of Grammar* (Norton, 1965), 18-24.
25) Norman Page, *Speech in the English Novel* (Longman, 1973), 24-50.
26) 中川、46。
27) Banfield, 278.
28) Gérard Genette, *Narrative Discourse: An Essay in Method*, Trans. Jane E. Lewin (Cornell UP, 1980).
29) Genette, *Narrative Discourse Revisited*, 50-7.
30) Leech & Short, 318-51.
31) Leech & Short, 318-51.
32) Leech & Short, 334-48.

33) Leech & Short, 336.
34) ジェフリー・N・リーチ、マイケル・H・ショート、『小説の文体―英米小説への言語学的アプローチ』筧壽雄監修・訳（研究社、2003）、275-6.
35) Gary Kelly は *Persuasion* の研究において、Anne の発言を文体から検証し、語り手と登場人物の中間的な声色を演出する自由間接話法の使用を、Austen の文体選択による政治的姿勢の表明方法であると解釈する。登場人物の発言に見せかけて、語り手の声色も響かせるこの話法を、作者の主張を反映させるための手段として Austen が用いると、Kelly は読み解く。しかし、Kelly は文体選択に政治色があると指摘するにとどまり、具体的に Austen の信条や、作品全体の文体を検証するわけではない。Gary Kelly, "Religion and Politics," in *The Cambridge Companion to Jane Austen*, eds. Edward Copeland and Juliet McMaster (Cambridge UP, 1997), 149-69.
36) David Lodge, *Consciousness and the Novel: Connected Essays* (Harvard UP, 2002), 46.
37) Tony Tanner, *Jane Austen* (Palgrave, 1986), 107-8.
38) Lodge, *Consciousness and the Novel: Connected Essays*, 46-9.
39) Jane Austen, *Jane Austen's Letters to her Sister Cassandra and Others*, ed. R. W. Chapman (Oxford UP, 1952, 1979), 297-8.

第1章 *Lady Susan* と *Northanger Abbey*
―― 「書簡体」から「全知の語りの形式」へ ――

(1) *Lady Susan* と *Northanger Abbey* における取り組み

　Austen の死後出版された *Northanger Abbey* は、Bath の社交界を舞台にした前半部と、舞台を屋敷 Northanger Abbey に移した後半部では、物語の雰囲気が大きく異なる。社交界にデビューする若い主人公 Catherine Morland が社会的規範から逸脱した Thorpe 兄妹に影響されることなく、精神的に成長する前半部と、不可解な出来事が連続して起こるゴシック小説のパロディ的要素が強い後半部で、批評家たちの作品に対する評価が分かれるのは当然と言えるかもしれない。後半部のテクストはバーレスク調で、主人公の内面の葛藤が見られる前半部よりも著しく劣ると James R. Keller は断定する。[1] また、後半部のゴシック小説の雰囲気を醸し出すために、前半部で現実世界を対照的に描出する必要があったのだと、両者の違いに関連性を見出す研究者もいる。[2] あるいは、ゴシック小説の諷刺はすでに前半部から見られ、物語世界は統一されているのだと擁護する評論もある。[3] 本作品のゴシック小説の枠組みはとかく批評家たちの論争を呼び、総じてこの作品は他の長編小説に比較して芸術的完成度が低いと見なされる。

　この作品が批評家の不評を買う原因は、登場人物たちの人物造形が不十分と感じられる点にもある。特に主人公 Catherine は、Austen の他の作品の女主人公たちに比較すると乗り越えるべき障害が少なく、内面の葛藤や精神的成長もわずかに見られる程度で幸

第 1 章　*Lady Susan* と *Northanger Abbey*

福な結末へと導かれる。物語の展開に重要な役割を果たす General Tilney の印象も稀薄の感を否めない。しかし、2 人の人物造形は初期作品にありがちな作者の力量不足が原因とばかりは言えないだろう。Catherine の「思考」内容と General Tilney の「発話」を描出する「話法」の使い分けには、*Northanger Abbey* 執筆以後に完成した *Sense and Sensibility* や *Pride and Prejudice* には見られない高度な技巧が用いられていて、円熟味を増した後期作品の「語り」と共通するものが見出せる。Catherine の多少理解力が劣る面や General Tilney の謎めいた印象は、Catherine の空想する物語世界に読者を引き込むために意識的に導入された、むしろ効果的手法とも言えよう。

こうした一見矛盾とも思われる、人物像構築の上での不足と高度な「語り」の技巧の差異は、前期 3 作品の初稿の制作年代によってもたらされたのではないか。Austen の年代記研究家によれば、Austen は書簡体小説 *Lady Susan* を 1794 年に書き上げると、1795 年に *Sense and Sensibility* の初稿 "Elinor and Marianne" を、1796 年から 1797 年にかけて *Pride and Prejudice* の初稿 "First Impressions" を、いずれも書簡体で執筆した。そして、同 1797 年に "Elinor and Marianne" を全知の語りの形式による *Sense and Sensibility* に改訂すると、以後、Austen は書簡体を放棄する。*Northanger Abbey* の初稿 "Susan" は、1798 年から 1799 年にかけて当初から全知の語りの形式で執筆され、1800 年代に入ってから数回改訂されたと考えられている。"First Impressions" はかなり後の 1811 年に、やはり全知の語りの形式で書き直された。[4] このような経緯から、*Sense and Sensibility* と *Pride and Prejudice* には、人間関係などの構図や「直接話法」による対話形式を重視する点で、習作の書簡体小説 *Lady Susan* との類似が見られる。一方、後期 3 作品に特徴的な「自由間接話法」を中心とした語りの円滑さは、*Northanger Abbey* にこそ兆しが見られる。すなわち、Austen は全知の語りの形式による *Northanger Abbey* を執筆することで、さまざまな話法を巧み

に使い分ける小説家としての技量を、はじめて伸ばすことが出来たのだと推測できる。[5]

そこで、本章においては、まず Austen が当初取り組んでいた書簡体小説の利点と限界を、初期の習作を除き、書簡体として唯一残されたテクストである Lady Susan から探ることにする。この作品では、書簡体小説の特色を生かして書簡の書き手の心中を巧みに描出し、読者の共感を引き寄せる。また、複数の登場人物の視点を導入し、さまざまな角度から主人公 Lady Susan を観察させ、彼女を立体的に描き出す。しかし、他の登場人物たちの明確な人物像の構築には苦心していて、物語の山場では、語り手が「直接話法」によって場面を再現するような劇的手法に頼りがちである。このあたりに、作者が書簡体を放棄した原因があるのかどうかを考える。

続いて、Northanger Abbey からは、全知の語りの形式による「語り手」の役割と「話法」の操作を確認する。この作品の前半と後半では物語の雰囲気が異なるばかりでなく、「話法」の使用方法も大きく異なる。「自由間接話法」は前半部からすでに用いられているが、その回数はわずかである。ところが、後半部ではこの話法の用いられる頻度が高くなり、さらには物語の展開と「話法」の選択が密接に関わりあう。ゴシック小説の影響を受ける主人公 Catherine の「思考」を描出する話法と、General Tilney の「発話」を描出する話法を変えることによって、読者をゴシック小説風の世界から現実世界へと揺り戻す。ここでは、読者の「よみ」の操作に「話法」が戦略的に用いられていて、これが後の Emma における謎解きの手法の原型となったのではないかと考えられる。したがって、Northanger Abbey 前半部の考察は割愛し、後半部における「話法」の戦略を解明することに焦点を絞り、全知の語り手の存在により、物語を読み進める読者の視座が変えられることの意義を説き明かす。

（2）書簡体小説の限界

　Lady Susan は全41通の書簡と、書簡の「編集者」による結論部で構成された中編小説である。書簡は主に2組の登場人物間で交わされる。1組は、主人公 Lady Susan Vernon と彼女が懇意にしている親友 Mrs. Johnson、もう1組は、Lady Susan の義理の妹 Mrs. Vernon と彼女の母親 Lady De Courcy である。全41通のうち Lady Susan から Mrs. Johnson に宛てた書簡が12通、Mrs. Vernon から Lady De Courcy に宛てた書簡が11通と多いことからも、物語は Lady Susan の視点と Mrs. Vernon の視点を軸に展開していくことが分かる。他に、Mrs. Vernon の弟 Reginald De Courcy、姉弟の父親 Sir Reginald De Courcy、Lady Susan の娘 Frederica など複数の書簡の書き手がいることで多角的視点が導入され、錯綜する思惑が明らかにされる。

　主人公 Lady Susan は、批評家たちに "wicked", "diabolical", "amoral" などの形容詞で評される「悪女」で、後の Austen 作品において道徳的規範をむしろ守る立場にいる女主人公たちの対局に位置する。[6]　彼女は容姿の美しさのみならず、周囲の人々を意のままに操る弁舌の才に長け、その力を恋愛遊戯 'flirtation' に発揮する。男たちを魅惑する Lady Susan の噂を聞く Mrs. Vernon は、彼女が経済的援助を求めて自分たちの屋敷 Churchill を訪問することになり、警戒する。若き未亡人 Lady Susan は、財産家との再婚で身を立てることを目論み、魅力的で将来性のある Reginald De Courcy を虜にしていく過程を Mrs. Johnson に報告する。Mrs. Vernon の側では、はじめ Lady Susan に敵対意識を持っていた思慮深い弟 Reginald が、彼女の巧みな話術によって次第に魅惑されていく様子に焦燥を募らせ、その様子を逐一母親に報告する。

　書簡体小説の利点は、書簡の書き手が1人称の語りで心中を吐露することで、読者が書簡の書き手に容易に共感できる点にある。書簡体小説の先駆者 Samuel Richardson は第1作 *Pamela* (1740-41)

において、屋敷に奉公する主人公 Pamela が実家の両親に手紙を書くという設定で、若主人の誘惑から逃れようとする様子を Pamela の視点から切々と訴え、読者の共感と涙を誘った。[7] また、第 2 作 *Clarissa* (1747-48) では複数の書簡の書き手による多角的な視点を導入し、複雑に錯綜する人々の心中を描出することに成功している。

一方、書簡体小説の問題点の一つは、書簡と書簡の間に時間的、空間的な空白が生じ、物語展開の円滑さに欠けることである。また、複数の視点の導入により、読者の意識が分散する危険性もある。[8]

Lady Susan では Richardson の *Pamela* とは反対に、主人公 Lady Susan を誘惑者の側に置き、彼女に悪感情を持つ Mrs. Vernon の焦燥を煽りながら Reginald を屈服させていく過程を、読者は楽しむ。Lady Susan のいわば敵方と味方にいる人々の視点を用いながら、書簡の書き手が横道に逸れず一様に Lady Susan について描出することで、読者の意識は分散することなく繋ぎとめられる。また、書簡の空白部分に関しては、すべてを明らかにせずに読者の想像力にむしろ委ねることで、Lady Susan の魅惑的イメージを増幅させる試みが見られる。

しかし、書簡体の形式を生かして登場人物たちの「思考」内容を読者に提示し、錯綜する思惑と緊迫する心理状況を伝えながらも、人物造形には曖昧さが残る。原因の一つは、この作品が Lady Susan の Reginald に対する奸計に焦点を当て、細部を切り捨てていることにある。作者は Lady Susan 像構築に熱心である一方、他の登場人物たちに関する情報を十分に伝えておらず、彼らの具体的イメージが湧かない。そして、最大の難点は、読者がもっとも興味を抱く Lady Susan と Reginald の恋愛駆け引きが、Lady Susan 自身と Mrs. Vernon 双方から報告されるのみで、即時的な場面展開でないため、読者に物足りなさを感じさせることにある。

Lady Susan と Reginald の間に交わされる書簡の少なさ、2 人が実際に愛情を深めていく場面の欠落は、書簡体という形式自体の限界を示しているのではないか。書簡体では、同じ場所にいる人物間

第1章　*Lady Susan* と *Northanger Abbey*

で書簡を交わすことは不自然で真実味に欠ける。[9] したがって、書簡の書き手と受け手は離れた場所に配置されるのが通常である。[10] 物語の中心となる Lady Susan、Reginald、Mrs. Vernon は揃って Vernon 家の屋敷 Churchill にいるため、3 人が書簡を交わす機会がない。敵対する Lady Susan と Mrs. Vernon には本音を曝け出す文通相手がいるものの、一方、Reginald には Lady Susan に惹かれていく自身の心情を率直に明かす相手がいない。むしろ、Reginald が Lady Susan の本性に疑念を抱きもせず、ただ魅惑されていくという印象を読者に与えるため、彼の述懐は必要ないのだろう。Lady Susan の表向きの言動と本意との相違を、読者は Mrs. Vernon の経過報告と比較し、また、断片的な情報を繋ぎ合わせながら物語の展開を見守るしかない。

　Lady Susan と恋人 Reginald の様子を、Mrs. Vernon は傍らで憂慮しつつ観察する。義理とはいえ Lady Susan と Mrs. Vernon は Vernon 姓を名乗る姉妹で、共に観察力に優れ、言動が社交儀礼にかなう点で類似する。もっとも、道徳的に退廃した Lady Susan が恋愛遊戯を楽しむ姿は、家庭の秩序を重んじる Mrs. Vernon の「模範的な姿」とは対照的である。娘 Frederica の結婚さえも利用しようとの底意を秘める Lady Susan に対し、Mrs. Vernon は姪を心配して親身に世話を焼く。相容れない 2 人が本音で話し合うことはなく、読者は Lady Susan の意図を見抜く Mrs. Vernon の観察力に信頼を預け、道徳的判断を委ねる。

　Lady Susan と同じく初稿が書簡体で創作されたといわれる、*Sense and Sensibility* にも、Elinor と Marianne の姉妹が登場する。感情に抑制が効かない妹の言動を姉が憂慮する視点が対照的に示されるなど、ここにも類似した構図がある。2 人のヒロインのうち、Elinor の恋愛に関する描写は少なく、彼女は Marianne の恋愛の進展を観察し続ける。物語中で何箇所か場所を移動する際にも 2 人は行動を共にし、直情的な妹 Marianne の言動によって引き起こされる周囲の人物たちの悪感情を Elinor が緩和する役割を担う。そして、

性格上の違いから2人が心を開いて語り合う場面がほとんどない。その関係は、Lady Susan と Mrs. Vernon の関係を想起させる。[11] おそらく、*Sense and Sensibility* は、初稿段階の "Elinor and Marianne" において、Elinor が Mrs. Vernon と同じく批判する側に立ち、Lady Susan 側の情熱的な妹 Marianne の言動について母親などの文通相手に報告する書簡を、物語の中核に据えていたと推測できる。Marianne と、妹の行く末を観察して描出する「語り手」の役割を担った Elinor が、1組になって場所を移動する。書簡体の制約上、同じ場所に留まる2人の間に書簡は交わされず、改訂された *Sense and Sensibility* でも2人が親しく語り合う場面が少ないのではないか。

これに対し、やはり書簡体で初稿が執筆された *Pride and Prejudice* には、姉妹の関係に変化が見出せる。Jane と Elizabeth の姉妹が存在し、物語の前半部では Elizabeth の視点から Jane の恋愛の進行を見守ることが多い点は同様である。しかし、物語の中盤以降では姉妹が離れた場所に置かれ、また、Jane が恋人 Bingley から遠ざけられるため、Elizabeth の観察者としての役割が一時休止する。そして、Elizabeth 自身の恋愛模様が展開させられる構成上の工夫が見られる。

全知の語り手が不在の書簡体小説では、書簡の書き手は胸中を自己の内に留めておくことがなく、腹蔵なく話すことのできる文通相手を常に必要とする。その際、書き手と受け手の滞在地を離れた所に設定する必要があるなどの制約がある。複数の登場人物の視点を明らかにし、様々な情報から実体を解明させる工夫をしながらも、現実には主要な登場人物たちが一同に会する場面を読者が客観的に見る視点がない。読者に不自然さを感じさせることなく真実らしさを創り上げるために、場面設定や人間関係の構築などに労力を要する書簡体小説は、その労力の割には、登場人物たちの実像を描き出すことが難しい。Lady Susan と Mrs. Vernon の間の書簡がないため、Lady Susan が一方的に勝ち誇り、Mrs. Vernon が焦燥感を強めるばかりで、2人の対立感情や嫌悪感の実体が読者に伝わらず、表

第1章　*Lady Susan* と *Northanger Abbey*　　39

層的な印象を与える。このような書簡体の形式上の人物像形成の難しさこそ、Austen が書簡体を放棄した最大の要因と言えるのではないだろうか。

(3) 直接話法による場面の再現

　Lady Susan の魅力は、優美さに加え、行動・言質に至るまで細心の注意が払われることで増し、批判的に観察する Mrs. Vernon にも抗い難い。はじめ抑制されていた彼女の魅力が徐々に周囲に影響を及ぼしていく様子は、Reginald が彼女に惹かれていく過程から窺える。これを、1 人称の語り手による書簡体で描出するのはなかなか難しいのではないか。容姿や服装に関する情報ならば、書簡の書き手が観察結果を報告することで、その美しさが読者にも想像できる。しかし、思慮深く確固とした道徳観念の備わる Reginald を掌中に収める Lady Susan の言動を客観的に眺める視点はない。彼女に Reginald が魅惑されていく実体は、読者の想像力に委ねられるばかりである。
　容姿などの外見の美だけでは頑としてなびくことのない Reginald を前に、Lady Susan は知的ゲームを挑む。彼女は最大の武器とする弁術を揮い、言葉の技巧によって相手を屈服させることに悦びを覚える。この才能を Lady Susan は以下のように自負する。

> If I am vain of anything, it is of my eloquence. Consideration & Esteem as surely follow command of Language, as Admiration waits on Beauty. And here I have opportunity enough for the exercise of my Talent, as the chief of my time is spent in Conversation.[12]

しかし、小説が言葉による芸術である以上、実際の会話における言葉遣いや語彙の選択、論理展開などの話術に触れない限り、読者は

Lady Susan が誇る言葉の威力を実感することはないだろう。そこで、作者は緊迫した場面において、登場人物間の対話を「直接話法」で写し取り、場面を再現させる。[13] 劇形式による対話の手法を用いることで、読者はこれまで説明されてきた Lady Susan の魅力の、いわば実例を見せ付けられる。その実例を基に読者が想像力を膨らませることで、はじめて Lady Susan のイメージが構築されるのだ。

　Austen が Lady Susan を著すにあたって、少なからず影響を与えたと考えられている Pierre Choderlos de Laclos (1741-1803) の Les Liaisons Dangereuses (1782) には、やはり誘惑者が話術について語る部分がある。[14] 社交界の華 Marquise de Merteuil は、かつての情人で悪事を相談しあう盟友の Vicomte de Valmont に、純真な乙女 Cécile Volanges を誘惑するよう唆し、Valmont はすでに目を付けていた Madame de Tourvel、そして Cécile の 2 人を口説き落とす。Marquise de Merteuil は Valmont に実行を迫る書簡で、手紙に書かれた言葉よりも実際に話す方が、相手に伝える威力がはるかに大きいと助言する。[15] Merteuil は書き言葉の弱みを、小説で作者が読者を感動させることの難しさに喩え、会話であれば声を震わせるなどの演技によって相手の感情を動かすことが可能だと述べる。Valmont が密室で Cécile を口説き落としていく様子は、Valmont と Cécile、Madame de Tourvel がそれぞれの文通相手に送る書簡の中で「直接話法」を用いて場面を再現させることで、迫真に迫る。「直接話法」による場面提示の劇的効果、また、巧みな言葉遣いで読者の「よみ」を操作しようとの野望を暗示する Laclos の姿勢は、言葉の巧みさを誇る Lady Susan を扱う作家 Austen の姿勢と重なるだろう。

　書簡体小説の性質上、書簡の書き手は受け取る相手に対し、もとより「直接話法」で親しげに語り掛ける側面もある。[16] ゆえに、書簡の書き手が情感をこめて「感嘆符」を用いる文章が、全 41 通の書簡のうち 17 通に見出される。Lady Susan と Mrs. Johnson の間の書簡、そして Mrs. Vernon から母親 Lady De Courcy への書簡な

ど、腹蔵なく話し合うことのできる間柄で「感嘆文」が用いられる。例えば、Mrs. Vernon が Reginald に対する Lady Susan の影響力の増大に驚き、憤慨し、焦燥感を募らせつつ弟が彼女の策略に嵌まらないよう祈る際に用いられている。愛人 Manwaring への哀感、娘 Frederica や Reginald に対する Lady Susan の苛立ちを表明する際にも使用される。書簡の書き手が一方的に書き連ねることの単調さを回避するため、感嘆符が必要なほど激しく心中を吐露させることで、読者の注意を喚起し、共感を引き出そうと画策する作者の戦略が窺える。

　また、書簡の書き手は「話者」であると同時に、他者の発話を報告する「語り手」としての役割を担う。たいていは観察内容を書き手自身の言葉に置き換えて要約しているが、時に「直接話法」や「間接話法」を用い、発話内容を具体的に伝えることもある。「直接話法」は第 2 信、第 15 信、第 20 信、第 23 信、第 24 信、第 25 信と物語の中心部近くで多用され、「間接話法」は第 8 信、第 17 信、第 22 信に用いられている。つまり、作品の大部分は、書簡の書き手の心中の吐露、そして他者の観察内容の叙述報告で占められるが、一部に「直接話法」と「間接話法」が用いられることで、臨場感が増す。

　「間接話法」が用いられる 3 場面に着目すると、第 8 信と第 17 信は Mrs. Vernon、第 22 信は Lady Susan による書簡で、いずれも Reginald の「発話」の描出である。先述の通り、Reginald が Lady Susan に魅了される胸中を露わにする書簡はない。Lady Susan との関係が友情に過ぎないと父親に弁明する書簡が 1 通あるが（第 14 信）、Mrs. Vernon と Lady Susan の報告内容を基に判断すると、彼が謹厳な父親に本心を伝えているとは到底考えられない。Reginald の「発話」の変化が「間接話法」で描出されることで、道徳的に堕落した Lady Susan の実像を直視せず、彼女の魅力に抗えない彼の心理的変化を、読者ははじめて確認する。このとき、Reginald の書簡の少なさを補うためにも彼自身の言葉を写し取ることが重要だ

が、一方で、話者の存在感が強く印象づけられる「直接話法」でなく、曖昧さを残す「間接話法」を用いる工夫もある。Lady Susan への「愛情」に Reginald 自身が戸惑いを覚え、態度を決めかねている心境を反映しているかの印象を与えるのだ。

　「直接話法」が用いられる 6 通の書簡のうち、第 2 信のみ他と性質が異なることは注目に値する。後に愛人となる Mr. Manwaring との初対面を回想する Lady Susan が発した独り言、'I remember saying to myself as I drove to the House, "I like this Man; pray Heaven no harm come of it!"'（244）は、先の「感嘆文」の使用方法に準ずる。遊び人 "coquette" としての Lady Susan の大胆さは、物語の早い段階で発言が「引用符」で括られることで際立ち、冒頭の第 1 信で見せた慎ましさや良き母親像は、仮面を付けた Lady Susan の演技に他ならないと、彼女の二面性を読者は実感するだろう。

　また、「直接話法」が用いられる書簡の特徴として、4 通までが Mrs. Vernon によることが重要で、彼女の「語り手」としての役割が浮かび上がる。物語は、周囲を欺く Lady Susan の策略に Reginald がいかに嵌められ、その後、偽りの Lady Susan 像を彼がいかに見破るかが山場となる。Lady Susan の虚偽の綻びには、Frederica の登場が一役買う。Lady Susan は娘に愛情を抱くことがなく、愚鈍な財産家 Sir James Martin との結婚を無理強いするが、2 人が Churchill を訪問することで、状況が一変する。Lady Susan の説明から、Frederica はさぞかし片意地の張った我がまま娘なのだろうと思い込んでいた Mrs. Vernon は、彼女が従順で素直な娘だと知り、Lady Susan の奸計に気づく。ところが、Reginald は彼女の二枚舌を一旦は見破りながらも、再び彼女の言葉に惑わされ、信頼を回復させる。物語の中間地点に位置したこの山場において、登場人物たちのいわば肉声が「直接話法」で描出され、緊迫した場面が劇的形式で繰り広げられることで、読者は登場人物の具体的イメージを掴むことができるのだ。

具体例として、第24信における Lady Susan と Mrs. Vernon の対話場面を見てみたい。Frederica に対する Lady Susan の仕打ちを Reginald が咎めたことを切っ掛けに、2人の間に不和が生じ、弟が Lady Susan の許から去る決意をしたと Mrs. Vernon は喜ぶが、ぬか喜びに終わる。いかなる釈明で Lady Susan が Reginald の愛情を取り戻したのか、興味を抱く Mrs. Vernon の視点は、読者の視点と重なる。Mrs. Vernon は、Lady Susan の平然たる落ち着きぶりに憤りを覚え、感情を荒らげて詰め寄ったことを、"... cried I with some warmth" (288), "I was out of patience with her [Lady Susan]" (288-9) と述懐する。他方、Lady Susan は、Mrs. Vernon の非難の言葉を巧みに取り入れて反駁し、彼女を絶句させたことに勝利感を覚える。

Frederica の感情を無視して縁談を進めることに、断固として釈明を求める Mrs. Vernon の疑念を逆手に取り、Lady Susan は、自分に非道な企みがあるのではと示唆する Mrs. Vernon の考えこそが邪推であると、真っ向から非難する。

"Good God!—She [Lady Susan] exclaimed, what an opinion must you have of me! Can you possibly suppose that I was aware of her [Frederica's] unhappiness? that it was my object to make my own child miserable, & that I had forbidden her speaking to you on the subject, from a fear of your interrupting the Diabolical scheme?" (289)

娘の幸福を願っての親心であると弁明し、娘の気持ちを知りながら強引に縁談を進めていると非難されるなど誤解であると、Mrs. Vernon が疑念を抱いたこと自体に非難の矛先を向ける。一方で自分自身に非があることも認め、立ち入られたくない私的な問題であると言葉を濁し、事を穏便に済まそうとする。Lady Susan の欺瞞を見破っていると確信のある Mrs. Vernon は、納得が行かず、事実

を謎めかせる Lady Susan にさらなる釈明を求める。ところが、洞察力のある Mrs. Vernon に、娘に結婚を無理強いし、Reginald を密かに誘惑していることを見破られながらも Lady Susan に臆する気配はなく、落ちつき払う。Reginald との不和の原因に関し、Lady Susan は以下のように返答する。

> "... We [Reginald-Lady Susan] misunderstood each other. He beleived [sic] me more to blame than I really was; I considered his interference as less excusable than I now find it. I have a real regard for him, & was beyond expression mortified to find it as I thought so ill bestowed. We were both warm, & of course both to blame... Escuse [sic] me, my dearest Sister, for thus trespassing on your time, but I owed it to my own Character; & after this explanation I trust I am in no danger of sinking in your opinion."
>
> I [Mrs. Vernon] could have said "Not much indeed;" —but I left her almost in silence. It was the greatest stretch of Forbearance I could practice. I could not have stopped myself, had I begun. Her assurance, her Deceit... (290-1)

娘の縁談の進め方を Reginald に非難され、そのような介入は侮辱に他ならないと彼を責めたことを、Lady Susan は告白する。ありもしない誤解をでっち上げ、互いに許し合い、和解に至った経緯を語る。Reginald に罪の一端を課して急場を凌ぐやり方は、Mrs. Vernon に対する先の弁明と同じ論法による。Mrs. Vernon は、Lady Susan の言葉の魔力を "... a happy command of Language, which is too often used I beleive [sic] to make Black appear White." (251) と、かつて記したが、Lady Susan の「発話」がこのように「直接話法」で描出されるため、その雄弁さを読者は垣間見る。容易に説き伏せられる Reginald は以前にも増して Lady Susan への情

第 1 章　*Lady Susan* と *Northanger Abbey*

愛を募らせ、詭弁を覆そうとにじり寄った Mrs. Vernon でさえ言葉に窮する。Mrs. Vernon の 'I could have said "Not much indeed;"' という呟きからは、自分の咎を他人に擦り付けては問題の本質を摩り替える Lady Susan の前で、沈黙を強いられ、心の中で皮肉を言うことでしか応酬のできなかった悔しさが窺える。

　このように、*Lady Susan* では物語のもっとも緊迫した場面において、書簡の書き手が心中を吐露する主観的な側面を一時休止し、客観的に場面を写し取る「語り手」としての役割に徹する。Lady Susan が他者と意見を交わす場面を描く際、彼女の詭弁の実例を「直接話法」で提示することで、読者は Lady Susan の言葉が周囲に与える影響力を実感する。

　しかしながら、対話場面の再現という方法にも、問題は残る。Mrs. Vernon は、Frederica、Reginald、Lady Susan と交わした対話を個々に再現していくが、彼女は Lady Susan の言葉の威力を自分の母親（＝つまりは読者）に知らせることに関心を示し、複数の登場人物が集う場面を報告する「語り手」の役割に徹する訳ではない。また、Lady Susan と Reginald が対峙する場面は、結局は Mrs. Vernon の観察が及ばない死角にあるため、Lady Susan 自身が自分の発言内容を復誦する（第 25 信）主観的な形でしか提示されない。

　Lady Susan 像の構築という問題に絞るならば、様々な情報――彼女自身の胸中の告白、他者による観察、出来事の推移の報告、対話場面による実例など――を統合することで、読者は魅惑的な Lady Susan 像を膨らませることができよう。しかし、彼女は最終的に Reginald に虚偽を見破られて破局に至る、敗者である。優美で誇り高き Lady Susan のイメージを守るためには、終結部に「編集者」の安定した語りを導入せざるを得ない。登場人物たちのその後の状況を伝える「編集者」は、Lady Susan の惨めな心境や負けを認める胸中は一切伏せ、新たな環境に適応し、依然として人を魅了する力を発揮し続ける様子を描出することで、彼女を勝者に仕立て上げる。若き小説家 Austen は、書簡体小説の執筆を通し、読者

が登場人物に抱く具体的イメージや共感は、書簡の書き手が心中を吐露するだけでは成立し得ないことを学んだのではないか。複数の視点の導入により登場人物を立体的に描き出し、「話法」を変えて場面を再現させ、臨場感を生み出し、編集者による語りを取り入れるなど、様々に意匠を凝らし、これらの技巧を後の全知の語りの小説に生かしたことは間違いない。

(4) ゴシック小説の枠組みと話法

　では、全知の語りに手法を変えることで、Austen はいかなる語りの工夫を試みるようになったのだろうか。*Northanger Abbey* では、読者が物語世界の外側から眺めることの多い前半部に対し、後半部では、読者は主人公 Catherine の視点、そして物語全体を見渡す視点へと、物語空間を大きく移動させられる。Catherine は物語前半部で、社交場 Bath で知り合った Henry Tilney、Eleanor Tilney 兄妹と親交を深め、彼らの父親 General Tilney に屋敷 Northanger Abbey へと招待される。Henry を異性として意識し、Eleanor に敬慕の情を抱く Catherine は、かれらの家に共に滞在することに歓喜する。しかも、その屋敷は 'abbey' であると聞き、ゴシック小説の愛読者 Catherine は、謎めいた大修道院の建造物を想像して胸を弾ませる。Northanger Abbey への道中には、話し上手な Henry がゴシック小説風の話をして怖がる Catherine をからかうなど、この作品の物語後半部では、当時の読者に身近なゴシック小説の枠組みを用いることで、読者をサスペンスの中に置く。

　Horace Walpole（1717-97）や Ann Radcliffe（1764-1823）に代表される 18 世紀後半から 19 世紀初頭にかけて流行したゴシック小説では、中世の城や修道院を舞台に、悪漢による少女の誘拐、監禁、殺人などが扱われる。隠し扉などの仕掛けが存在する建物では、忽然と人が姿を消すなど不可解な現象が起きる。[17] そのようなゴシック小説の舞台を体験できるに違いないと期待を募らせる

第1章　*Lady Susan* と *Northanger Abbey*

Catherine が、Northanger Abbey に到着して建物を観察する様子は、以下のように描出される。

<u>An abbey! —yes, it was delightful to be really in an abbey!</u> — but she [Catherine] doubted, as she looked round the room, whether any thing within her observation, would have given her the consciousness. The furniture was in all the profusion and elegance of modern taste... The windows, to which she looked with peculiar dependence, from having heard the General talk of his preserving them in their Gothic form with reverential care, were yet less what her fancy had portrayed. <u>To be sure, the pointed arch was preserved—the form of them was Gothic—they might be even casements—but every pane was so large, so clear, so light!</u>　　（下線筆者）[18]

思い描いていた大修道院とは、まるで雰囲気の異なることに気づく Catherine は、失望を隠せない。住居用に改良が施された abbey には、現代的な趣向の家具ばかりが置かれている。窓は確かにゴシック様式なのだが、窓枠が大きく、ガラスは透明で明るい。畏敬の念を抱かせる重厚さや、陰影が織り成すおどろおどろしさとは掛け離れ、極めて現代的で実用性が追求された住居だったのである。[19]

この引用部の話法に着目すると、Northanger Abbey に到着した瞬間の Catherine の狂喜と、想像との違いを認識する心の動きを表す部分が、「自由間接話法」で描出されている。17歳の Catherine は、無知で世間知らずという設定で、Bath での社交界デビューにおいても戸惑うことが多い。物語前半部では、Thorpe 兄妹の言動が儀礼にかなったものかと訝る Catherine の心中が、しばしば明らかにされた。後半部では、ゴシック小説の世界と現実世界は違うことを認識しつつも、夢想を重ねていく Catherine の心中が「自由間接話法」で描出され、読者を不可解な世界へと誘う。[20]

Catherine は Northanger Abbey で、いくつかの疑念を抱く。General Tilney を観察すると、娘、息子たちや使用人が萎縮するほど頭ごなしに怒鳴りつけるなど、彼はいかにもゴシック小説に登場する暴君の典型である。[21] また、彼は Catherine に対して非常に親切で丁寧な対応をするが、建物と庭を案内する時、なぜか慌てて彼女の関心を逸らし、邸内の一部を隠すことが不自然さを感じさせる。さらに、Catherine に充てられた部屋には、ゴシック小説の世界を髣髴とさせる用途不明の怪しげな櫃や箪笥がある。また、General Tilney の部屋に亡き Tilney 夫人の肖像画が飾られていないこと、夫人の臨終に娘の Eleanor が立ち会っていないことなどは、牧師の娘 Catherine の常識では想像もつかず、怪しい限りである。

　このような疑問点を総合し、Catherine は、かつて屋敷で恐ろしい事件が起こったのではないかと考える。暴君 General Tilney が妻に愛情を抱かず、娘たちの不在中に殺害に及んだのだと推察する。さらに、彼が隠したがる場所には妻殺害の痕跡が残されているのではないかと疑う。かくして、この疑念を証明すべく、Catherine は屋敷内の探索を始める。

　Catherine の「思考」内容を明らかにするとき、全知の語り手は様々な話法を用いている。例えば、滞在する部屋に案内された Catherine が櫃を見つけた場面は、以下のように描出される。

> ... her eye suddenly fell on a large high chest, standing back in a deep recess on one side of the fire-place. The sight of it made her start; and, forgetting every thing else, she stood gazing on it in motionless wonder, while these thoughts crossed her:—
> "This is strange indeed! I did not expect such a sight as this!—An immense heavy chest!—What can it hold?—Why should it be placed here?—Pushed back too, as if meant to be out of sight!..." She advanced and examined it closely: it was

第 1 章 *Lady Susan* と *Northanger Abbey*　　　　49

of cedar, curiously inlaid with some darker wood... on the center of the lid, was a mysterious cypher... She could not, in whatever direction she took it, believe the last letter to be a *T*; and yet that it should be any thing else in that house was a circumstance to raise no common degree of astonishment. <u>If not originally their's, by what strange events could it have fallen into the Tilney family?</u>　　　　（163-4, 下線筆者）

　語り手ははじめ、古い櫃に釘付けになる Catherine の様子を客観的に描出するが、すぐに彼女の「思考」内容を、「直接話法」で言葉通りに写し出す。驚愕し、次々に疑念が湧く Catherine の主観描写には、*Lady Susan* にもあったように、感嘆符や疑問符がちりばめられている。語り手は、再び全体を見渡す視座から櫃を調べる Catherine の様子を描出するが、彼女が新たな疑念を抱くや否や、Catherine の声と一体化した「自由間接話法」で心中に踏み入る。

　このように、Catherine が屋敷で新たな発見をするごとに、語り手は全知の客観的視点と、Catherine の主観との間を行き来し、彼女の心中を丁寧に描出していく。Catherine の心中は物語前半部では「直接話法」と「間接話法」で描出されることが多く、「自由間接話法」が用いられるのは、わずか 7 箇所と少ない。聡明で美しく、芸事にも秀でる流行小説のヒロインたちと対極に位置する Catherine は、[22]知識、理解力に乏しく、外見もごく普通という設定で魅力に欠け、当初は読者の彼女への感情移入を阻む。そのため、物語前半部では、Catherine が社交場における礼儀作法などを一つ一つ学んでいく様子を、読者は距離を置いて観察する。しかし、生まれつき善良な Catherine が、社交場の誘惑に負けることなく良識を働かせることで、読者は初めて彼女に好感を持つことができる。さらに、物語が進行するにつれ、Catherine の声色が「自由間接話法」で描出される機会が増えていき、読者は徐々に彼女の内面に近づく仕組みである。

物語後半で、Catherine の心中が描出される割合は格段に増える。愛情を寄せる Tilney 兄妹に対し、Catherine は、かれらの父親 General Tilney が殺人者ではないかなどと、疑念を打ち明けることはできない。ゴシック小説そのままの世界にひとり捕らわれ、自問自答するしかない。作者は、不可解な事件が連続して起きるゴシック小説の枠組みを利用することで、Catherine の抱く疑惑を読者が共有し、謎と恐怖を味わうように仕向ける。その際、先の引用部に見られるように、周囲を観察し、疑問を抱く Catherine の心中に入り込むように、「語り手の陳述→間接話法→自由間接話法→直接話法」と語り手から Catherine の声色へと円滑に移行していく。複数の話法を組み合わせて「思考」内容が描出される機会は、後期作品に見られるほど高い頻度でなく、また、話法が細かい単位で変換されることも少ない。しかしながら、物語の前半で Catherine の善良さを読者に客観的に判断させ、後半では読者に馴染みのあるゴシック小説のモチーフを次々に使うことで、恐る恐る屋敷内を探検する Catherine の心中を読者に共有させ、緊張感のある心理空間を作り上げる。このことから、Austen が読者を作品内に取り込むための手段として「話法」を意図的に用いているのだと分かる。

(5) ゴシック小説の幻想から現実へ

物語の結末近くでは、Catherine が抱いた疑念は途方もない思い込みで、櫃にも箪笥にも怪しいところなどなく、General Tilney に掛けられた妻殺害の疑惑は事実無根と判明する。作者は、まずゴシック小説の枠組みを利用して読者を Catherine の妄想の世界へと取り込み、後に、Catherine の間違いに気付くことのない読者を嘲笑うかのように、理性を伴わないゴシック小説の物語世界を諷刺する。Catherine が相当財産を相続すると思い込む General Tilney は、彼女の持参金を目当てに次男 Henry の嫁に迎えようという極めて現実的な目論見を抱いていたのだ。Austen の作品では、*Pride and*

第 1 章　*Lady Susan* と *Northanger Abbey*

Prejudice の Charlotte Lucas や *Sense and Sensibility* の Lucy Steele のように、持参金の少ない独身女性が紳士階級の淑女らしい生活を維持する上で、結婚は死活問題となる。[23] *Northanger Abbey* では男女の立場を逆転させ、ゴシック小説の暴君を連想させる父親が、莫大な持参金のある（と思われる）女性との結婚を息子に強制する。General Tilney が Catherine を案内する際に不自然な行動をとったのは、手入れ不足の場所や使用人が Catherine の目に触れるのを単に避けただけで、縁談を上手く進める方策に過ぎなかった。その間、Catherine は将軍の見込みとは裏腹に、持参金の少ない自分が愛する Henry と結婚できるのかと悩み、物欲に支配される将軍の金銭感覚との比較によりアイロニーが生じる。

　General Tilney の意図を、Catherine ばかりか読者も見抜くことがないのは、この作品のプロット上の仕掛けによる。舞台を Northanger Abbey へ移した物語後半のプロットは二重構造になっていて、1 つは Catherine の視点による General Tilney の妻殺害の真相解明、もう 1 つは General Tilney の視点による Catherine と Henry の結婚計画である。しかし、はじめ「自由間接話法」で描出される Catherine の内面の声に読者は引き寄せられるため、General Tilney の発言の真意からは遠ざけられている。

　では、General Tilney の意図はいかなる話法を用いて表明されるか、その変化の過程を確認したい。まず、Northanger Abbey へ到着した Catherine が abbey を不審そうに観察するとき、Catherine の様子を見た General Tilney は以下のように弁解する。

> The General, perceiving how her eye was employed, began to talk of the smallness of the room and simplicity of the furniture, where every thing being for daily use, pretended only to comfort, &c.; flattering himself however that there were some apartments in the Abbey not unworthy her notice —and was proceeding to mention the costly gilding of one in

particular, when taking out his watch, he stopped short to pronounce it with surprize [sic] within twenty minutes of five! (162)

語り手は、屋敷を観察するCatherineの視線の動きを見たGeneral Tilneyが、部屋の狭さや家具の単調さについて弁解する様子を叙述する。金メッキを施した部屋の改良のこだわりからは、彼が古い伝統を守るより、むしろ新しがりやで物質至上主義者、華美な装飾を好む人種であると分かる。

この場面は、先の引用部でabbeyがゴシック小説の舞台のように古めかしくないとCatherineが訝った、その直後に続く。実は、Catherineは屋敷の改良を残念に思っていたが、General Tilneyの側では、「裕福な」Catherineが屋敷の貧弱さに失望しているのだろうと推測したのだ。双方の誤解に、読者はこの時点で気付くべくもない。なぜならば、General Tilneyの「発話」内容が「語り手の叙述報告」によって、地の文章にさりげなく挿入されているためである。また、時間に厳格なGeneral Tilneyが即座に次の行動に移るため、それに随うCatherineに読者の意識が引き付けられるという、展開上の工夫が見られる。

General Tilneyは、Catherineの地位と持参金に関して過大評価したまま、彼女を歓待し、お世辞を使い、Northanger Abbeyを気に入るようにと万全を尽す。語り手は、General TilneyとCatherineの対話において、Catherineの心中の描写に置いていた比重から、彼の計画を明確に表わす叙述へと、描出方法を変えていく。朝食用の食器一式の美しさにCatherineが賛辞を送るとき、General Tilneyは満足げに返答すると、次のように続ける。

... he had seen some beautiful specimens when last in town, ... might have been tempted to order a new set. He trusted, however, that an opportunity might ere long occur of selecting

第 1 章 *Lady Susan* と *Northanger Abbey*

one—though not for himself. Catherine was probably the only one of the party who did not understand him. (175)

新しい食器一式を買う機会がそう遠くないであろうと希望的観測を述べると、それらの食器は彼自身のために買う訳ではないのだと、含みを持たせる。General Tilney の発言は、先の引用部の「語り手の叙述報告」から、ここでは彼自身の声色に近づいた「自由間接話法」で描出されていて、相対的に、読者は Catherine の視点から徐々に距離を置くようになる。物語の顛末を知っていれば、「新しい食器一式」とは、Catherine と Henry の結婚のために準備する食器なのだと判る。後に判明するように、Henry も Eleanor も父親の計画に沿って行動しているため、Catherine だけが彼の本意を理解できない。ここで語り手が、General Tilney の考えを理解しない Catherine について明確に叙述することで、読者も隠された意図に気付くはずである。しかしながら、その内容は依然として不明である。ゴシック小説風の謎解きに励む Catherine と同じ立場にいる読者は、2者間の誤解とは何かを探ることになる。

　語り手は、General Tilney の計画の実態をさらに明確に提示することで、Catherine の考えから読者を引き離す。ある日、General は "our friends from Fullerton"(185)、すなわち Fullerton に住む Catherine の家族に屋敷を訪問してもらいたいとの意向を表明する。鈍感な Catherine は、気前のいい General Tilney が、Tilney 一家との親交が深まった Catherine への好意を示すため、家族の招待を望んでいると考える。実際は、Catherine と Henry の結婚を念頭に関係者を招く計画なのだとは思いもよらない。この時、General Tilney の「発話」は「間接話法」で描出される。語り手の叙述部にさり気なく埋め込まれた「自由間接話法」による情報の提示と比較すると、伝達節に General Tilney 自身の意向が示されることで、その内容は明確に読者に伝えられる。また、「フラトンの我々の友人たち」という部分には引用符がつけられ、読者の注意を喚起する。

Catherine の誤解が、より顕著になり、General Tilney の本意も明白になる。Catherine の内面を共有していた読者は、そこから分離し、はじめて彼女を客観的に観察することができるのだ。

　このように、General Tilney の発言は描出されるごとに、「話法」が変化していく。彼が最後の一押しとばかり、息子 Henry に、牧師を務める Woodstone 牧師館へ Catherine を招待させるとき、とうとう彼女にも General Tilney の発言内容の意味が分かる。大修道院を改良した広々とした Northanger Abbey と異なり、Woodstone は田園の小ぢんまりしたコテージ造りの家だが、Catherine は居心地の良さを感じる。正直な気持ちから建物や景観を褒めると、General Tilney は彼女の要望に沿って手入れをさせようと、あからさまに結婚を仄めかす。

> "Well, if it was my [Catherine's] house, I should never sit any where else. Oh! what a sweet little cottage there is among the trees—apple trees too! It is the prettiest cottage!"—
>
> "You like it—you approve it as an object;—it is enough. Henry, remember that Robinson is spoken to about it. The cottage remains."
>
> Such a compliment recalled all Catherine's consciousness, and silenced her directly... (214)

Catherine に General Tilney の意図が隠しようのない事実として明かされるとき、はじめて彼の発言は「直接話法」で描出される。確かに Catherine は Henry に想いを寄せ続けてきたが、肝心の 2 人の恋を進展させるような物語展開は図られていない。General Tilney の Catherine を息子の嫁にと考える策略と、Catherine が彼に抱く誤解との対比がここでは焦点となる。

　物語の再読によってのみ分かるこの二重構造は、後期作品の *Emma* において、主人公 Emma Woodhouse が抱く謎を解明させる

第 1 章　*Lady Susan* と *Northanger Abbey*　　　55

仕組みに似ている。洞察力に優れる Emma は、周囲の人々の恋心に関し、勝手に想像力を膨らませる。教区牧師の Mr. Elton と Harriet Smith の婚約を取りまとめようと世話を焼く Emma は、物語が 3 分の 1 ほど進んだ段階で、Mr. Elton の目当ては Harriet ではなく Emma 自身であったことに気付く。一方、Emma の視点から展開を見守る読者は、はじめ Mr. Elton の思惑に気付かないものの、徐々に 2 人の思惑の違いに気付く仕組みとなっている。

　Emma では、物語の 3 分の 1 までの中心人物は Mr. Elton、Harriet、そして Harriet に思いを寄せる Robert Martin、さらに Emma の間違いを指摘する Knightley 兄弟が存在し、関係が複雑である。また、物語の残り 3 分の 2 ではさらに登場人物が増え、Emma を取り巻く人々の思惑は錯綜して行く。登場人物の視点の操作と同時に、Emma の「思考」、登場人物たちの「発話」、それぞれを描出する「話法」は、はるかに技巧的になっていく。最高傑作と評されることの多い *Emma* と比較すると、*Northanger Abbey* では、視点や話法を操作する「語り」の技巧は単純である。しかし、Catherine の「思考」と General Tilney の「発話」を描出する「話法」の選択が、物語展開と密接に関わる点で、後期作品における「語り」の原型がここに出来上がったと考えられる。

　ゴシック小説の結末では、それまで全く触れられていなかった事実が次々に判明し、秘密や謎の真相が明らかになる方策が、常套手段として用いられる。しかし、語り手がひたすら隠し通して来た謎が突如としていくつも判明する結末は、読者に不自然さを感じさせ、このジャンルの小説の浅薄さの一因ともなっている。一方、ゴシック小説の枠組みを用いる *Northanger Abbey* の諷刺的側面は、これまでの批評にあるような内容自体に止まらず、「語り」の構造にも見出すことができる。「話法」が使い分けられることで、全知の語り手は、物語全体を見渡す視座と登場人物たちの心中の間を自由に行き来する。ゴシック小説のように、これまで沈黙を守ってきた General Tilney が急に思惑を明らかにし、周囲を従えさせて悪漢ぶりを発揮

するのではない。実は、彼の思惑というものは脈々と読者に伝えられていたが、「話法」を使い分ける工夫によって、読者の意識が逸らされていたに過ぎないのだ。はじめ General Tilney の意図を理解しない Catherine が、徐々に彼の意図を呑み込むようになるのと同じ体験を読者にもさせる。彼の意図に気付くことができないのは読者の注意不足のせいで、物語展開の不自然さのためではない。このように、「話法」を操作する新たな挑戦によって、Austen は虚構世界をより現実的世界に近づけることに成功したのだと言える。

(6)

　Austen の書簡体小説 *Lady Susan* と、長編 6 小説の中で最初に完成した作品 *Northanger Abbey* の「語り」の構造を探ると、Austen が中編、長編小説の執筆に取り組む当初から、「語り」における実験を繰り返し、より完成度の高い作品の構築に挑んでいたことが分かる。

　Lady Susan では、Lady Susan が他を誘惑する場面が実際には描出されないが、読者は彼女の魅力が周囲に及ぼす影響力や、弁術の威力を認める。Lady Susan 自身の書簡と観察者 Mrs. Vernon の書簡の双方が同じ経過報告を辿ることで、一方の偏った主観ではないと読者が認識するからである。また、書簡の書き手が心中を吐露することのみでは、登場人物に対する具体的イメージを読者が掴み難いことから、劇形式によって場面を再現させる。登場人物の「発話」を「直接話法」と「間接話法」で写し取り、実際に繰り広げられる対話の実例を示すことで、人物の確固としたイメージを作り上げていく。このとき、間接話法から直接話法へ、Lady Susan 一人の声から、他の登場人物を加えた複数の声へと、段階を追って変化することで、書簡の書き手の「語り」部分から登場人物の「発話」部分への移行を円滑に行う。つまり、この作品では、書簡体小説の特徴である書き手の心中の描写に留まらず、書簡体の枠組みを取り払おうとした技法上の工夫が顕著に見られる。

第 1 章　*Lady Susan* と *Northanger Abbey*

　Northanger Abbey では、ゴシック小説の非日常的世界を否定し、現実世界との対比を行う。語り手は、作品の中で、ゴシック小説に関する否定的な自説を展開するに止まらず、ゴシック小説の枠組み自体を用い、その世界に予期せず入り込む読者にアイロニーを投げ掛ける。物語の前半部で、若き主人公 Catherine の善良な面を客観的に描き出し、読者に Catherine の好印象を植え付ける。後半部では、精神的に未熟な Catherine を、ゴシック小説を想起させる舞台に配置し、ゴシック小説に用いられるモチーフを次々に描出する。読者にゴシック小説を読むのと同じような展開を期待させることで、Catherine の視点を共有させ、彼女の心中と一体化させる。他方、ゴシック小説に登場する悪漢の典型を General Tilney のイメージと重ね合わせ、彼を誤解する Catherine の疑問に、読者が不審を抱かないよう注意を払う。そして、General Tilney の発言が徐々に読者の関心を引くように、声色を操作する。General Tilney の本意と、Catherine の思い込みが明らかになると同時に、読者を現実世界へと引き戻す。

　このような語りの技法上の工夫によって、作者 Austen は何を目指していたのだろうか。

　まず、*Lady Susan* について考えると、果たして Austen はこの作品で、主人公 Lady Susan の悪女としての魅力を書くことを目的としていたのだろうか、という疑問が湧く。むしろ、男女が情熱的に惹かれ合う流行の感傷小説、あるいは伝統のロマンスの形式自体を裏返すことに、関心があったのではないか。この作品では、書簡体の特質を生かし、書簡の書き手の主観を率直に明らかにすることで、読者の共感を引き寄せる。その際に、Lady Susan に惹かれる Reginald 側から想いを書き記すことを主体にするのではなく、異性を惹きつける側に立つ Lady Susan の手の内を読者に明かす書簡が中心となる。人が異性に愛情を抱くとき、相手の容姿や服装などの外見や儀礼的振る舞い、会話の妙味など、表面的な事柄に左右されがちである。しかし、Lady Susan が相手を騙す手口を暴露すること

で、我々は実際に相手の内実を見ているのだろうか、一方的な思い込みに過ぎないのではないのかという問題を突きつけているようにも思える。

　騙しの技巧を Lady Susan 自身に告白させるのみならず、彼女の実像を見抜く Mrs. Vernon を配して彼女を観察させる。緊迫感迫る「直接話法」を用いた劇形式によって客観的な視点を与える。このように、より具体的な Lady Susan 像をつかむ機会を読者に提供する。様々な提示方法によって人間関係のからくりを見せながら、なお読者が彼女の魅力を認めざるを得ないことに、面白みがあるのではないか。

　これとは対照的に、Northanger Abbey では、主人公 Catherine は General Tilney ほか周囲の思惑を見抜くことができない。全知の語り手が存在するこの作品では、作品前半部において、読者は全体を見渡す視座から、Catherine と他の登場人物たちを客観的に眺める。後半部では、読者は、ゴシック小説世界と現実は異なることを認識しながらも、Catherine の心中が「自由間接話法」で描出されることで、いつしか彼女の考えを共有させられる。物語の全体像を把握していたはずの読者の注意力を試すかのように、General Tilney 側の思惑が明らかになる。

　全知の語り手を導入することで効率化したのは、物語世界のどの位置から読者が読み進めていくかを、作者が容易に操作できるようになった点だろう。Lady Susan でも、書簡の書き手が複数存在することで、読者の視座は固定したものではなく、頻繁に移動させられていく。しかし、全体としては、読者は物語世界の外に置かれ、登場人物たちの係わり合いをじっと見守るしかない。一方、Northanger Abbey では、読者は物語世界の外から内へと引き寄せられることで、Catherine を客観的に眺める視点から、Catherine の内面へと移動し、再び客観的な視点へと戻る。このように、いわば作品世界を読者に体験させる語り方は、Catherine の内面を「自由間接話法」や General Tilney の発話を様々な話法で描き分けるこ

とによって、はじめて可能となる。
　Austen の「話法」の選択や「視点」の操作などの「語り」の技巧は、後期作品で複雑化し、洗練されたものになるため、前期作品および習作の「語り」はなかなか注目されることがない。しかし、この２作品を考察すると、単に流行小説の模倣や諷刺などの内容だけでなく、「話法」や「視点」などの技法を駆使することで読者の「よみ」を操作する工夫が見られる。ここに、作家 Austen の果敢な挑戦と技法の出発点を見出すことができるのだ。

【註】
1) "[T]he text frequently ends up relating the subject matter to the incompatibility of the two volumes of the text and the obvious inferiority of the second... the Northanger segment of the novel creates a stark and aesthetically unsettling contrast with the realism of the first portion of the work." James R. Keller, "Austen's *Northanger Abbey*: A Bibliographic Study," in *A Companion to Jane Austen Studies*, eds. Laura Cooner Lambdin and Robert Thomas Lambdin (Greenwood Press, 2000), 133.
2) Marvin Mudrick, "Irony Versus Gothicism," in *Jane Austen: Northanger Abbey and Persuasion: A Casebook*, ed. B. C. Southam (Macmillan, 1976, 1986), 73-97.
3) Andrew Wright, *Jane Austen's Novels: A Study in Structure* (Penguin, 1953, 1962), 96.
4) Deirdre Le Faye, *Jane Austen: A Family Record* (Cambridge, 1989, 2004), 109-110, 113, 115.
5) 前期３作品の初稿はいずれも現存しないため、初稿と完成稿の違い、どのような改訂を経て現在の作品となったのかなど具体的なことは分からない。Rachel M. Brownstein のように、３作品の主題や内容から判断して、諷刺的要素が強い *Northanger Abbey* がもっとも単純な語りで早くに仕上がった原稿であると捉える批評家が多い。Rachel M. Brownstein, "*Northanger Abbey, Sense and Sensibility, Pride and Prejudice*," in *The Cambridge Companion to Jane Austen*, 34-5. しかし、本書において考察していくように、Austen の自由間接話法を中心とした話法の変換という語りの技巧から判断すると、*Northanger Abbey* が３作品で最後に執筆されたことは明らかである。*Sense and Sensibility* では自由間接話法はほとんど用いられていないことからも、"Elinor and Marianne" を全知の語りの小説

に改訂する時点では、Austen は話法を用いて読者の印象を操作し、登場人物像を構築していくことに関心を寄せていない。*Pride and Prejudice* では、Elizabeth の心中を描出させるとき、自由間接話法を多用する。しかし、*Northanger Abbey* のように、2 人の登場人物の発言と思考内容の双方の話法を変え、連携して謎解きに用いるという高度な技法は *Pride and Prejudice* では用いられない。

6) "[R]eaders [of *Lady Susan*] may sense that they are reading an anti-conduct book." Barbara Horwitz, "*Lady Susan*: The Wicked Mother in Jane Austen's work," in *Jane Austen's Beginnings*, ed. J. David Grey (UMI Research Press, 1989), 183.

7) Richardson の小説は、主人公の主観的な反応をそのまま写す描写方法を生み出したことに加え、時代の感傷的風潮に適合していたことが成功の要因であったことは、Ian Watt 他が主張するとおりである。 Watt, 23.

8) "The use of two parallel series of letters, then, has great advantages, but it also presents considerable difficulties; not only because many of the actions have to be recounted separately and therefore repetitively, but because there is a danger of dispersing the reader's attention between two different sets of letters and replies." Watt, 209.

9) この作品の第 21 信は、同じ屋敷内にいる Frederica が Reginald に宛てた唯一の書簡である。母親 Lady Susan に Sir James との結婚を無理強いされた Frederica が、Reginald に真相を告白する内容で、Lady Susan と Reginald の間に諍いが起きる。物語の転機となるこの書簡は、Frederica が母親から Mrs. Vernon へ相談することを固く禁じられていたために第 3 者である Reginald に訴えたことが、後に Mrs. Vernon の Frederica との対話で判明する。口数の少ない Frederica が発言する代わりに書簡を認めるという古風な方法で、物語設定上のぎこちなさが感じられる。また、若い女性が婚約相手でない男性に手紙を書くという道義上の問題もある。

10) David Lodge, *The Art of Fiction* (Penguin, 1992), 22.

11) "Austen's biographers have mused about the conveyance of the entire story through correspondence, especially because its two heroines are never parted. This observation presumes that the letters would have to pass between the sisters, whereas numerous other relationships in the novel could have involved regular correspondence. More problematic for an epistolary novel, however, is the lack of correspondence between the two heroines and their romantic interests, Willoughby and Edward. Rebecca Stephens Duncan, "A Critical History of *Sense and Sensibility*," in *A Companion to Jane Austen Studies*, 18.

12) Jane Austen, *Lady Susan*, vol. VI of *The Works of Jane Austen, Minor Works*, ed. R. W. Chapman, 6 vols. (Oxford UP, 1954; 1969), 268. 以下、同書からの

第 1 章 *Lady Susan* と *Northanger Abbey* 　　　　　　61

引用は、本文中括弧内に頁数のみを記す。

13) *Lady Susan* の邦訳者である惣谷美智子氏は、Austen の才能は書簡体形式の枠内では窮屈さを感じさせると、その理由を以下のように解明する。「『レイディ・スーザン』は書簡体小説であるにもかかわらず、クライマックスとなるような重要場面は必ずといってよいほど、文字通り劇的な場面、つまり対話で構成されている…自己と他者との関わり合いを描く際、心理としては興味深いものの、書簡という、いわば息の長いやりとりよりも、対話という、はるかに瞬時の交錯の方がこの作家の体質に合っていたことは大いに考えられるであろう。書簡の書き手たちが、相互の会話をそのまま写しとるという形で、物語展開は会話に委ねられるのだ。」惣谷美智子、「オースティン『レイディ・スーザン』――書簡体小説の悪女をめぐって――」（英宝社、1995 年）, 176。

14) *Lady Susan* 創作の着想はいろいろな作品と関連付けて考えられているが、特にフランスで大流行した *Les Liaisons Dangereuses* との関連性が指摘されている。これには Austen のいとこで、フランス人に嫁ぎ未亡人となって帰国した Eliza de Feuillide が何らかの役割を果たした。一大スキャンダルとなったこの書簡体小説を、Eliza が未婚の Austen に見せたとは考えられていないものの、少なくとも話して聞かせるなどのことはあった。しかし、複数の書簡を用いた構成や、登場人物間の関係や人物像に加え、以下に述べるように言葉で相手の心理を操作することが主題となるなど、共通点はかなり多いことからも、Austen がこの作品に関心を寄せ情報を集めていたのではないだろうか。Claire Tomalin, *Jane Austen: A Life* (Vintage Books, 1999), 82-4.

15) "[T]here's nothing harder than writing something you don't really feel, I [Merteuil] mean doing it convincingly; it's not that you don't use the proper words but they're not arranged in the proper way... it's organized in such a way that every sentence gives the game away... It's the weakness of novels; while the author works himself up into a passion, the reader remains unmoved... Talking is quite different. With practice, you can make your voice tremble with emotion and that can be enhanced by a few well-placed tears; eyes can express a blend of tenderness and desire; and finally, a few broken words help to reinforce the air of bewilderment and agitation which is the most eloquent proof of love... wait for a chance to speak." Choderlos de Laclos, *Les Liaisons Dangereuses*, trans. Douglas Parméne (Oxford UP, 1995), 64-5.

16) 社交書簡文は、通常の口頭の会話より汚い表現を使え、遠慮なく書き手の私的な気持ちを表現できる。 Watt, 176.

17) Victor Sage, ed. *The Gothick Novel* (Macmillan, 1990), 8-28. 参照。

18) Jane Austen, *Northanger Abbey*, vol. V of *The Novels of Jane Austen*, ed. R. W. Chapman, 6 vols. (Oxford UP, 1933; 1969), 161-2. 以下、同書からの引用は、本文中括弧内に頁数のみを記す。

19) "The Gothic taste spread from ruins to the houses themselves. Decorative rather than structural, it was at first applied as detail—the pointed windows, the castellated parapet—to perfectly symmetrical facades. From using Gothic to thrill and terrify and induce melancholy contemplation, the Georgians turned to using it as a delightful variation of style." Maggie Lane, *Jane Austen's England* (Robert Hale, 1986, 1996), 26.

20) "In the second volume of *Northanger Abbey*... free indirect style is the dominant mode of discourse, and here it serves to give access to Catherine's mind and to manipulate the reader into trusting her illusions." Birthe Tandrup, "A Trap of Misreading: Free Indirect Style and the Critique of the Gothic in *Northanger Abbey*," in *The Romantic Heritage: A Collection of Critical Essays*, ed. Karsten Engelberg (U of Copenhagen, 1983), 89. この作品の後半部でCatherineの心中が自由間接話法で描出されることで、読者がCatherineに共感することが容易になり、Catherineが抱くゴシック小説の幻想へと読者を引き込むことをTandrupは指摘している。しかし、他の話法と自由間接話法の組み合わせや、General Tilneyの発話の描出方法、Austenの他の作品に全く触れていないのが惜しまれる。

21) "General Tilney's conduct does indeed approach a Gothic tyranny, and it is not unreasonable to suggest that, as readers, we have been lulled into a false sense of security, only to have our complacency dislodged at the abbey." Alistair M. Duckworth, *The Improvement of the Estate: A Study of Jane Austen's Novels* (The Johns Hopkins UP, 1971, 1994), 84.

22) "*Northanger Abbey*... begins with a resounding no... If Catherine, Austen's anti-heroine, is defined by a series of 'no's', 'not's', 'neither's', and 'nor's', the story Austen tells about her is also fraught with negatives." Terry Castle, "Introduction," to *Northanger Abbey, Lady Susan, The Watsons, and Sanditon*, ed. John Davie (Oxford UP, 1971, 1990), vii.

23) "Throughout her career, would-be consumers, over-consumers, and wise consumers turn Austen's attention to the economy. From the focus of *Sense and Sensibility, Pride and Prejudice*, and *Northanger Abbey*, where the single most significant economic problem for women is the lack of a fortune, Austen's works steadily engage women in more and more complex relationships to the economy." Edward Copeland, "Money," in *The Cambridge Companion to Jane Austen*, 132.

第 2 章 *Sense and Sensibility*
──皮肉な声色を響かせる語り手と「仮定法」──

(1) *Sense and Sensibility* における仮定法の効用

　Austen の作品中、もっとも早く出版された *Sense and Sensibility* は、今日、批評家たちに "dark"、[1] あるいは "burlesque"[2] という語を伴って評される。主人公 Elinor Dashwood は、父親の死後、家族が経済的困窮に見舞われ、想いを寄せる男性との恋愛もままならない。情熱的な恋を経験する妹の Marianne も、やはり金銭上の問題が障害となり、恋に破れて生死の境をさ迷う。姉妹の恋愛を描くにも、金銭と社会的地位などの現実的問題が複雑に絡み合い、物語に「暗い」影を落とす。一方、読者を笑いの渦に巻き込む喜劇的側面には、主題の一つである 'sensibility'、すなわち 18 世紀後半から 19 世紀初頭にかけてイギリスで流行した「感受性」を崇拝する動向[3]との係わりが指摘されよう。Mrs. Dashwood と Marianne の極端な感傷主義、John Dashwood 夫妻の他者への配慮を欠く言動など、登場人物たちの愚が滑稽に描かれることで、真面目な事柄も笑いへと転換される。

　このように、この作品では金銭問題や感傷主義などが、存在感を誇示する語り手によって取り上げられる。全知の語り手は、あたかも登場人物の傍らで解説するかのように、その声色を作品に響かせる。Austen の後期作品では、「自由間接話法」を多用することで、語り手と登場人物の境界線を曖昧にし、語り手の介在する煩わしさを軽減する。これに比べ、この話法の使用が少ない *Sense and*

Sensibility では、読者は語り手の声色を明確に意識しながら物語を読み進め、[4] 与えられた情報や価値判断などに信頼を置くことになる。

　語り手の叙述部において、「仮定法」、「助動詞」、「感嘆文」などが頻繁に用いられることも、この作品の特徴である。特に「仮定法」の使用は他の長編5小説と比較して突出し、"If … had been 〜"、"Had it been〜"、{助動詞 (would, could, should, might) + have + 過去分詞}などの仮定法過去完了が頻繁に用いられている。[5]「もし〜だったら…だったのに」という仮定法過去完了が備える機能的意味合いから、「しかし、実際にはそうではない」と、現実との差異が強調される。したがって、理想とされる状況から乖離する現実を、反語的に表すことになる。'sensibility' の過剰な Mrs. Dashwood と欠如する Fanny Dashwood の対立、'sensibility' の過剰を 'sense' を以って抑制する Elinor と抑制の効かない Marianne の比較など、「仮定法」を用いることで、登場人物たちの言動や性質が対照的に描かれる。

　「仮定法」、「助動詞」、「感嘆文」が用いられる箇所を総合すると、主要な登場人物のほぼ全員が関わることになり、かれらが語り手の嘲笑を浴びていることが判明する。ところが、主人公 Elinor だけは語り手の諷刺の対象から除外され、むしろ、他の登場人物の愚を描出するために頻繁に引き合いに出されることが興味深い。道徳的観念が強く、冷静な判断力で物事に対処する Elinor は、感情を露わにする Marianne や周囲の人々の観察者の立場に置かれ、[6] ときに語り手は、彼女の視点を通して読者に物語世界を眺めさせる。もっとも、Elinor の内面描写には「間接話法」が用いられることが多く、読者は Elinor と語り手の声色の違いを明確に認識するため、Elinor と一体感を抱くことは難しい。読者の関心は、Elinor が観察する Marianne の情熱的な恋愛に集まりがちで、彼女が自らの逆境に耐える胸中は、あまり描出されないのだ。

　そこで、Austen が自由間接話法を効果的に用いるようになる以

前、この作品で「仮定法」、「助動詞」、「感嘆文」を多用することで、いかに物語を展開させていたのか、その方法を探る。語り手が、登場人物たちの言動を諷刺し、読者に判断を促したり、笑いを喚起したりすることで、どのように読者の「よみ」を誘導しているか、その方法を解明する。一方、語り手が存在感を誇示するあまり、主人公の内面への読者の取り込みには苦心することになる。その解決はいかに図られるかを考察する。

(2) 仮定法による語り手のアイロニー

Sense and Sensibility の語り手は、Dashwood 家の遺産相続問題を切っ掛けに露わになる主人公 Elinor の逆境や、周囲の登場人物との関係など、物語の初期の段階でこの作品の主題を明確に提示する。

Elinor の母親は、持参金をほとんど持たずに Dashwood 家に嫁いだ後妻である。主人 Henry Dashwood が亡くなると、先妻の一人息子 John が年収 4,000 ポンドの Norland Park を相続し、妻の Fanny が屋敷の女主人の座につく。一方、Mrs. Dashwood と 3 人の娘は客分の地位に転落する。この状況は、Mr. Dashwood の生前から想定されていたことで、彼は臨終の床で、異母妹たちの便宜を図るように John に促す。すでに余裕のある暮らしを送っていた "a steady respectable young man"[7] は、多額の遺産が舞い込んだことで、父親との約束をいかに果たすべきか思案する。

John が妹たちへの援助を検討する様子は、読者が彼に関する情報をほとんど与えられていない、物語が始まったばかりの段階で描出される。語り手は、John に対する世評と結婚が彼に与えた影響について、以下のように叙述する。

> He was not an ill-disposed young man, unless to be rather cold hearted, and rather selfish, is to be ill-disposed: but he was, in general, well respected; for he conducted himself with

propriety in the discharge of his ordinary duties. <u>Had he married a more amiable woman, he might have been made</u> still more respectable than he was:—<u>he might even have been made</u> amiable himself; for he was very young when he married, and very fond of his wife. But Mrs. John Dashwood was a strong caricature of himself;—more narrow-minded and selfish. (5, 下線筆者)

Johnは元来の性質が悪いわけではないが、"not ill", "unless", "rather" などの否定的意味を伴う語が連続して用いられることから、彼に対する語り手の積極的評価はない。むしろ「堅実」と「尊敬される」世評とは裏腹に、他者への配慮に欠ける彼の自己中心的側面が示される。さらに、「仮定法」を用いた逆説的表現によって、結婚後、彼の性格上の欠点が助長されたことが強調される。妻はJohnをさらに戯画化したような人物で、「もっと狭量で自分勝手」であると、語り手は断言する。はじめて登場する人物に対し、語り手は読者の見方を誘導するように否定的イメージを重ねていく。

　この作品では、財産と身分に相応の、しかも愛情を伴った結婚をすることに価値が見出される。[8] 若くして財産家となったJohnは、自身の一存で結婚でき、お互いの欠点を補い合うことのない相手を選んでしまう。人生に与える金銭と結婚相手の多大な影響が、John Dashwood夫妻の一例によって示され、この作品で繰り広げられる他の恋愛の結末をも暗示する。

　このように、語り手は物語の冒頭近くから「仮定法」を効果的に用いてJohn Dashwood夫妻を諷刺し、彼らを辛らつに捉える姿勢を鮮明にする。読者がこれらのことを念頭に置き、作品第2章で繰り広げられるJohnと妻Fannyの「直接話法」による対話部を、より滑稽に捉える雰囲気を作り上げるのだ。亡父の意向に従おうと3人の妹たちに合計3000ポンドを分与する意向のJohnに、Fannyは猛烈に反発する。夫の案にもっともらしい理由をつけて否定する妻

第 2 章　*Sense and Sensibility*

との対話は、言葉巧みに描出されている。Fanny は、小さなひとり息子が将来受け継ぐはずの財産から大金を減らす愚かさや、小額の年金を与えると決めたものの、結局相手に長生きされて失う額が大きくなる例など、さまざまな角度から反対理由を見つけては夫を責め立てる。もともと妹たちへの愛情や善意などない John は易々と妻の口車に乗せられ、亡父が示唆した妹たちへの援助とは金銭的なものではないのだとの結論に至る。Mrs. Dashwood が John を言い包めるレトリックは批評家たちにあまりにも有名な場面であるが、直前の「仮定法」がこの対話部の喜劇的側面を増幅させていることこそ、より重要であろう。[9]

当時の紳士階級の平均年収が 700〜1000 ポンドであることを考慮すると、[10] はじめ John が与えようとした 3000 ポンドは大金で、Fanny の主張に納得できないこともない。半分しか血の繋がりがない妹たちに寛大過ぎるとの指摘も、嫡出子と庶子では立場が異なり、男女差や長男、次男の差によっても相続に雲泥の差がある当時の慣習においては、当然の発言である。[11] しかし、この軌道修正はもともと気前の良くない優柔不断な夫に対し、強欲な妻が援助を辞めさせる口実を考え出してやったようなものである。母娘 4 人で年 500 ポンドの生活を強いられる妹たちが、現在の相当額の収入に加えて年 4000 ポンドの見込みがある John に対し、逆に何か与えてもいいほどだとの Fanny の行き過ぎた主張によって、John の当初の計画とは正反対の結論に落ち着く。

2 人の会話は、2 つの家庭を持った故 Mr. Dashwood の相続に関する現実を露わにする。そして、財産家の兄夫婦が家計の逼迫する妹家族に一切同情を寄せず、びた一文もくれてやらないと決意する論法は読者の失笑を買う。2 人の会話の展開は軽妙な筆致で描出され、それだけでも笑いを誘うが、この対話部に至る前に 2 人が利己的な人物であることが示され、読者が 2 人の会話を楽しむことが出来るよう予め方向付けられている。例えば、喜劇俳優による舞台を観客が見に行く時、観客には滑稽な場面が展開される期待が前もっ

てあり、心の準備があることで些細なことにも直ちに反応を示すことが出来る。語り手は、「仮定法」を用いて2人を嘲笑的に紹介するといった布石を打つことで、その後に続く対話の喜劇的側面を強めているのだ。

　John Dashwood夫妻に対する嫌悪感のこもった嘲笑は、この「仮定法」の使用を皮切りに物語の終焉まで続く。さらに、他の登場人物たちの描出にも、「仮定法」が次々に用いられていく。

　義理の父親の葬式が終わるや否や、Dashwood母娘を追い出すようにNorland Parkへ乗り込んだFannyのやり方に、感受性豊かなMrs. Dashwoodは強い反発心を抱く。Fannyの行動に対するMrs. Dashwoodの反応は、以下のように描写される。

> No one could dispute her [Fanny's] right to come; the house was her husband's from the moment of his father's decease; but the indelicacy of her conduct was so much the greater, and to a woman in Mrs. Dashwood's situation, with only common feelings, must have been highly unpleasing;—but in *her* mind there was a sense of honour so keen, a generosity so romantic, that any offence of the kind, by whomsoever given or received, was to her a source of immoveable disgust.
>
> 　　　　　　　　　　　　　　　　　（5-6, 下線筆者）

主人を亡くし、悲しみに浸る家族に対するFannyの思い遣りに欠けた行動を、語り手が批判する姿勢は一貫している。先のJohnの紹介の時と同様に、語り手はここでも否定語 "no" や接頭辞 "in-", "im-" による反語的な表現を用い、Fannyの嫌がらせとMrs. Dashwoodの繊細さを対比させる。そして、「仮定法」を用いた文章に加えて "so" を繰り返し用いることで、Mrs. Dashwoodの憤りが、普通の感性の持ち主以上に激しかったことを示す。

　つまり、語り手は「Fannyには他者を気遣う配慮がなく、情感豊

かな Mrs. Dashwood は彼女の振る舞いに傷ついた」という内容を表すのに、「仮定法」を用いた反語的な陳述をすることで、深刻な場の雰囲気を一転させる。Fanny を嘲笑し、彼女の無神経かつ自己中心的行動を重ねて諷刺し、その一方で、感情過多に傾きがちな Mrs. Dashwood の反応をからかう。Fanny の行動に対して並みの情感の持ち主であれば、傷つきはしても Fanny の権利を認めざるを得ず、大人しく耐えたかもしれない。しかし、人より感じやすい Mrs. Dashwood であればこそ、義理の息子の妻に対する反感や嫌悪感は強く、悲しみよりも怒りを募らせる様子が窺える。語り手は「仮定法」の利点を生かし、当事者双方の行動と反応を描出する。それぞれを戯画化して喜劇的な雰囲気を作り上げ、2人が対抗心を露わにする様子を、読者が面白半分に観賞することができる土台を作り上げている。

　この引用部に続く文章でも、語り手はさらに反語的な陳述を続ける。Fanny は身勝手さを義理の妹の家族に示す機会がこれまでなかっただけなのだと、辛らつさが増す。また、Mrs. Dashwood の sensibility の過剰が強調されている。

　　So acutely did Mrs. Dashwood feel this ungracious behaviour, and so earnestly did she despise her daughter-in-law for it, that, on the arrival of the latter, she would have quitted the house for ever, had not the entreaty of her eldest girl induced her first to reflect on the propriety of going, and her own tender love for all her three children determined her afterwards to stay, and for their sakes avoid a breach with their brother.　　　　　　　　　　　　　　（6, 下線筆者）

Mrs. Dashwood は嫁への侮蔑や、怒り、悔しさなどから感情を爆発させ、今にも屋敷を飛び出さんばかりの勢いである。義父の死後早々に屋敷に乗り込む Fanny の行動が非常識ならば、当てつけが

ましく屋敷を飛び出すことも思慮深い行動とは言えないだろう。しかし、長女 Elinor が懇願し、母親がやっと説得された様子が「仮定法」で強調される。Elinor は単に世間体や儀礼上の問題だけでなく、現実的にすぐに屋敷を出ることが不可能な財政面についても考慮する。母娘に残された年500ポンドの収入では、借家の規模、雇える従僕の数などが限られ、引越し先は容易に見つからない。ここに、Mrs. Dashwood の 'sensibility' の過剰を、娘 Elinor の現実認識力 'sense' で抑制する図式を、読み解くことができる。

　Elinor と母親の関わり方の描出からは、語り手がこの母親に対して厳しい姿勢で臨んでいると判断できる。先の引用部の直後では、語り手は以下のように Elinor を評し、母子の役割と立場の逆転を示す。

> 　Elinor, this eldest daughter whose advice was so effectual, possessed a strength of understanding, and coolness of judgment, which qualified her, though only nineteen, to be the counsellor of her mother, and enabled her frequently to counteract, to the advantage of them all, that eagerness of mind in Mrs. Dashwood which <u>must</u> generally <u>have led</u> to imprudence.
> 　　　　　　　　　　　　　　　　　　　　　　　（6, 下線筆者）

Elinor は19歳にして、母親の軽率になりがちな行動を、理解力、冷静な判断力によって正しい方向へと導く、助言者としての役割を担う。実際、Elinor の 'sense'、すなわち「現実を認識する力」がなければ成り立たないほど、'sensibility' の過剰な母親と Marianne は、直情的に行動する。Mrs. Dashwood は愛情に溢れた母親で、語り手は Fanny と Mrs. Dashwood を同じ調子で嘲笑する訳ではない。Mrs. Dashwood が屋敷を出ることを思い留まったのは、Elinor の説得を受けて「分別」を働かせ、娘たちの幸福を願って自らの行動を律したためである。語り手は、家族愛に満ちた Mrs. Dashwood

に対する温かい視点も忘れず、食客という惨めな身分に落とされた一家への同情を読者から引き出そうとする。とはいえ、Mrs. Dashwood の判断力の甘さが、母親の気質を受け継いだ Marianne の感情に溺れた行動を、後に助長させることになる。物語の冒頭部では、語り手の非難の矛先は Marianne に向けられていない。しかし、Mrs. Dashwood を制止する Elinor の判断力を語り手が正当化することで、Marianne の社会的規範に外れる行動を生み出す要因として、母親の教育に咎があることを暗示する。

このように、Sense and Sensibility のはじめの章で「仮定法」が使用される箇所を検証すると、登場人物たちに対する語り手の姿勢が鮮明になる。狭量な John に輪をかけた妻 Fanny、思い遣りに欠ける Fanny の行動に嫌悪感を抱く Mrs. Dashwood、感情的行動に走る母親をなだめる冷静な Elinor と、語り手は仮定法を用いて「金銭感覚」、「感受性」、「現実認識力」の観点から登場人物を比較対照する。単純な叙述と異なり、反語的な表現をすることで、ある人物の強欲さを強調し、あるいは相反する情緒的な行動を示す。仮定法が用いられる文章は、何かを比喩的に表現する手段でなく、語り手が登場人物の言動や気質に対し、「判断を下す」ために用いられている。語り手は、John Dashwood 夫妻をはじめ、Mrs. Dashwood、Marianne、Lady Middleton、Steele 姉妹、Mrs. Jennings らを対象に、かれらの虚飾、偽善、高慢、猥雑さ、無分別、無神経など欠点を見つけては次々に仮定法を用いて批判する。

Sense and Sensibility では、観察者 Elinor の視点と語り手の語り口を通して登場人物たちの些細な言動における愚も過大視され、しばしば滑稽さが際立つことで、物語は喜劇的な雰囲気に包まれている。たしかに、語り手の皮肉めいた声色は、仮定法が用いられない箇所でも響く。しかし、仮定法を用いることで、物語の喜劇的雰囲気が一層強調され、登場人物に判断を下す語り手の厳しい姿勢が鮮明になる。物語の早い段階で 'sensibility' が欠如している人物と過剰な人物の問題点を指摘し、また、'sense' が機能している Elinor

の判断力を示すなど、主要な登場人物の性質を明らかにし、読者が物語を読み進めていく上での指針としているのである。

(3) 観察者 Elinor の視点

　Mrs. Dashwood と娘たちが住み慣れた Norland Park を去って Barton Cottage へ移る作品第1巻第6章以降、Elinor が妹 Marianne の行動を憂慮する新たな構図が提示される。それは、率直な感情表現を重視する Marianne が、ときに社交儀礼を逸脱してまでも Willoughby への一途な愛情をさらけ出し、また、Mrs. Jennings ら周囲の人々への侮蔑を態度に表すためである。本来、教育監督にあたる Mrs. Dashwood は娘の言動に異を唱えるべきところ、逆に自分の気質を受け継ぐ Marianne を肯定する。これに対し、妹の言動の危険性を以前から感じていた Elinor は傍らで苦言を呈し、Marianne の態度によって生じる周囲の悪感情を和らげるなど忙しい。ここには、周囲の人々を観察する Elinor の視点が効果的に用いられる。

　Elinor は19歳、Marianne は16歳と、わずか3歳の差しかないが、Marianne が意中の Willoughby に馬を贈ってもらう約束をしたと姉に報告する場面（作品第1巻第12章）では、母親に代わって家計を切り盛りする Elinor と、世間知らずの Marianne の感覚のずれが露呈する。Marianne は Willoughby の愛情の証を純粋に喜ぶばかりで事の重大さを認識しておらず、Elinor は唖然とする。他人から高価な贈り物を受けることの無分別、まだ十分に知らない男性と親密な約束を交わす馴れ馴れしさ、高価な馬の維持費を考慮しない金銭感覚の欠如。

　Elinor は馬1頭を飼うためには飼育係を雇い、従者用にもう1頭購入せざるを得ず、厩舎を建てる必要があると考える。Marianne は使用人を増やすことは大した出費ではなく、従者用の馬は親類の住む隣の屋敷 Barton Park から借用でき、厩舎も簡単なもので間に

合うと考える。2人の主張はどちらももっともらしく思える。事態を複雑に捉えず、Marianne のように単純に考えることは案外可能かもしれない。しかし、ここでは曖昧な読みが許されない。Austen の作品では年収と生活規模の関係が明確に描かれる。例えば、John は Colonel Brandon の年収が 2000 ポンドと知り、妹 Elinor を彼に嫁がせて狩猟仲間になろうと算段する。また、Mrs. Jennings は、独立財産のわずかな Lucy と Edward の婚約が明るみに出た時、かれらが強いられる厳しい生活の予想図をすばやく描いてみせる。同様に Elinor たち母娘の年収 500 ポンドで雇うことができる使用人の数は 3 人までで、馬や馬車を持つ余裕のないことが十分に認識されるべきである。[12]

馬に関するこのモチーフは、Dashwood 母娘たちが Norland Park を退去する際、Elinor が Mrs. Dashwood を説得したことを連想させる。馬を売却し、さらに馬車を手放すことを躊躇う母親に Elinor は熱心に訴え、細かく指示を出す。使用人の数も女中 2 人、下男 1 人に限定するなど、迅速に事を処理していく。

> The horses which were left her by her husband, had been sold soon after his death, and an opportunity now offering of disposing of her carriage, she agreed to sell that likewise at the earnest advice of her eldest daughter. For the comfort of her children, had she consulted only her own wishes, she would have kept it; but the discretion of Elinor prevailed. *Her* wisdom too limited the number of their servants to three; two maids and a man, with whom they were speedily provided from amongst those who had formed their establishment at Norland. (26, 下線筆者)

語り手は Elinor に "discretion" があり、"wisdom" を働かせたのだと記すが、言い換えれば、Mrs. Dashwood には思慮分別も賢明さ

もないということである。使用人の数や、馬車の所有の可否に関する情報は、母娘4人の年収で賄える生活規模と照らし合わせると、現実と一致する。つまり、語り手が指摘するように、Elinor の思慮分別や判断力は読者の信頼に値することが、物語序盤の段階で述べられる。亡夫への情愛の深さから、彼を偲ばせる馬や馬車を手放すことに未練を抱く Mrs. Dashwood に、読者は共感を覚えることもできる。同時に、母と娘の役割が逆転し、現実を直視することの出来ない母親像が強調されている。

　ここでも、「仮定法」が用いられることで、現実的問題よりも己の感情を優先させる Mrs. Dashwood の判断力の甘さが批判の対象となる。彼女が喜怒哀楽を率直に示すのは、人間性の豊かさの表れであろう。しかし、Mrs. Dashwood と Elinor に下す語り手の対照的評価が明白である。Marianne が Willoughby の馬を受け取ることが、Dashwood 家の財政状況では不可能であることを知る読者は、同じモチーフが採用されることで、Marianne の思慮を欠く行動に警戒心を抱く。Marianne は、長女 Elinor の助言を受け入れ感受性の過剰を抑制し、かろうじて危険を回避していた Mrs. Dashwood のいわばバリエーションとして描出される。Elinor は妹の "imprudence"（58）を嘆くが、ここで非難されるべきは Marianne だけではない。Willoughby は Dashwood 母娘の窮乏を知りながら、維持費がかかる馬を贈呈したところで迷惑になることを鑑みない。語り手は、ここで Willoughby を直接的に批判することはないが、後に明かされる Willoughby の虚飾、浪費癖、無思慮などを推測させるエピソードとなっている。

　このように、直情的な Marianne の言動は、彼女を冷静に見守る Elinor の視点を通して描出されていく。これらが Elinor の精査を通して描出されることで、読者が受ける影響は大きい。この作品では Elinor と Marianne の2人のヒロインが存在するが、読者は感情を抑制する Elinor ではなく、Marianne の華々しい恋愛に関心を引き寄せられがちである。そもそも、Willoughby との出会いの場面に

は伝統的なロマンス形式が用いられる。うら若き乙女を精悍な騎士（紳士）が助けに馳せ参じ、一目で恋に落ちた美男美女が互いに情熱を燃え上がらせていく、という展開は物語を盛り上げる。2人の別離に際しても、愛する恋人同士の間を引き裂く障害が生じるのを運命のいたずらのせいにし、Marianne を悲劇のヒロインに祭り上げることもできる。しかし、Elinor の批判的視点からの描出と、語り手の嘲笑的声色によって、2人のロマンスは諷刺的に描かれるのだ。

 とは言え、Marianne と Willoughby の無計画な恋が破綻するという物語のからくりが明かされる物語中盤を過ぎるまでは、Elinor の推測がほぼ正しいと、読者が Elinor に全信頼を預けることはない。例えば、Willoughby が突然 Dashwood 母娘たちに別れを告げて London へ出立するとき、その理由や Marianne との婚約の有無について推測する Elinor と Mrs. Dashwood の意見は分かれ、読者の判断力が試される。母娘の議論において、Mrs. Dashwood は、Willoughby の後見人 Mrs. Smith が彼と Marianne の結婚に難色を示し、2人を引き離そうとしているのだと考える。Elinor は2人の愛情を疑うことはないが、かれらが社会的規範に基づいて婚約を交わしていたかどうかを重視する。未だ婚約していないならば、Willoughby のこれまでの行動には誠意がないと判断する。Elinor の疑い通りであれば、Willoughby の出立の謎が逃避であると説明がつきそうなものだが、2人の熱愛ぶりがこれまで描出されてきただけに、Mrs. Dashwood の "You [Elinor] must think wretchedly indeed of Willoughby, if after all that has openly passed between them, you can doubt the nature of the terms on which they are together." (80) と彼を擁護する主張を、読者は受け入れるだろう。

 Mrs. Dashwood が Willoughby を信頼に値する人物だと見なす根拠は、もっぱら近隣住民の評判にある。Willoughby は好人物だという情報が Sir John や Mrs. Palmer らによってもたらされ、彼に対する信頼を取り付ける。彼が突然いなくなることの唐突さも、読者

にとって初めてのことではない。直前には、Barton Park に周辺の皆が集まる中、館の主人 Colonel Brandon が遠出の約束を断ってまで性急に出立していったばかりである。Elinor が厚く信頼する Colonel Brandon でさえ急用で姿を消すことがあるのだから、Willoughby の場合にも Marianne を一時置き去りにする事情が何かあるのだろう、と読者が納得することもできよう。Mrs. Dashwood が Elinor を "who love[s] to doubt"（78）と称するように、彼女は慎重さや厳格さゆえに取り越し苦労をし、Willoughby の行動に難を見出しているのだとさえ疑える。

　このように、本作品で存在感を示す語り手は、必ずしも直接的に描出していくばかりでなく、情熱的な恋愛を経験するヒロイン Marianne を、物語内で身近にいる Elinor を通して 2 人を眺める視点を読者に与える。また、さまざまな情報と Elinor の判断とを総合的に判断させ、自由に物語展開を予測させる余地を与えている。

　しかし、Willoughby との別離を嘆く Marianne の情熱の激しさを描出するとき、再び「仮定法」が用いられることで、読者の見解は一変させられる。Willoughby が去り、夜通し涙に暮れていた Marianne は、翌日、床から起き上がると頭痛を訴え、話すことも出来ず、食欲もない。打ちひしがれ、疲れ切った Marianne の様子は、語り手によって以下のように叙述されている。

> Marianne would have thought herself very inexcusable had she been able to sleep at all the first night after parting from Willoughby. She would have been ashamed to look her family in the face the next morning, had she not risen from her bed in more need of repose than when she lay down in it. But the feelings which made such composure a disgrace, left her in no danger of incurring it. She was awake the whole night and she wept the greatest part of it. She got up with an headache, was unable to talk, and unwilling to take any

nourishment; giving pain every moment to her mother and sisters, and forbidding all attempt at consolation from either. <u>Her sensibility was potent enough!</u>　　　　（83, 下線筆者）

　読者は Marianne を哀むより、むしろ Marianne の極端な嘆き様に滑稽ささえ見出すだろう。自ら進んで悲しみに浸り切る Marianne は、自分の態度が家族に心痛を与えていることに注意を払わず、慰めも受けつけない。語り手は、Marianne の様子を実際に描出する前から、予め「仮定法」を繰り返し用いる。感情を率直に表す Marianne の主義に従えば、最愛の人との別離に憔悴するべきで、そうでなければ愛情は大して深くなかったのだ、と反語的表現により Marianne の置かれた心理的状況を嘲笑する。もっとも Marianne には余計な心配など無用、彼女は Willoughby への愛情の深さを誇示するかのように存分に嘆く。語り手は Marianne の sensibility の過剰さを「感嘆文」で諷刺して締めくくる。
　もはや、語り手の姿勢は真摯なものではない。語り手は Marianne の悲劇的側面を、「仮定法」を用いることで喜劇へと転換させる。繊細な情緒を持つあまり、自らの感情に素直に従うことを優先し、周囲への配慮を怠る Marianne の精神的未熟さを、周囲の状況と照らし合わせて描く。Marianne の sensibility は自己の内面に向けられるばかりで、他者には向けられていない。このように、要所要所において語り手がアイロニーに満ちた声色を響かせることで、自らの悲劇的状況に酔いしれ、周囲への配慮を欠く Marianne の姿が戯画化される。
　ここで、Marianne のかくも純粋な愛情を裏切った Willoughby が嘲笑的に描かれてはいない点に注目したい。Austen の小説では、*Pride and Prejudice* の George Wickham や *Persuasion* の Mr. Elliot など、財産目当ての結婚を企てる人物が登場する。*Sense and Sensibility* の後半部では Willoughby の不品行が暴かれ、彼が若い女性に私生児を産ませた上に放置したことや、浪費癖による困窮を

凌ぐため財産家の女性と結婚したことが分かる。ところが、Willoughby は Austen の他の作品の悪漢たちと同様の過ちを犯しながら、Elinor も語り手も不思議と彼には同情的である。

　London の社交界で Dashwood 姉妹と Willoughby が再会する作品第 2 巻第 6 章では、恋愛の当事者 Marianne ではなく、Elinor が Willoughby の豹変ぶりを熟考する様子が描出される。Willoughby との再会を期待して London へやって来た Marianne は、ある夜会で念願の再会を果たす。しかし、流行の服をまとった女性に親しげに付き添う Willoughby は、姉妹と他人行儀に接する。ここで語り手は、Willoughby の真意を測る Elinor の心情を、以下のように「仮定法」によって叙述する。

> Her [Elinor's] indignation <u>would have been</u> still stronger than it was, <u>had</u> she <u>not</u> witnessed that embarrassment which seemed to speak a consciousness of his own misconduct, and prevented her from believing him so unprincipled as to have been sporting with the affections of her sister from the first, without any design that would bear investigation.
>
> 　　　　　　　　　　　　　　　　　　　（178-9, 下線筆者）

妹の婚約者と信じていた男が、再会の約束はおろか、かつて Marianne との間に通っていた愛情さえ否定する態度に、Elinor は憤りを覚える。同時に、Willoughby の狼狽を察知する Elinor は、彼が計画的に Marianne を誘惑した訳ではなく、別離に他の理由があることを洞察する。Marianne に劣らず感受性の強い Elinor ならば、妹に代わって彼に怒りをぶつけることもできたであろう。[13] しかし、平常心を失わない Elinor は、Willoughby の不可解な行動の裏に隠された真実を見出すことに努め、Willoughby の Marianne への愛情が本物であったと信じることで救いを見出す。

　したがって、語り手は、Willoughby と Marianne の相互の愛情の

純粋さのみを強調する。2人の別離において、一方的にWilloughbyに責任を押し付けることはない。純愛が悲劇に終わった原因を、愛情を優先させた2人が、家庭を持つために必要とされる財力や社会規範を考慮しなかったことに帰するのである。外見や共通の趣味からWilloughbyに好感を持ち、彼の人格や素性を判断する前に心を許したMarianneにこそ落ち度がある。そして、Marianneの浮ついた情熱を助長させ、社交界における彼女の評判をも貶めた母親の保護責任を、語り手は問いただす。

このように、存在感を示す語り手といえども、物語展開に関する見解を読者に単に押し付ける訳ではなく、作中人物Elinorに人間関係を推測させ、状況判断を促し、徐々に物語の核心に迫っていく。また、Elinorの判断にすべてを委ねるのでもなく、語り手の視点とElinorの視点を連携させながら、読者に物語の展開を推測させていくのだ。

（4）語り手のElinorへの同調

*Sense and Sensibility*において、語り手の叙述部で用いられる「仮定法」は、この作品を理解する上で重要な鍵となることが分ったが、そもそもこの作品で仮定法が頻繁に用いられることに、どのような必然性があるのだろうか。

この作品で、ElinorはMarianneの華々しい恋愛や周囲の人々の言動を観察する立場に置かれている。語り手は、登場人物たちの愚かさを描出する際にElinorを比較対象として引き合いに出し、彼女の視点を通して状況を判断させるなど、Elinorは読者が物語を読み進める上での道徳的規範の役割を果たす。このような彼女の立場は、後の*Mansfield Park*の主人公Fanny Priceや、*Persuasion*のAnne Elliotの立場との類似が指摘できる。しかし、FannyやAnneは、他者の言動を観察する一方で自身の恋愛感情についても様々に思索し、あるいは第3者から想いを寄せられるなど、物語の中心に据え

られている。ところが Elinor の場合、家族の問題を解決し、縁者との交友を円滑にするなど、雑務をこなす様子が描かれるばかりである。恋愛の対象となる Edward Ferrars への好意も、彼女の冷静な性格ゆえに当初から控えめに描かれ、2人が直接的に係わる場面は限られている。

　このことと、語り手が「仮定法」を用いるときに Elinor を頻繁に引き合いに出すことは、少なからず関連性があるようだ。この作品で、「仮定法」が登場人物たちの無思慮、無分別、他者への思いやりの欠如、極端な感傷性などの批判に用いられるとき、たいてい Elinor は彼らの迷惑を被っている。そして、語り手は、不平を抱いたり、愚痴をこぼしたりしない Elinor の心情を代弁するかのように、「仮定法」、「感嘆文」を用いた文章で彼女を哀れみ、読者に訴えかける。

　では、語り手が Elinor に対して臨む姿勢を見てみたい。その好例として、Elinor が Lucy Steele の嫌がらせに耐える様子がどのように描出されているのかを探る。

　Elinor は、Norland Park に姉 Fanny を訪問した Edward Ferrars と知り合い、お互いに好意を寄せる。しかし、このことは Elinor 自身の心中が表明されるより、周囲の人々の反応によって間接的に描出されている。Mrs. Dashwood は娘の結婚を期待し、一方、反感を抱く Fanny は 2 人を遠ざけようと画策する。肝心の Edward は、Barton Cottage へ移った Elinor たちを訪問するが、煮え切らない態度のまま、すぐに退去する。Willoughby への熱烈な情熱を掻き立てる Marianne と比較すると、Elinor の態度からは本心が読者に伝わらない。とうとう、Barton Park の客 Lucy Steele が Edward と密かに婚約していることを恋敵 Elinor に告白すると、彼女は儚い恋心を封印する。婚約者としての存在を誇示し、Elinor を意気消沈させるつもりの Lucy の思惑とは裏腹に、Lucy の言葉の端々から洩れる情報を総合した Elinor は、Edward が自分に愛情を抱いていると確信する。もっとも、他の女性との婚約が判明した今、Barton Park

第 2 章 *Sense and Sensibility*　　　　　　　　　　　　　　　81

の食卓に着くとき、事態を冷静に受け止める Elinor は努めて平静を装う。Edward がなぜ他人行儀な態度のままだったのか、事情を呑み込んだ Elinor は、感情を抑制する。その様子を、語り手は「仮定法」を用いて以下のように記す。

> And so well was she [Elinor] able to answer her own expectations, that when she joined them at dinner only two hours after she had first suffered the extinction of all her dearest hopes, <u>no one would have supposed</u> from the appearance of the sisters, that Elinor was mourning in secret over obstacles which must divide her for ever from the object of her love...
> 　　　　　　　　　　　　　　　　　　　　（141, 下線筆者）

語り手は、Elinor を他者の間に配し、彼女が落ち着き払う様子を客観的に描出する。Willoughby との別離を大仰に嘆いてみせた Marianne とは異なり、平常心を保ち、淡々とした態度を取り続ける Elinor の内面が周囲の人々に気取られることはない。

　以後、Lucy は冷徹にも Elinor を恋の相談相手に選ぶ。Edward との遠距離の交際を嘆いてみせ、未来予想図を描くなど、Elinor に Edward を諦めさせようと策を弄する。Elinor と Lucy が London 滞在中、Edward の母親 Mrs. Ferrars の晩餐会に揃って招待された際には、Elinor の忍耐力が試される。Lucy は姑となるはずの人と会う興奮を Elinor に伝え、嫉妬心を煽ろうと目論むが、一方、Edward に Miss Morton との縁談が勧められていることを兄 John から情報を得た Elinor は、Lucy の挑発に乗ることなく、状況判断に努める。その様子は、以下のように記されている。

> 　Elinor <u>could have given</u> her [Lucy] immediate relief by suggesting the possibility of its being Miss Morton's mother, rather than her own, whom they were about to behold; but

instead of doing that, she assured her, and with great sincerity, that she did pity her,—to the utter amazement of Lucy, who, though really uncomfortable herself, hoped at least to be an object of irrepressible envy to Elinor.（232, 下線筆者）

Elinor は、Lucy の度重なる嫌がらせに癇癪を起こして Edward に寄せる愛情をうっかり認め、Miss Morton の存在のために、自分たちのどちらもが彼と結婚する可能性のないことを宣言し、鬱憤を晴らすこともできたろう。しかし、自らの惨めな心境を訴えたり、辛く当たったりすることよりも、財産目当ての姑息な Lucy の餌食となった Edward の境遇を、Elinor は悲しむ。また、Lucy と Edward の婚約を未だに知らない Mrs. Ferrars と Fanny が、Elinor を良縁の障害と見なして怒りの矛先を向けようとも、彼女は苦笑するばかりで憤ることはなく、真の愛情に欠ける家族を持つ Edward を哀れむ。

　感情を露わにする Marianne に対し、Elinor は自身の恋愛感情に関しても泣き言を並べることなく、他の雑務を処理するときと同様の冷静さを失わない。結果として、彼女を貶めようとする Lucy の小賢しさや、Mrs. Ferrars、Fanny らの陰湿な性質が際立ち、語り手は彼女らを戯画化することになる。対照的に、Elinor の辛抱強さを引き立たせ、読者の共感を引き寄せる仕組みになっている。

　しかし、実際のところ読者は Lucy や Mrs. Ferrars らの俗悪さを感じ取る一方で、Elinor に同情を寄せるだろうか。Elinor は、自制心が強いばかりでなく、もっとも身近な存在である母親や妹に対する批判的姿勢も崩さない。楽天的な母親が彼女のことを "prudent"（156）と皮肉たっぷりに呼ぶように、分別臭さや悟りの境地が感じられ、弱冠 19 才の若々しさは感じられない。読者は彼女が余りにも謹厳過ぎると感じてしまうのではなかろうか。[14] Marianne の奔放さ、損得勘定に基づいて行動する Lucy と Fanny の対立などは、極端な描写により滑稽さが増し、むしろ生き生きとした存在感が読

者の興味を捕らえて離さない。ところが、Elinor は自己の境遇を嘆くこともなく、恋敵を羨むでもなく、また、Edward の家族を恨むこともなく、冷めた目で周囲を見回し、彼女の内面が描出される際にも自分に言い聞かせるかのように不満を隠す。このような彼女の姿勢に、読者が欺瞞を感じる恐れはないだろうか。

　物語後半部で「感嘆文」が頻繁に用いられるのは、読者の意識を、半ば強引に Elinor に引き留めようと画策する語りの戦略なのだと考えることができる。

　Lucy との婚約が明るみに出て母親から勘当された Edward に、彼を領地 Delaford の教区牧師に推薦しようと Colonel Brandon が援助を申し出る際、Elinor は 2 人の仲介役を引き受ける。そして、Mrs. Dashwood は Colonel Brandon と Marianne の結婚を予期するが、そうなれば Elinor はもはや再会を望まない Edward の住む Delaford へ行かざるを得ない。語り手は、彼女の心情を代弁するかのように「感嘆文」を用いて嘆いてみせる。"Poor, Elinor!—here was a new scheme for getting her to Delaford!"（339）あくまで冷静さを装い続ける Elinor をからかうような調子で、読者の笑いを喚起しつつ、同時に、耐え続ける Elinor に読者の共感を呼び、彼女の模範的行動を正当化しようと「よみ」の方向性を示す。

　また、Edward と Lucy が結婚したと誤報がもたらされた際、Elinor らの様子を、語り手は以下のように喜劇的に描出する。Dashwood 家の食堂で下男が情報をもたらすと、これまで慎重に隠されてきた Elinor の苦しい胸中が、ようやく家族の知るところとなる。

> "I suppose you know, ma'am, that Mr. Ferrars is married."
> Marianne gave a violent start, fixed her eyes upon Elinor, saw her turning pale, and fell back in her chair in hysterics. Mrs. Dashwood, whose eyes, as she answered the servant's inquiry, had intuitively taken the same direction, was shocked

to perceive by Elinor's countenance how much she really suf-
fered, and in a moment afterwards, alike distressed by
Marianne's situation, knew not on which child to bestow her
principal attention.（353）

　物語の最後の5章になってはじめて、Elinor の内面の苦しみは顔色の変化という具体的な形で表出される。物事に動じない Elinor の動揺を目の当たりにした Marianne は、姉の苦しみの大きさに驚いて発作的に椅子に仰け反り、また、Mrs. Dashwood も強い衝撃を受ける。[15] これまで Elinor が平常心を装ってきたのは、彼女に感受性が乏しかった訳でなく、忍耐強く抑制してきたのだともっとも身近にいたはずの母と妹は気付く。ようやく悲しみを分かち合う家族の様子を、語り手は大げさに戯画化する。そして、この場面に至るまで一人孤独に惨めさを味わいながらも、泰然と妹を労わり家族に尽くしてきた Elinor の真意を汲み取ることで、愚かな母親が娘を不憫に思い、深く反省する様子を描出する。

　ここに、Elinor を機軸とした勧善懲悪的な物語の一面が見出せる。Austen はこの作品に続いて出版した Pride and Prejudice に関し、内容が軽快過ぎて読者に受け入れられない可能性を危惧している。"[I]t wants shade;—it wants to be stretched out here and there with a long Chapter of sense if it could be had; if not, of solemn specious nonsense, about something unconnected with the story... anything that would form a contrast, and bring the reader with increased delight to the playfulness and epigrammatism of the general style."[16] 後期作品と比較して、Sense and Sensibility と Pride and Prejudice は、登場人物の直接話法による会話が多く、賑やかな雰囲気を醸し出していることが特徴的である。しかし、Pride and Prejudice が Elizabeth らの機知に富んだ会話や性格上の明るさを主体とするのに対し、Sense and Sensibility の明るさの要因は、登場人物を戯画的に描くことで生じる笑いによる。語り手

は、Elinor の 'sense' を基準に登場人物たちの過ちや愚かさを比較し、裁定を下す。このような語り手の介入には煩わしさが感じられる。しかし、コンダクト・ブックの影響を受ける 19 世紀初頭の読者層を対象としたとき、[17] 苦境に耐え抜いた Elinor が Edward との慎ましくも幸福な結婚へと導かれ、一方で、己の感情を優先させた Marianne が悲恋の犠牲者となる必要があったのであろう。

(5)

　以上、Sense and Sensibility に多用される「仮定法」の効用を中心に、語り手がいかに読者の関心を引き寄せ、物語を展開させているのか、その方法を考察した。この作品の語り手は作中にその存在を誇示し、登場人物たちの言動や性質に裁定を下す。「語り手の叙述部」に用いられる「仮定法」の効果を検証すると、この作品の主題が明確になる。語り手は、'sensibility' の過多、あるいは欠如のために、直情的で現実を直視できない人物、他者への配慮に欠ける人物たちに愚を見出し、彼らの言動を微細に入り取り上げ、極端に戯画化してみせる。「仮定法」は単なる比喩表現でなく、期待や予想、理想とは異なる現実を強調する。「仮定法」によって、語り手は登場人物たちの言動を滑稽に描出し、あるいは皮肉を込めて諷刺する。

　仮定法の「実際にはそうではない」と、期待と現実とが乖離することを示す二項対立の方法によって、語り手は諷刺の対象を広げていく。はじめ、他者に共感を示さない John と Fanny を同列に置くと、次は対極にいる Mrs. Dashwood と Marianne の例を提示する。また、2 人を憂慮の目で見守る Elinor の判断力を正当化すると、さらに彼女の視点を通して他の登場人物たちを観察させ、かれらの愚を辛辣に批判していく。登場人物たちの対抗心を「仮定法」を用いて比較対照し、その際、一方の言動を滑稽に描いて読者の笑いを誘い、もう一方に読者の同情を呼びおこす提示方法を試みる。この形

式が頻繁に繰り返されることで、読者の抱く登場人物像が固定され、笑いのパターンが形成される。

　ここで気付くのは、この作品では「仮定法」、「助動詞」、「感嘆文」が「語り手の叙述部」に多用されていることである。全知の語り手の客観的判断に基づいているにも拘らず、これらの用法が使われることによって、登場人物の性質や心中などが叙述部に反映され、その声色が曖昧となる。「仮定法」が使用される文章の性質を見極めると、語り手が登場人物に批判的な態度を示すことが明確な場合と、登場人物の立場を思いやって代弁する場合があり、仮定法を用いることで様々な解釈が生み出されることに気づく。

　この《曖昧さ》を、やはり仮定法や助動詞、感嘆文などの使用が際立つ *Mansfield Park* と比較すると、2作品における用法の大きな違いが見出せる。*Sense and Sensibility* では仮定法と助動詞の使用は同様の機能を果たし、「仮定法」及び「助動詞」"might", "must be", "would" などが用いられる際、「語り手」が登場人物を諷刺したり、同情したりする。ところが、*Mansfield Park* における「仮定法」の使用には、「語り手」が登場人物を戯画化する他に、「登場人物」の心中を吐露する「自由間接話法」である場合の2つの用法がある。さらに、陳述緩和的な「助動詞」が使用される場合、語り手でなく、「登場人物」の心中が叙述部に反映され、続く文において「自由間接話法」へと移行していく傾向がある。

　「語り手」の存在感が大きい *Sense and Sensibility* では、その介在を意識させずに登場人物の声色を映し出す「自由間接話法」が用いられる機会が少ない。むしろ語り手は、読者との間に存在を誇示し、「仮定法」、「助動詞」を用いて判断を促す。したがって、「自由間接話法」と「仮定法」の機能は、本来、対極にあるはずである。だが、これらの技法に相関関係を見出すとすれば、どちらも「語り手」と「登場人物」の2つの声色が介在することで、アイロニーを生み出す点であろう。語り手が一方的に語り続けるのではなく、叙述部に登場人物の声色を響かせることで読者の注意を引きつけ、読

者に何らかの心理的効果を及ぼそうとする意図が見出せる。その意味合いで、「自由間接話法」と「仮定法」には類似点がある。*Mansfield Park* が、*Sense and Sensibility* 以降に創作されたことを考慮すると、Austen は元来、「仮定法」や「助動詞」を、全知の語り手の地の文章において、客観的な声色から語調を変化させ、語り手が登場人物に対する評価や判断を下すときに用いていた。しかし、後に元の機能は残しつつ、「仮定法」や「助動詞」はむしろ登場人物の声色を反映させる、「自由間接話法」として用いるようになったのだと考えられる。

Sense and Sensibility において「仮定法」を多用することで、結果としては語り手の価値判断を読者に押し付ける操作があり、後期作品の語りにおける円滑な「話法」の変換と比較すると、語り手の介在を煩わしく感じさせることは事実である。それでも、単調な語りから、「仮定法」、「助動詞」、「感嘆文」を用いることで場の雰囲気を一変させ、「語り方」によって読者の意識を引き付けようとする姿勢は Austen の作品に一貫している。読者の登場人物に対する笑いや共感を呼びおこすことで、より立体的な作品世界の構築を試みた作者の挑戦を評価することができる。

【註】

1) "*Sense and Sensibility* is a darker, more serious and more troubled novel than Austen's other two mature works begun in the 1790. But its peculiar kind of darkness, so often given a psychological reading, is starkly social in nature." Gene Ruoff, *Jane Austen's "Sense and Sensibility"* (Hemel Hempstead: Harvester Wheatsheaf, 1992), 35. Ruoff はこの作品を遺産相続という社会的観点から読み、この作品の物語世界を "dark" と捉える。

　他に Mary Poovey も Austen の習作や *Northanger Abbey* と比較して、この作品を "much darker novel" と呼ぶ。Mary Poovey, *The Proper Lady and the Woman Writer: Ideology as Style in the Works of Mary Wollstonecraft, Mary Shelly, and Jane Austen* (U of Chicago P, 1984), 184.

2) この作品が "burlesque" と "serious novel" の間にあり、Austen の作品の中でもっとも興味を引くことのない作品であると Walton Litz は評する。A. Walton

Litz, *Jane Austen: A Study of Her Artistic Development*（Chatto and Windus, 1965), 72.

3） John Mullan は、1768 年に出版された Laurence Sterne の *A Sentimental Journey* を機に 1770 年代から 1780 年代にかけて、"A Sentimental Novel" を自称した小説は「洗練され、高揚した感情を表す」ことが主題であったが、1790 年代までに「表面的な情緒に浸ること」といった意味合いでこのジャンルの小説が諷刺の対象となりつつあったことを指摘する。もっとも、1790 年代においてさえ、先の意味合いで書かれた小説は多かったようで、厳然たる諷刺であることが確認されるのは Jane Austen の 1815 年から 1817 年にかけて創作された未完の小説 *Sanditon* が初めてであると主張する。John Mullan, "Sentimental Novels," in *The Cambridge Companion to The Eighteenth Century Novel*, ed. John Richetti (Cambridge UP, 1996), 236-54. *Sense and Sensibility* が執筆された時代背景はこのようなもので、過剰な感受性を描出することに Austen が問題意識を抱き始めていたことは間違いない。

4） "Jane Austen shows increasing stylistic subtlety as her career proceeds. Whereas the unspoken thoughts of Catherine Morland are rendered in strong colours and those of Elinor Dashwood are usually couched in a stilted sort of indirect speech, the wide narrative range in the later novels from 'unspoken speech' to free indirect style admits many unobtrusive but powerful effects." John F. Burrows, "Style" in *The Cambridge Companion to Jane Austen*, 171.

5） 筆者の試算による。*Sense and Sensibility* でこの形式の仮定法は 44 回用いられ、Penguin 版を例に、平均してほぼ 1 章に 1 回は仮定法が文章中に用いられていることになる。やはり仮定法の使用が目立つ、100 ページほど長い *Mansfield Park* でさえ、17 回のみでしかないことを考慮すると、*Sense and Sensibility* でのこの機能の使用は突出していると言えるであろう。

6） 小説家で伝記作家の Julia Kavanaugh は、1862 年に以下のように記す。"Elinor Dashwood is Judgment - her sister is Imagination... the triumph of Sense over Sensibility, shown by the different conduct they hold under very similar trials, is all the weaker that it is the result of the author's will." B. C. Southam, ed. *Jane Austen: Volume 1, 1811-1870: The Critical Heritage*.（Routledge, 1968), 179.

7） Jane Austen, *Sense and Sensibility*, vol. I of *The Novels of Jane Austen*, ed. R. W. Chapman, 6 vols.（Oxford UP, 1933, 1967), 3.　以下、同書からの引用は、本文中括弧内に頁数のみを記す。

8） "Like all Jane Austen's novels, *Sense and Sensibility* is a comedy that ends in marriages, which traditionally affirm the connections between sexes and families,

第 2 章 *Sense and Sensibility*

and between desire and public ritual or social convention. Its portraits of marriages already made are clear signs of the novel's darkness." Brownstein, 50.

9） 例えば、Roger Gard は John Dashwood 夫妻の会話に、Shakespeare の *King Lear* で、強欲な娘の Goneril と Regan が Lear からことごとく所有物を奪っていく論理との類似性を見出す。 Gard, 76-9.

10） Julia Prewitt Brown, *A Reader's Guide to the Nineteenth-Century English Novel* (Macmillan, 1985), 7.

11） Daniel Pool, *What Jane Austen Ate and Charles Dickens Knew: From Fox Hunting to Whist—the Facts of Daily Life in 19th-Century England* (Touchstone, 1993), 89-94.

12） 年収£500 で賄えるのは女中 2 人と下男 1 人で、馬車を所有することはできなかった。この額は紳士階級の年収としては低いが、一般的な人々の生活と比較すると働かずに幸せな生活ができる額である。しかし、Austen 自身はこの年収を満足できる額としては疑わしく考え、制限を強いられると捉えていたことを Copeland は指摘する。実際、馬車 1 台を所有するには最低、年収£700 以上が必要であった。 Copeland, 133-8.

13） Marianne の直情的な行動を Elinor が冷静に見守る構図は、物語の終盤まで続くが、必ずしも Marianne が 'sensibility' を、Elinor が 'sense' を体現するわけではない。姉妹を他の登場人物たちと比較すると、Marianne が分別や抑制に全く欠けているわけでもなく、Elinor にも感受性はある。Gilbert Ryle は、*Sense and Sensibility* で扱われる sense と sensibility の対立を、'Head and Heart,' 'Thought and Feeling,' 'Judgment and Emotion,' 'Sensibleness and Sensitiveness' の対立として読み解き、Elinor と Marianne の類似点を以下のように記す。"Marianne and Elinor are alike in that their feelings are deep and genuine. The difference is that Marianne lets her joy, anxiety or grief so overwhelm her that she behaves like a person crazed. Elinor keeps her head. She continues to behave as she knows she should behave. She is deeply grieved or worried, but she does not throw to the winds all considerations of duty, prudence, decorum or good taste. She is sensitive *and* sensible, in our sense of the latter adjective." Gilbert Ryle, "Jane Austen and the Moralists," in *Critical Essays on Jane Austen*, ed. B. C. Southam (Routledge & Kegan Paul, 1968, 1979), 106-8.

14） Robert Garis は、若気の至りとは言え Lucy のような俗悪な人間にのぼせ上った Edward を、Elinor が許して愛情を寄せることに、Austen の矛盾を見出す。 Robert Garis, "Learning Experience and Change," in *Critical Essays on Jane Austen*, 63-4. Austen の Elinor を正当化するような扱いには、恣意的な部分があ

ることも事実である。
15) Mary Anne O'Farrell は、Austen 作品の登場人物たちの顔色の変容から内面の変化を探る。Marianne は、Edward への愛情を Elinor が顔色に表さないことから、彼女には本当に愛情があるのか疑う。O'Farrell は、Elinor の禁欲的な愛を Austen がわずかに諷刺するような調子を見出すと同時に、自制心が一貫して保たれる Elinor の痛みを描出することの難しさを指摘する。Mary Ann O'Farrell, *Telling Complexions: The Nineteenth-Century English Novel and the Blush*（Duke UP, 1997）, 152 n.15.
16) Austen, *Jane Austen's Letters*, 299-30. 下線筆者。
17) 1812 年の *The British Critic* の評者は（3 巻立ての）*Sense and Sensibility* を女性の読者に薦め、"[T]hey may learn from them, if they please, many sober and salutary maxims for the conduct of life, exemplified in a very pleasing and entertaining narrative" と女性の行動規範として役に立つ作品であることを記す。この作品が、物語展開の面白さのみならず、当時の女性の行動規範の要求に適った本であったことが分かる。 Southam, 40.

第3章 *Pride and Prejudice*
―― 静と動を演出する「直接話法」――

(1) *Pride and Prejudice* における直接話法の効用

　第3作、*Pride and Prejudice* は、軽快で華やかな雰囲気に包まれた作品である。[1] 作品がこのような印象を生む、いくつかの要因がある。まず、主人公 Elizabeth Bennet は、考えを明確に発言する明朗闊達な性格を持ち、行動的である。また、Bennet 家には結婚適齢期の娘が Elizabeth 以外にも4人いて、結婚相手探しに躍起となる母親と共に、噂話に明け暮れる。そして、Bennet 家の住む Longbourn 地域では人の出入りが激しい。陸軍連隊の駐屯地として軍人が出入りするのだ。このように、数多くの人物たちが登場し、発話内容と行動が描出されていることが、読者に華やかな印象を与えるのではないかと思われる。

　Austen の他の5作の長編小説に比べ、登場人物は確かに多い。主たる登場人物のみ数えても23人いるが、他の作品では15人前後である。ところが、この作品に次いで主要登場人物が20人程度と多い *Persuasion* は、同じように紳士階級の日々の生活を扱いながらも、作品全体に静かな雰囲気が漂う。

　差異が生まれる一端は、*Pride and Prejudice* における「直接話法」の用い方にもあると言えよう。[2] Austen の前期作品では、人物の「発話」を描出する際に「直接話法」が頻繁に用いられ、また、「間接話法」が用いられる。「語り手の叙述」部分と、「直接話法」もしくは「間接話法」による登場人物の「発話」部分が交互に表れ

るため、語り手と登場人物の声色の違いは容易に見分けがつく。すなわち、伝達節を必要とする「直接話法」と「間接話法」を用いることで発話者が明確になり、特に「直接話法」では発言内容の通りに写し取られるため、読者は登場人物と発言を結びつけ、人物像や人間関係などのイメージを形成しやすい。「語り手の叙述」に「自由間接話法」を組み込む流動的な描出方法によって発言が処理される割合の多い後期作品に比べ、この作品では、発言が語り手の地の文章に埋もれてしまうことが少ない。

　一方、物語後半では、Elizabeth の「思考」も多く描出されていく。全知の語り手はさまざまな登場人物の心中を明らかにし、多角的な視点を読者に与えているが、相対的に Elizabeth の近くに寄り添う。彼女の「思考」内容の描出には、伝達節を必要とせず、語り手の叙述部に織り込みやすい「自由間接話法」がしばしば用いられ、また、「直接話法」が用いられることも興味深い。

　登場人物たちの「発話」が「直接話法」による対話形式で頻繁に描出されるこの作品で、Elizabeth の「思考」内容だけが同様に「直接話法」で描出されるのはなぜか。Elizabeth の内面描写に「直接話法」と「自由間接話法」が用いられる状況や内容には、違いがあるのだろうか。対照的に、登場人物の「発話」が「直接話法」で描出されず、すべて「語り手の叙述」に委ねられた印象を与える部分が作品中 2 箇所あることにも、作者の「話法」を使い分ける恣意性が感じ取られる。この作品における「直接話法」の機能を探ることで、軽快な雰囲気を形成する仕組みと作者の狙いが明らかになるであろう。

　したがって、本章では、この作品でもっとも効果を発揮する「直接話法」を中心に、「話法」の仕組みを解明する。登場人物たちの「発話」の描出と Elizabeth の「思考」内容の描出方法を考察し、直接話法の使用が制限されている語り手の叙述部との違いを明らかにする。「直接話法」の機能を探ることで、「話法」が物語構築といかに密接に係わりあい、読者の登場人物に対するイメージが形成され

ていくかを考える。

(2) 直接話法による対話形式

　Pride and Prejudice では、登場人物の「発話」がしばしば「直接話法」による対話形式で描出される。Austen の長編小説 6 篇の中、前期 2 作品は直接話法による発話部分が長く、議論の様相を呈する傾向がある。例えば、第 1 作 *Northanger Abbey* では、Henry Tilney が主人公 Catherine Morland に小高い丘から Bath を見下ろしつつ 'picturesque' の概念を説明し、小説論を展開する。また、第 2 作 *Sense and Sensibility* では、主人公 Elinor Dashwood と妹 Marianne、そして Edward Ferrars が、結婚生活に必要と思われる財産について議論する。1 人の話者の発言は、実際の日常生活における会話よりも長く、観念的な内容であることから、ときに、作者の考えや主張を登場人物を通して語らせている印象を与える。

　これに対し、*Pride and Prejudice* では、対話形式そのものは長々と繰り広げられるが、個々の発言はより自然で短い。Norman Page の指摘にあるように、この作品は対話による劇形式による場面提示が特徴で、[3] 作者は場面の描写に回りくどい説明を避けることを重視しているようだ。

　ここで用いられる対話形式には、あるパターンが見出せることに注目したい。対話の途中に、一方の話者が沈黙するなどの「間」が設けられ、登場人物たちの表情の変化に関する描写が見られる。つまり、ある場面が対話形式で進行するとき、あたかも劇を楽しむ観客側に読者を配置し、語り手は登場人物の心中に入り込むことなく、客観的に描き出していく。

　では、作品第 1 章における Mr. Bennet と Mrs. Bennet の対話から、2 人の相互関係を探りたい。語り手は、独身で財産のある男性と聞いただけで娘の結婚相手に最適と考える「一般的に認められた不変の真理」[4] を、物語冒頭で披露する。そして、そのような期待

を抱きそうな年頃の娘がいる家庭の、ある夫婦の会話にそのまま描く。以下の引用部に至るまでの数行の叙述では、語り手は Bennet 夫妻の紹介をしておらず、読者は彼らに対する情報を持ち合わせない。しかし、2人の対話の展開に、この夫婦の日常的な会話風景を垣間見ることができる。

　　"My dear Mr. Bennet," said his lady to him one day, "have you heard that Netherfield Park is let at last?"
　　<u>Mr. Bennet replied that he had not.</u>
　　"But it is," returned she; "for Mrs. Long has just been here, and she told me all about it."
　　<u>Mr. Bennet made no answer.</u>
　　"Do not you want to know who has taken it?" cried his wife impatiently.
　　"*You* want to tell me, and I have no objection to hearing it."
　　This was invitation enough.[5]　　　　　　　　　（下線筆者）

妻 Mrs. Bennet が、隣の屋敷 Netherfield Park に借り手がついたことを逸る気持ちで知らせるのに対し、夫の返答はそっけない。にじり寄る妻に、夫はからかい半分の返答をする。借り手に関する情報を「聞く分には構わない」という返答を、とうとう夫から引き出した妻は、娘たちの結婚に関する期待を述べ始める。この引用部以後、夫婦の考えの相違が露わになる議論が展開され、この章の終わりまで対話形式が続く。

　この引用部では、Mrs. Bennet の「発話」がすべて「直接話法」で快活に描出される。一方、Mr. Bennet のはじめの返答は「間接話法」で描出され、[6] 次に、彼の沈黙を「語り手が叙述」し、最後の発言のみが「直接話法」で具体的に示されている。2人の発話を描出する話法が変えられることで、屋敷を借りた青年に対する Mrs. Bennet の積極的な関心と、Mr. Bennet の無反応を装う姿勢が対比

第3章　*Pride and Prejudice*　　　　　　　　　　　　　　　　95

される。最後の Mr. Bennet の「直接話法」による発話内容からは、妻が日常的に噂話を仕入れてきては夫に伝え、夫の方ではいささか食傷気味であることも推察できる。

　この Bennet 夫妻の対話形式とよく似た会話が、夫婦の会話のきっかけとなった、Mr. Bingley の借りた屋敷 Netherfield Park でも繰り広げられる。Netherfield Park 訪問中に風邪で病床についた姉 Jane を見舞うため、妹の Elizabeth もまた滞在客となり、Darcy と Miss Bingley の会話を聞きつける。Darcy が妹に手紙を書く傍らで、Miss Bingley は彼の気を引こうと次々にお世辞を言うが、気に留められず、適当にあしらわれる。Elizabeth は、2 人の会話のちぐはぐさに興味を引かれる。

　　　"How delighted Miss Darcy will be to receive such a letter!"
　　　He [Darcy] made no answer.
　　　"You write uncommonly fast."
　　　"You [Miss Bingley] are mistaken. I write rather slowly."
　　　"How many letters you must have occasion to write in the course of the year! Letters of business too! How odious I should think them!"
　　　"It is fortunate, then, that they fall to my lot instead of to yours."
　　　"Pray tell your sister that I long to see her."
　　　"I have already told her so once, by your desire."
　　　"I am afraid you do not like your pen. Let me mend it for you. I mend pens remarkably well."
　　　"Thank you―but I always mend my own."
　　　"How can you contrive to write so even?"
　　　He was silent.　　　　　　　　　　　　　　　（47, 下線筆者）

2 人の会話風景から、兄が妹に私的な手紙を書くのに対し、他人の

Miss Bingley が馴れ馴れしく覗き込み、話しかける状況が窺える。もっとも、Darcy が手紙を書くのを止めないところを見ると、覗かれても差し支えない内容なのだろう。下線部からは、返答のない Darcy に対して Miss Bingley が構わず話し続け、彼の注意を惹こうと苦心していることが分かる。Darcy の側では、白々しい褒め言葉や甘えるような調子で訴える要望を、淡々とあしらっている。

　語り手は、Miss Bingley と Darcy に対する評価を会話の途中で下すことはせず、2人の様子を観察する Elizabeth 側に読者を置く。女性がしきりに些細な内容の発言を繰り返すのに対し、男性が気のない返事をし、冷淡な態度を示す様子は、先の Bennet 夫妻の姿と酷似する。つまり、作者は物語冒頭で、気質や能力の上で不釣合いな結婚をした夫婦の型を読者に提示する。そして、類似した対話形式を用いることで、この男女の結婚の可能性を早々に否定する。後に、Miss Bingley と Darcy の会話に Mr. Bingley が加わると、聞き耳を立てていた Elizabeth も会話の輪に加わる。Miss Bingley は、他の3人の楽しげで機知に富んだ会話に対して一言も発することが出来ず、彼女と Elizabeth の趣向や能力の違いが明らかにされる。3人の会話の展開を見守る読者は、Elizabeth と2人の男性たちが親しい関係へと発展する予感を抱く。

　このように、この作品では「直接話法」による対話形式が頻繁に用いられ、語り手は、"A short pause followed this speech"（36）、"after a short silence"（45）、"She smiled, but made no answer"（52）と示される、対話における「間」を示す。これらは、"pause"（15箇所）、"silence"（27箇所）、"no answer"（14箇所）などの語を伴って表される。類似表現には、"not a word" が27箇所ある。また、会話の途中で即答を控える話者が笑顔を見せ、あるいは侮蔑的に含み笑いをするなど、"smile" は25箇所で用いられる語である。これらをすべて合わせると、作品全体を通して108箇所に「間」を表す語が用いられ、その頻度は長編小説6編の中で突出している。

　このような「間」を示す語は、主に Darcy、Elizabeth、そして Mr.

Bennet の会話に見出される。「間」の取り方には一定のパターンがあるようだ。冒頭で、Mr. Bennet が妻との対話において沈黙したのに続き、Darcy は対話相手の Sir William Lucas、Miss Bingley、Mrs. Bennet、Lady Catherine らの問いかけをまともに取り合わず、無視する。実は、Mr. Bennet と Darcy は、対話相手の発言内容に愚かさを見出し、彼らに対する侮蔑を沈黙で表明しているのだ。Elizabeth も、Darcy、Mr. Collins、Miss Bingley、Lady Catherine らとの対話において沈黙する。「間」の意味合いは、時に当惑や驚き、恥じらい、躊躇などを示すこともあるが、たいていは相手の発言に違和感を覚えて閉口する、抗議の意味合いが強い。

対話における「間」を作り出す側が、どちらかといえば高慢な姿勢であるのに対し、侮蔑を受けている側の人たちが、状況を理解しないことが、読者の失笑を買う。

例えば、Bennet 家の末娘 Lydia が他者に耳を傾けないことを、語り手は繰り返し叙述する。ある日、叔母 Mrs. Phillips 家での晩餐に招かれた Elizabeth は、同席した士官 Wickham に好感を持ち、帰途、彼を話題にしようとするが、Lydia と Mr. Collins に阻まれる。その様子は、"... there was not time for her [Elizabeth] even to mention his name as they went, for neither Lydia nor Mr. Collins were once silent."（84）と叙述される。他者に耳を傾ける礼儀作法を身に付けていない自己中心的な 2 人は、自分の関心事のみを一方的に話し続ける。子供の教育に無頓着な Bennet 夫妻の下で育った Lydia は、後に Wickham と出奔する。周囲の助力で結婚にこぎつけて実家を訪問した際、その不道徳な行動に恥辱のかけらも感じない Lydia は、若妻となったことを自慢げに話す。非難の色を表す父や姉たちを前にした Lydia の態度は、以下のように記される。"Her father lifted up his eyes. Jane was distressed. Elizabeth looked expressively at Lydia; but she, who never heard nor saw any thing of which she chose to be insensible, gaily continued..."（316）色男 Wickham を仕留めたことに得意満面となる Lydia が、反省、改

心しないことを、Elizabeth らは諦める他ない。[7]

　会話の途中に「間」のない人物を語り手が嘲笑的に描出することを考慮すると、「間」を生じさせる Darcy らは単に高慢なのではなく、むしろ思慮深い側面が強調されていると分かる。[8] Jane と Elizabeth のように、互いに信頼を預けて会話の出来る姉妹の間でも、2 人は思ったままを口に出すのではなく、しばし熟考して考えをまとめて話すことがあるように、「間」は物事を深く考える人物の描出に用いられる。語り手は過剰な説明を避け、登場人物たちの表情や息遣いが伝わる会話運びによって、実際の場面を再現して読者に判断させるような描出方法をとる。

　Pride and Prejudice の登場人物たちが、全体として軽快な印象を読者に与えるのは、この対話形式の効用ではないか。沈黙する人物の思考内容を途中に差し挟むことで発言の流れを妨げることを避け、代わりに「間」の意味合いやアイロニーを読者に読み取らせる。

　思慮深い Elizabeth と Darcy が言葉を交わす場面では、「間」を表す語が頻繁に現れる。Darcy が Elizabeth に告白するまでに、2 人が第 3 者を介さずに対話する場面は 2 度ある。まず、Netherfield の舞踏会で Darcy と Elizabeth がお互いをパートナーに舞踏の列に加わる場面では、語り手は Elizabeth の心中を以下のように描出する。

> They stood for some time without speaking a word; and she began to imagine that their silence was to last through the two dances, and at first was resolved not to break it; till suddenly fancying that it would be the greater punishment to her partner to oblige him to talk...　　　　　（91, 下線筆者）

Netherfield の舞踏会に、お目当ての Wickham が来なかったのは Darcy との対面を避けたためではないかと、内心、彼を咎める Elizabeth は話す気分ではないが、無口な Darcy に口を割らせて苦

痛を与えれば、罰になるのではないかと考える。そして、Darcy から Wickham との関係についての情報を引き出すことに Elizabeth は成功する。

　Mr. Bingley らの気さくで話し好きな人物を介するとき、Elizabeth と Darcy の会話は議論を楽しむように弾むが、2 人だけになると会話は滞りがちである。第 3 者を介したとき、発話内容が「直接話法」で次々に描出されるのに比較し、Elizabeth と Darcy の対話では、「語り手」が発話と発話の間にいろいろと叙述する点でも、会話の進み具合が遅い印象を読者に与える。Elizabeth 側では、初対面の舞踏会で Darcy に蔑ろにされた因縁と、お気に入りの Wickham と Darcy が敵対関係にあることを切っかけに、彼に悪感情を抱いており、Darcy 側では良家の出身による驕りと元々の性格から、愛想良く社交辞令を振りまくことはない。

　沈黙と「間」が多く描出された 2 人の会話には、緊張感が漂う。彼らの会話は、恋人たちが互いの理解を深めるために交わす穏やかな会話ではなく、互いを異性として意識する心理状況を読者が察知することは難しい。しかし、Darcy の簡潔な発言には、私的な内容を誰にでも吹聴する Wickham のような軽薄さは感じられず、信頼の置ける人物であることが彼の会話運びから分かる。このような話し方を身につけた Darcy は、自身は他者に対して尊大と受け取られがちな態度を取りながら、Elizabeth との会話では彼女の沈黙に遭い、一瞬たじろぐ。しかし、人に媚びない毅然とした態度に好感触を抱き、彼女に惹かれる要因となる。[9] Elizabeth の側でも、Darcy の私的な事柄に関して質問するのは、実は彼女の深層心理に Darcy への関心があることの現れと言えよう。

　作者は登場人物たちの対話形式から、かれらの性格や人物像を浮かび上がらせる。読者は劇を見る観客の側に立たされたように、登場人物の発言や沈黙などの動きを読み取っていく。この作品は、話者の発言を描出するのにもっとも明快な「直接話法」が意識的に用いられることで、個々の登場人物の人物像が、読者に鮮明に認識さ

れるのだと考えられる。

(3) Elizabeth の思考と 2 つの話法

　Pride and Prejudice では、物語の中心部近くの作品第 2 巻第 10 章以降、Elizabeth の感情や「思考」内容が描出される割合が急増する。この章は、Mr. Darcy の Elizabeth への愛の告白が扱われる直前の章である。Mary Lascelles がこの作品の構成を、"*Pride and Prejudice* is no less deliberately shaped; its pattern shows an equal delight in the symmetry correspondence and antithesis"[10] と評するように、Darcy の告白場面は物語のほぼ折り返し地点にあり、前半部と後半部の物語展開が対照的になっていることが知られている。例えば、Darcy の告白を契機として、Elizabeth の Wickham と Darcy に対する評価は入れ替わるように激変し、Darcy の Elizabeth と彼女の親類に対する言動や対応もまた変化する。さらに、Bingley が Darcy を伴って再び Netherfield に戻ってきたことで、財産家の独身男性を獲得しようとする Longbourn 住人の期待と興奮が繰り返され、2 組の恋愛模様に決着がつけられる。

　では、なぜこの章から Elizabeth の感情や「思考」内容が頻繁に表出されるようになるのか。この第 2 巻第 10 章で、Elizabeth は新婚の Mr. Collins と Charlotte 夫妻を訪ね、Hunsford 牧師館に滞在している。牧師館は、Mr. Darcy のおば Lady Catherine de Bourgh の屋敷 Rosings Park の領地に隣接し、Elizabeth は Rosings Park に滞在する Mr. Darcy と彼のいとこ Colonel Fitzwilliam と親しく交際する機会を持つ。そして、Colonel Fitzwilliam から、Darcy が友人とその恋人との縁組を阻止し、友人を不幸な結婚から救ったのだという意外な話を聞く。この友人と恋人とは、Mr. Bingley と姉 Jane のことに違いないと推察した Elizabeth は、なぜ Darcy に姉の結婚を妨害する権利があるのかと憤り、自問自答を始める。このことが、語り手が Elizabeth の心中に深く踏み込むきっかけとなる。

第3章　*Pride and Prejudice*

続く作品第2巻第11章で、愛を告白するDarcyに対し、Elizabethは断固たる拒否を表明し、彼の尊大な態度、姉の幸福を壊した疑惑、そしてWickhamに対する彼の行為に関して問い詰める。Darcyは、親友Bingleyへの干渉を、彼の幸福を考えた当然の行為と考え、Wickhamに対しては侮蔑を隠さない。いよいよ怒りがこみ上げるElizabethは、鬱憤を晴らすようにDarcyの非礼を指摘する。対話を終えて精魂使い果たしたElizabethの心境は、以下のように描出されている。

> The tumult of her mind was now painfully great. She knew not how to support herself, and from actual weakness sat down and cried for half an hour. Her astonishment, as she reflected on what had passed, was increased by every review of it. That she should receive an offer of marriage from Mr. Darcy!
> 　　　　　　　　　　　　　　　　　　（193, 下線筆者）

反感を抱く相手Darcyに告白された驚き、同時に、Bennet家の社会的地位の劣位を平然と指摘された憤り、姉とWickhamへのDarcyの傲慢な態度に対する嫌悪など、Elizabethは複雑な感情を抱く。Darcyへの対決姿勢を顕わにしたことで、彼女の心は「激動」するが、Rosingsには私的な問題を話し合う相手がいない。Elizabethは独り過去を振り返り、驚愕する心中が「自由間接話法」で表されていく。

さらに、作品第2巻第12章では、翌日も興奮覚めやらぬElizabethに、Darcyが手紙を渡す。Bingleyを説き伏せた理由を説明するくだりで、DarcyはBennet家の親戚の社会的地位の低さより、むしろElizabethの父母や妹たちの無分別な言動を問題視していることを明らかにし、また、Janeの感情表現の冷静さも指摘する。Wickhamに関しては、彼の放蕩ぶりとDarcyの妹で3万ポンドという多額の独立財産を持つGeorgianaを誘惑した経緯について、真相を明ら

かにする。はじめ、Elizabeth の解釈とは正反対の内容に、Darcy の作り話だと Elizabeth は猛反発を覚えるが、手紙を読み返しながら現実と照合し、彼の主張がすべて正しいと認めざるを得なくなる。自己の偏狭な視野と振る舞いを反省する Elizabeth と共に、読者もこれまで与えられてきた Darcy と Wickham の人物像が、Elizabeth の主観的な視点を通して提示されたものであることに気づく。Darcy と Wickham の関係がこじれた理由が明かされ、2 人の実像や Bennet 家の人々の問題点を、読者は理解することになる。[11]

　このように作品第 2 巻第 10 章から第 12 章にかけて、Elizabeth と Darcy の関係は急激な変化を遂げる。Darcy の告白は、愛を打ち明けた部分は「語り手の叙述」で、その後、興奮した Elizabeth との議論は「直接話法」によって描出されている。Darcy が愛情表現に用いた言葉が分からないため、読者は彼の愛情を実感するどころか、Elizabeth の反発の激しさを記憶に留めてしまう。しかし、Darcy は告白を切っかけに、Bingley に及ぼした影響力の実態を釈明し、隠しておきたい身内の不祥事まで詳らかにする必要に迫られる。Elizabeth の家族を批判するだけでなく、Darcy 自身の家族の複雑な事情を誠実に打ち明ける姿勢から、Elizabeth は彼への誤解や偏見を取り除く。他人に秘密にすべき連帯責任を共に背負い込むことで、2 人の関係は親密なものとなっていくのだ。

　Hunsford 滞在を終えて Longbourn に戻る時、Charlotte の妹 Maria が土産話のたくさん出来たことを喜ぶ傍らで、Elizabeth の心中の囁き声は以下のように描出されている。

> "We have dined nine times at Rosings, besides drinking tea there twice!―How much I [Maria] shall have to tell!"
> Elizabeth privately added, "and how much I shall have to conceal."（217）

Elizabeth は、Collins と結婚した Charlotte を訪問するだけのつもり

第 3 章 *Pride and Prejudice*　　　　　　　　　　　　　　　103

が、Darcy に愛を打ち明けられる予想外の旅となった巡り合わせを思い返す。さらに、Bingley が姉 Jane を置いて足早に London へ発った真相や、財産目当てに Miss Darcy を誘惑した Wickham の実像など、Darcy の告白と手紙によって明らかになった事実は多い。しかし、妹の受けた屈辱を苦渋の思いで明らかにした Darcy の手前、Miss Darcy の名誉を守らなくてはならず、Wickham の本性を皆に暴露することは不可能である。Darcy との対面を終えたとき、Elizabeth は「秘密」を抱えることになるのだ。

　Darcy の告白で Elizabeth の胸中に掻き立てられた「激動」(tumult) は、Longbourn へ帰宅後、心の内をすべて打ち明けられる姉 Jane に Rosings での出来事を報告することで、ようやく収まる。ただし Elizabeth は、"She had got rid of two of the secrets which had weighed on her for a fortnight..." (227) と、Darcy の求婚、Wickham の人物像のみを報告し、Jane と Bingley の別離に介入した Darcy の役割など、肝心な点を除外する。Elizabeth にとって Jane は心置きなく相談できる唯一の相手であるが、実際は 2 人が話し合う場面はそう多い訳でもない。物語の進行に伴って、Longbourn を拠点とし、はじめ Darcy の親友が借りた邸宅、次に Darcy の近親者の領地、最後に Darcy 本人の居住地と、Elizabeth は数箇所を移動するが、Jane は Netherfield では病床にあり、Rosings と Pemberley には同行していない。また、姉妹がそれぞれ恋愛を経験し、様々な状況に遭遇することで、互いに秘密も増える。Elizabeth の精神的自立を象徴するかのように、彼女は姉妹の実家 Longbourn から離れて Darcy の許へと移動していき、[12] Jane に相談する事柄も減っていく。

　このようにして、Darcy の告白場面を境にした物語の後半部で、Elizabeth は「秘密」を抱え、彼女の心中が描出される割合が増える。Elizabeth が叔父 Gardiner 夫妻と夏の旅行中に、Darcy の広大な屋敷 Pemberley を訪問して見学する場面では、彼女の心中の声は「直接話法」で次々に描出されていく。Pemberley の家政監督

Mrs. Reynolds は、屋敷内を案内しながら Mr. Gardiner の質問に答え、主人 Mr. Darcy について誇らしげに話す。信頼の置ける家政監督が Darcy の人柄や家族について好意的に説明し、他方、Wickham の荒んだ生活について言及することで、Elizabeth は真実の Darcy 像について物思いに耽りながら部屋を眺める。[13]

  "Is your master [Mr. Darcy] much at Pemberley in the course of the year?"
  "Not so much as I [Mrs. Reynolds] could wish, Sir [Mr. Gardiner]; but I dare say he may spend half his time here; and Miss Darcy is always down for the summer months."
  "Except," thought Elizabeth, "when she goes to Ramsgate."
(248, 下線筆者)

Mrs. Reynolds の説明を聞き、Darcy が責任感のある地主で使用人たちから敬慕の情を抱かれる優しい主人であることを Elizabeth は知る。趣味のよい立派な屋敷の女主人に自分がなっていたかもしれないと想像する Elizabeth は、内心、得意満面になる。何より信頼の置ける家政監督でさえ知らない「秘密」、つまり Miss Darcy が昨夏「Ramsgate に保養に出掛け」、そこで旧知の Wickham に誘惑されたのだという事実を自分だけが知っていることに、[14] 満足を感じるのだ。そして、Elizabeth の優越感を誇示するかのように、彼女の心中の声は「直接話法」で描出されることで際立つ。

  Gardiner 夫妻と Elizabeth の一行が Pemberley の猟園を見学するとき、予定を早めて帰宅した Mr. Darcy と Elizabeth は真向かいに顔を合わせ、お互いに慌てふためく。Elizabeth は Darcy が立ち去ると、求婚を断った相手の家を愚かしくも訪問している自分の運命を呪う。そのときの彼女の心中は、以下のように描出される。

  Her coming there was the most unfortunate, the most ill-

第3章　*Pride and Prejudice*　　　　　　　　　　　　　105

　　judged thing in the world! How strange must it appear to him! In what a disgraceful light might it not strike so vain a man! It might seem as if she had purposely thrown herself in his way again! Oh! why did she come? or, why did he thus come a day before he was expected? ...（252）

　Darcyの告白以来、はじめて彼と顔を合わせるElizabethの興奮状態を表すように、彼女の心中が感嘆符や疑問符のちりばめられた「自由間接話法」で描出され、彼女の自責の念や、自分の姿が彼の目にどのように映ったかを意識し、自問自答する様子が伝わる。

　ここで注目すべきことは、Elizabethの「思考」内容の表出において、「直接話法」と「自由間接話法」が用いられる場合では、内容の性質が異なる点である。「直接話法」が用いられるのは、先の引用部にあるようにMiss DarcyとWickhamのRamsgateでの一件、他にElizabethがPemberleyの女主人になっていた可能性（246）、Mrs. Reynoldsが説明するMr. Darcy像とElizabethの知っているDarcyとの比較（249、250）など、すべてDarcyの告白と手紙に関わりがある内容に限定されている。DarcyがElizabethに求婚し、Elizabethが拒絶したこと自体が2人の間に止めておきたい内容だが、他にも「秘密」はある。DarcyがElizabethの家族や親戚を侮蔑していたこと、ElizabethがDarcyの高慢な態度を非紳士的と見なしていたことなどは、やはりDarcyの告白を契機にElizabethとDarcyが互いに知り得た内容である。物語後半部において、これらの「秘密」と係わりのあるElizabethの「思考」内容が描出される時、「直接話法」が繰り返し用いられることで読者の注意力を喚起する。

　一方、その他のElizabethの心中の動きは「自由間接話法」で表されている。例えば、Pemberley近くのLambtonの宿で、LydiaがWickhamと駆け落ちしたと知らせるJaneの手紙を読んだとき、驚愕するElizabethはDarcyに事実を包み隠さず伝えてしまう。Darcy

と再会の後、彼の傲慢な態度が文字通り紳士的へと変化したのは自分への愛情の成せる業なのだろうかと、戸惑いを覚えつつ接してきた Elizabeth は、自分の内なる望みを知る。

> Elizabeth soon observed, and instantly understood it. <u>Her power was sinking; every thing must sink under such a proof of family weakness, such an assurance of the deepest disgrace.</u> She could neither wonder nor condemn, but the belief of his self-conquest brought nothing consolatory to her bosom, afforded no palliation of her distress. It was, on the contrary, exactly calculated to make her understand her own wishes; and never had she so honestly felt that she could have loved him, as now, when all love must be vain.
>
> （278, 下線筆者）

語り手は、はじめ Elizabeth の心中を「間接話法」で描出し、Darcy の様子を観察して瞬間的にはっとする Elizabeth の心中を「自由間接話法」で描出する。Elizabeth が自らの彼に対する感情を確認するように心の奥底を探り、彼への愛情にはじめて気付く部分は「間接話法」で描出される。

　前作 *Sense and Sensibility* では、物語は主人公 Elinor Dashwood の視点を通して描出され、心中が明らかにされる際、「自由間接話法」はわずかに用いられるのみで、「間接話法」が重点的に用いられていた。*Pride and Prejudice* では、先の Pemberley で Elizabeth と Darcy が遭遇した直後の心中の描出と、上記の引用例の描出にあるように、「自由間接話法」が用いられるのは Elizabeth の気持ちがもっとも高揚する部分で、それ以外は「間接話法」で描出されている。「直接話法」を用いて Elizabeth の心中が描出されるのは Darcy との秘密の共有部分であったのに対し、「自由間接話法」が用いられる Elizabeth の「思考」内容は、物語終結部まで Darcy が

第 3 章 *Pride and Prejudice*

知りえない Elizabeth 自身の心中の変化である。
　このように、Elizabeth の内面の描出話法を探ると、「話法」を意図的に使い分ける作者の戦略が見出せる。「自由間接話法」が積極的に用いられる後期 3 作品では、登場人物の思考内容は「語り手の思考報告」、「間接話法」、「自由間接話法」、「直接話法」を細かく組み合わせて描出される。「直接話法」が多い *Pride and Prejudice* では、「語り手の叙述」部と登場人物の「発話」部との境界線が明確である。物語後半部で、「自由間接話法」が用いられるのはElizabeth の Darcy に対する心中を描出するときに用途が定められ、頻度も多くなる。また、「直接話法」を用いて Elizabeth の心中が連続して描出されることには、隠された意味がありそうだ。
　Austen は主人公を中心とした女性の心理をたびたび描出する一方で、男性心理の描写が相対的に少ない。この作品も例外ではなく、前半部で Darcy の Elizabeth に対する感情が描出されるのみで、後半部では、彼の情熱的な愛の告白の言葉は議論にすり替わる。また、Wickham と Lydia に対して Darcy が尽力する場面の直接的な描写はなく、Darcy が Longbourn を再訪問した際にも、Elizabeth は彼と話す機会になかなか恵まれない。このように、Darcy と Elizabeth が Pemberley で再会し、互いを再認識するのも束の間で、後半部において 2 人が係わる場面は多くはない。ところが、読者に与える主人公の恋愛対象たる Darcy の存在感は、Austen の作品中もっとも大きいといえよう。これには、Elizabeth の家族の危機的状況を、Darcy が身を挺して救う献身的な行為によって 2 人が精神的に結びつけられる物語展開のみならず、Elizabeth の心中が「直接話法」で描出されることが効果を上げている。
　Elizabeth は思ったことは何でも明確に発言する快活な性質だが、物語後半で描出される Elizabeth の「思考」内容に比例するように、彼女は一考の後に「発言」するようになる。前半部のような短く軽快な会話運びに比較して、後半部ではより長く時間を掛けて、彼女の「思考」が「自由間接話法」や「間接話法」を用いて描出されて

いく。したがって、どちらかと言えばElizabethの快活な気質自体よりは、彼女の慎重さやDarcyの心中を図りかねる憂鬱な気持ちなどが描出されることが多い。そのような中で、言わばElizabethの「静」の部分に読者の注意が引き付けられることなく、依然として彼女には明るく活発で勝気な「動」の印象が伴うのは、彼女の心中が「直接話法」で描出されることで、発言時と同様に彼女の存在感を強く意識させるからである。

同時に、Elizabethの前から姿を消して舞台裏に回ったDarcyの存在感が絶えず示されるのは、彼に対するElizabethの感情が「直接話法」で描出されるため、前半部の対話部を髣髴とさせるからである。ElizabethはPemberleyの屋敷内を見学するとき、Darcyの肖像画の前で立ち止まり、記憶の中にある実際の彼の姿と絵画とを比較する。しばしば指摘されることだが、彼女は肖像画を眺めることで彼の存在を確認し、彼の本質を見極めるように彼の実像と向き合う決心をしている。[15] ここで見逃してはならない重要な点は、彼と対話するように発せられる心中の言葉が「直接話法」で描出されるため、語り掛けられたDarcyの存在を読者は意識せざるを得ないということだ。ElizabethがDarcyとの絆を確認するように、2人の「秘密」と係わる内容が繰り返し「直接話法」で描出されることで、読者も2人の「秘密」を共有する。Darcyの告白と手紙の内容に呼応した「直接話法」によるElizabethの心中の声が際立つことで、読者はDarcyが表舞台から姿を消した時にも、Elizabethの声を通してDarcyの存在を確認する。つまり、ElizabethとDarcyの関係は、お互いに対する真の理解と信頼を基に築かれていくのだということが、Elizabethの心中の声を追うことで判明する。

(4) 緊張した空間を演出する語り手

この作品では、登場人物の直接話法による発話が多いために、物語全体に賑やかな活気ある雰囲気が漂う。その一方で、登場人物

第3章 *Pride and Prejudice*

の発言の描出に「直接話法」の使用を控えることで、「静」かな場の雰囲気を感じさせる場面が存在する。Mr. Darcy が妹の Georgiana と Mr. Bingley を伴って、Elizabeth と Gardiner 夫妻の滞在する Lambton の宿を訪問した場面と、Elizabeth と Mrs. Gardiner が返礼に Pemberley を訪れて Miss Darcy、Miss Bingley、Mr. Darcy らと会話する場面である。これらの2場面では、前者では Mr. Bingley の「発言」、後者では Miss Bingley の「発言」がそれぞれ1箇所ずつ「直接話法」で描出されるのみで、残りは「語り手の叙述」や「間接話法」、「自由間接話法」によって構成されている。

　この作品では、「登場人物」の発話部分と「語り手」の地の文章が交互に現れる印象を読者に与えることから分かるように、「語り手」の地の文章が長く繰り広げられること自体は珍しくない。ただし、登場人物が明らかに「発話」している場面でありながら、その描出に「直接話法」が用いられず、一見すると「語り手」の地の文章が続く描出方法は、前述のように、Darcy の告白を機に Elizabeth の心中が描出されることが多い物語後半部の、この連続した2場面に限られる。[16] これには、いかなる意味があるのだろう。

　まず、Lambton で Darcy と Elizabeth らが会する場面の描出方法を、確認してみたい。Pemberley を見学中に Darcy と再会した Elizabeth は、彼の態度から傲慢さが消え、愛想よく謙虚に接する姿勢の変化を感じ取る。さらに、Darcy の告白を無下に断った Elizabeth に対し、彼は妹を紹介する意向で、依然として彼女との交際を求める。これは社交辞令なのか、それとも彼の愛情が変わっていないことを示しているのかと、Elizabeth は緊張気味に Darcy と Miss Darcy を迎える。以下、この場面が描かれる作品第3巻第2章の冒頭から、ほぼ2ページに亘る部分を引用する。

　　Elizabeth had settled it that Mr. Darcy would bring his sister to visit her, the very day after her reaching Pemberley... But her conclusion was false; for on the very morning after their own arrival at Lambton, these visitors came... Her uncle and aunt were all amazement; and the embarrassment of her manner as she spoke, joined to the circumstance itself, and many of the circumstances of the preceding day, opened to them a new idea on the business... <u>they now felt that</u> there was no other way of accounting for such attentions from such a quarter, than by supposing a partiality for their niece...

Miss Darcy and her brother appeared, and <u>this formidable introduction</u> took place. <u>With astonishment did Elizabeth see, that</u> her new acquaintance was at least as much embarrassed as herself... <u>the observation of a very few minutes convinced her, that</u> she was only exceedingly shy. <u>She found it difficult to</u> obtain even a word from her beyond a monosyllable.

Miss Darcy was tall, and on a larger scale than Elizabeth...

They had not been long together, before <u>Darcy told her that</u> Bingley was also coming to wait on her; and <u>she had barely time to express</u> her satisfaction, and prepare for such a visitor, when Bingley's quick step was heard on the stairs, and in a moment he entered the room. All Elizabeth's anger against him had been long done away; but, <u>had she still felt any</u>, it could hardly have stood its ground against the unaffected cordiality with which he expressed himself, on seeing her again. <u>He enquired</u> in a friendly, though general way, after her family, and <u>looked and spoke</u> with the same good-humoured ease that he had ever done.　　（260-1, 下線筆者）

下線部に着目すると、「語り手」は客観的な叙述に加え、Elizabeth と Gardiner 夫妻の心中に入り込み、お互いを観察させ、Darcy の発話を写し取るなど忙しい。引用部と同様の語り手の叙述で挟まれた文章が、この章の終わりまで続く。Elizabeth と Gardiner 夫妻の

第3章 *Pride and Prejudice* 111

「思考」内容が「間接話法」と「自由間接話法」で描出され、また、Elizabeth、Gardiner夫妻、Darcy、Miss Darcy、Mr. Bingleyと同席者全員の「発話」は、「間接話法」と「語り手による発話報告」で描出される。「直接話法」で描出されたBingleyの発する "It is above eight months. We have not met since the 26th of November, when we were all dancing together at Netherfield."（262）と、Elizabethとの再会を喜ぶ言葉を除いて、4ページもの長きに亘りその場にいる人物たちの発話描出に「直接話法」が用いられないことは、この作品では稀である。

　この描出方法は、DarcyとElizabethが互いに家族紹介をする語に "this formidable introduction" と、Elizabethの緊張感溢れる心中が反映されていることからも分かるように、彼女の視点を中心としてこの場面が進行することと係わりがありそうだ。先に示したように、この作品では後半部においてElizabethの心中が描出される割合が増え、特に彼女のDarcyに対する感情の変化は、地の文章に織り込まれるように「自由間接話法」で描出されることが多い。彼女が自分の気持ちを探るように思考するとき、たいていは、他の登場人物から離れた場所で独り考え込むのに比較し、この引用部ではElizabethが客人の対応をしつつ考えを巡らせる様子が描出される。高慢といわれるMiss Darcyは実際にはどのような人物か、BingleyとMiss Darcyには噂どおり結婚の可能性があるのか、Bingleyは姉Janeに対して現在いかなる感情を抱いているか、そしてDarcyの態度の変化はどう解釈するべきか。このようなElizabethの思考内容が、この場面の進行と共に明らかになる。また、語り手は資産などの上で格上のMiss Darcyが、Pemberleyに到着するなり真っ先にElizabethのところへ挨拶に訪れた状況に驚くGardiner夫妻の心中を描出し、また、彼らの視点からもElizabethらを観察させる。それまでの経緯を知らない叔父夫婦の第3者の目を通してさえ、DarcyのElizabethに対する好意は明らかで、Elizabethの狼狽も大きいことが分かる。

つまり、語り手は同席する 6 人の発言を写し取る合間に、Elizabeth と Gardiner 夫妻の観察する「視点」や「心中」を明らかにしていく。彼らの「言動」や、「思考」内容の瞬時の変化を円滑に描出するために、語り手の地の文章に「間接話法」や「語り手の思考報告」などを織り込んでいく形式で、物語を進行させる。「直接話法」を用いた Bingley の発言から、変わらぬ明朗な気質と打ち解けた様子が伝わる一方、Bingley の他の発言を含め、皆の発言にはあえて直接話法が用いられず、この場にいる人々の緊張感が伝わる。緊張のあまり臆する Miss Darcy はぎこちなく、Elizabeth は Darcy を直視できないほど動揺し、Bingley でさえ Elizabeth と再会することで Jane を意識してように見える。皆が好き勝手に話しまくる Longbourn の団欒風景の喜劇的側面と比較しても、この場が一種独特な雰囲気を醸し出していることが伝わる。一同の会話を語り手が単純に「直接話法」で写し取る場合と比較して、この空間にいる Elizabeth や Gardiner 夫妻の「意識」が反映された主観性が感じられる。

続く第 3 巻第 3 章では、Elizabeth の意識や観察内容が描出される傾向がさらに強まる。Pemberley へ叔母と返礼に出掛けた Elizabeth は、Miss Bingley、Mrs. Hurst の姉妹と再会する。Elizabeth たちを冷ややかに迎え、沈黙を守る姉妹に対し、Miss Darcy の付き添いの Mrs. Annesley、Mrs. Gardiner、Elizabeth が中心となって会話が進む。そして、会話の途中に Elizabeth の視点から眺めた場の雰囲気や、彼女の意識の変化が描出されていく。

> <u>Elizabeth soon saw that she was herself closely watched by Miss Bingley</u>, and that she could not speak a word, especially to Miss Darcy, without calling her attention... Her [Elizabeth's] own thoughts were employing her. <u>She expected</u> every moment that some of the gentlemen would enter the room. <u>She wished, she feared</u> that the master of the house might be

第 3 章 *Pride and Prejudice*

amongst them... After sitting in this manner a quarter of an hour, without hearing Miss Bingley's voice, <u>Elizabeth was roused</u> by receiving from her a cold enquiry after the health of her family. <u>She answered</u> with equal indifference and brevity, and the other said no more... No sooner did he [Darcy] appear, than Elizabeth wisely resolved to be perfectly easy and unembarrassed;—a resolution the more necessary to be made, but perhaps not the more easily kept, because <u>she saw</u> that the suspicions of the whole party were awakened against them... Miss Darcy, on her brother's entrance, exerted herself much more to talk; and <u>Elizabeth saw</u> that he was anxious for his sister and herself to get acquainted, and forwarded, as much as possible, every attempt at conversation on either side. <u>Miss Bingley saw</u> all this likewise; and, in the imprudence of anger, took the first opportunity of saying, with sneering civility,

"Pray, Miss Eliza, are not the ——shire militia removed from Meryton? They must be a great loss to *your* family."

(268-9, 下線筆者)

この引用部では、登場人物たちの会話内容はほとんど描出されない。Mrs. Annesley らとの会話に参加していた Elizabeth は、同時に Darcy に対する自分の感情を見極めることに気を取られている。そして、Elizabeth は Miss Bingley のみならず、(おそらくは Mrs. Gardiner を含め)周囲の視線が彼女自身と Mr. Darcy の関係を探ろうと向けられていることに気づき、慎重な言動を心掛ける。Darcy が Miss Darcy と Elizabeth の親睦を望むことは、Elizabeth 自身が気づくのみならず、語り手が Miss Bingley の視点や心中を明らかにすることでも判明する。さらに、Miss Bingley が不躾な質問をすることで、重苦しい空気は Elizabeth の過剰な自意識による思い過ごしではないと、読者に分かる。

Miss Bingley の2度目の質問は「直接話法」で描出され、読者の注意を喚起する。彼女は、かつて Elizabeth が軍人 Wickham をひいき目に見ていたことから、Meryton の連隊について仄めかし、態度が変わるか試す。ところが、Wickham を示唆したこの発言に驚いたのは、過去の不祥事を思い出した Miss Darcy と、Elizabeth の反応が気掛かりな Mr. Darcy である。この引用部に続く部分で、Elizabeth は Miss Darcy と Mr. Darcy の動揺を見てとり、冷静に身を処することで、Miss Bingley の皮肉を撥ね返す。

　このように、Lambton への Darcy らの訪問と、Pemberley への Elizabeth らの返礼の2場面は、Mr. Bingley と Miss Bingley の「発話」の描出に、一度ずつ「直接話法」が用いられることを除けば、登場人物たちの「発話」は他の話法を用いて描出され、あるいは発言の内容は省略される。そして、語り手はこれらの場面が進行するとき、Elizabeth を中心に同席する人物がお互いを観察する「視点」を明確にする。2場面は、Elizabeth と Darcy が互いに意識し、さらに2人の近親者である Gardiner 夫妻と Miss Darcy、Jane に思いを寄せていた Mr. Bingley、Elizabeth に嫉妬する Miss Bingley と周囲が2人の関係に注目することで、緊張した空間が作り上げられる。落ち着かない気持ちを抱く Elizabeth の意識を反映するように、彼女が特に気に留めた Mr. Bingley と Miss Bingley の発話のみを際立たせる。他方、彼女が自己の内面を忙しく探る様子に読者を引き付けるため、他の発言は、語り手の地の文章の中に組み込まれる。

　実際、気取りがなく快活な Mr. Bingley と、辛らつさを極める Miss Bingley の発話だからこそ、他者を引き付ける大きな声色で発言している。この作品の登場人物たちは、Mrs. Bennet、Lydia、Mr. Collins、Catherine de Bourgh、Miss Bingley、Mr. Wickham と、いずれも他者にお構いなく自分勝手に話す人々である。これに対し、他者を気遣う Gardiner 夫妻や Mrs. Annesley、はにかんだ感じの残る Miss Darcy、落ち着いた Darcy など、これら2場面では、同席する人々に他者を押しのけるがさつさはなく、Miss Bingley でさえ表面的には取り繕う社

交儀礼を身に付けている。このような性質の人々が集う場面において、会話は穏やかに展開し、緊張感と同時に洗練された場の雰囲気を感じさせる。[17] Elizabeth たちが Pemberley の客間を去り、場の緊張感が解けると Miss Bingley は "'How very ill Eliza Bennet looks this morning, Mr. Darcy,' she cried; 'I never in my life saw any one so much altered as she is since the winter. She is grown so brown and coarse! Louisa and I were agreeing that we should not have known her again.'"（270）と Elizabeth の悪口を並べ立て、鬱憤を晴らす。ここに至るまでの空間の「静」けさが破られるように、彼女の発言には感嘆符が用いられ、Mr. Darcy に誇示するように "cry" と突き放すような大きな声で騒ぎ立てるため、耳障りな騒々しさを与えてしまう。

　物語の全般に亘って「直接話法」による対話形式が繰り広げられる一方で、直接話法を排除した空間を描出することで、作者 Austen が登場人物の「意識」、「騒音」、「静けさ」などを、「話法」を変えることで描き分けようとする意図が垣間見られる。このような話法の選択により、賑やかな場の雰囲気と対比して、静かな空間を演出する「語り」の技巧が施されている。

(5)

　Pride and Prejudice が明るく賑やかな印象を読者に与えるのは、以上のように登場人物たちの「発話」や主人公 Elizabeth の「思考」内容が、「直接話法」で効果的に描出されているためである。「語り手」の地の文章と、「登場人物」の声色との区別が明快な「直接話法」の多用は、Austen の後期 3 作品と比較した時、一見すると作者の話法を使い分ける意識の低さや、技量の貧弱さが露呈したためと思われる。「自由間接話法」を中心に他の話法と組み合わせて描出する円滑な「語り」ではないために、登場人物の心中に深く踏み込むことが容易ではないなど、語りの技巧の木目細かさに欠ける

ことは事実である。しかし、この作品では「話法」の選択に一定のパターンが見出せ、Austen が話法の生み出す効果を、物語展開に意図的に利用していることが分かる。

　登場人物たちの会話には、「直接話法」による対話形式が頻繁に用いられ、後期作品のように登場人物の心中が会話の途中に挿入される、複雑な形には至らない。むしろ語り手は、「直接話法」を連続して用いる会話の進め方自体によって「場」を再現し、読者に客観的な視点を与えて状況や登場人物の性格、人間関係などを判断させる。語り手が対話場面を写し取ることに専念することで、会話の進行速度が、実際の会話と同様の臨場感を持って示され、登場人物たちの活気が読者に伝わる。個々の登場人物の「発話」を次々に写し取り、存在感を読者に示しながら、途中に「間」を設け、登場人物の表情の変化を示すことで、かれらの思考内容や胸中を読み取らせる。

　物語後半部、Elizabeth の心中が描出される割合が増える。彼女が Darcy と共有する「秘密」に関して心中を吐露する場合には、「直接話法」が用いられ、それ以外の内容、例えば Darcy に対する Elizabeth 自身の愛情や、Lydia や父 Mr. Bennet などについて考えを巡らすなど、彼女が深く考えを巡らす様子は、語り手の地の文章に「間接話法」と「自由間接話法」を組み込んで描出される。このように、彼女の思考内容は話法を変えて描き分けられている。物語の後半部で、Elizabeth が静かに「思考」する部分が急増するにも拘らず、依然として彼女の快活さが際立つのは、彼女の心中が「直接話法」で描出されることが多いために他ならない。Elizabeth が Darcy との信頼関係を誇示するかのように、「直接話法」で共通の「秘密」に関して思いを巡らすことで、読者は2人の信頼関係を確認する。同時に、Elizabeth の「秘密」を読者も抱えることで、彼女との一体感を感じることになる。

　語り手は、物語のはじめから終わりまでを、すべて同じ調子で描出するのではなく、Longbourn や Meryton の多少猥雑さを伴う賑や

かさに対比し、Pemberley の人々の洗練された落ち着きと緊張感のある空間を演出する。「直接話法」が快活な雰囲気を生み出すのに対し、Pemberley の描写には、登場人物の「発話」を「直接話法」を排除するような形で他の話法を用いる。こうして張り詰めた空間が創り出されるとき、話者の緊張感を反映するように、Elizabeth や Gardiner 夫妻、Darcy らの視点による観察や意識が差し挟まれていく。

　このように、Pride and Prejudice では、「直接話法」を軸として、さまざまな話法が意識的に使い分けられていることが分かる。Austen の作品を自由間接話法の習得という観点に絞って捉えると、この作品では登場人物の思考内容や意識を描出するにあたり、話法の効果を十分に生かしきれてはいない。直接話法と同時に、自由間接話法を用いることで語り手の叙述部から Elizabeth の思考内容へと円滑に移行させる試みは見られる。しかし、後期作品では語り手が登場人物の心中への出入りを頻繁に行い、それが読者に煩わしさを感じさせないが、この作品では語り手の叙述と Elizabeth の思考内容の境界線が明確である。むしろ、この作品はこれまで考察してきたように、「直接話法」を多用し、この話法の効果を十分に生かすために、敢えてそれ以外の話法を盛り込むことで対照的に描出している点が評価できるのではないだろうか。Austen が「話法」を作品構築に利用し、主人公の意識に読者の注意を引き付けようとする試みは、このように前期作品を執筆する段階から一貫していることが、この作品の話法の選択の仕組みを解明することで明らかとなった。

【註】
1) Jane Austen 自身は、書簡の中で Pride and Prejudice を "The work is rather too light, and bright, and sparkling." と評している。Austen, *Jane Austen's Letters*, 299.
2) Norman Page は、Austen の作品を言葉の使用方法という観点から考察した。彼はこの作品は、会話体が多く、また、会話の進め方を通して登場人物の個性が

表わされていることを指摘する。"*Pride and Prejudice* is full of conversation and of references to conversation... speech plays a major role in character-presentation, ... speech plays a major role in character-presentation, both for those who (like heroine) are brilliant talkers and for those who, though far from brilliant, consistently reveal themselves through an individual mode of speech." Norman Page, *The Language of Jane Austen* (Basil Blackwell, 1972), 25.

3) Page, *The Language of Jane Austen*, 28. "The novel is 'dramatic', then, in the sense that talk is very important for most of its characters, and most of them talk a great deal. Substantial stretches of the text consist of dialogue... This is normally presented as direct speech."

4) "It is a truth universally acknowledged, that a single man in possession of a good fortune, must be in want of a wife." というこの作品の格言めいた冒頭の1文に Brownstein は論理的な落とし穴があることを指摘する。財産家の独身男性は妻を欲しているわけではなく単に妻がまだいないだけであって、実際には財産のない若い女性側が（経済的な理由から）夫を必要としているというアイロニーがこめられている。 Brownstein, 50.

5) Jane Austen, *Pride and Prejudice*, vol. II of *The Novels of Jane Austen*, ed. R. W. Chapman, 6 vols. (Oxford UP, 1932; 1967), 3. 以下、同書からの引用は、本文中括弧内に頁数のみを記す。

6) Page, *The Language of Jane Austen*, 121. Page は、直接話法が会話のやりとりの最も一般的な方法であるのに対し、間接話法は溢れるように多弁な（登場人物の）会話を要約することで、会話のスピードを落とさずに描出する方法であると説明する。ただし、Page はこの冒頭部の Mrs. Bennet と Mr. Bennet の対話の最初の2文を引用して、Mr. Bennet の反応が間接話法で描出されているように、冷淡さを表すこともあることを指摘している。

7) 物語中、Elizabeth は Darcy に対する偏見や Wickham に対するひいき目によって、誤った判断をしていたことに気づき、深く反省する。物語のはじめと終わりで変容する Elizabeth に対し、Lydia に変化は見られないことが、対照的に語られていることを Cohan は指摘する。 Steven Cohan and Linda M. Shires, *Telling Stories: A Theoretical Analysis of Narrative Fiction* (Routledge, 1988), 72-6.

8) Page, *The Language of Jane Austen*, 30-1. Page は、話し好きの登場人物たちが多い中で、周囲から寡黙と評判をとる Darcy は長く沈黙することが多いことを指摘する。"For Darcy, there is no place in life for talk that exists only to kill time."（31）しかし、本文中に記したように、沈黙を守るのは「寡黙」な Darcy だけでなく、多弁な Elizabeth や Jane らも同様である。したがって、「沈黙」の

第 3 章　*Pride and Prejudice*　　　　　　　　　　　　　　119

間を登場人物が思考する時間として積極的に捉えることができることを、ここに指摘しておく。

9) 'Darcy and Elizabeth are similar in being "satirical".' Marilyn Butler, *Jane Austen and the War of Ideas*（Clarendon Press, 1975), 210.

10) Lascelles, 160.

11) Duckworth は、この作品を Elizabeth の教育という観点から捉え、Hunsford 滞在以後、彼女の発言や思考内容を表す語が Darcy のまじめな言葉遣いの調子を帯びることを指摘している。"If she had never entirely lacked judgment, her expressions now are studded with judicial phrases. As she "studie[s]" his letter, the "justice" of Darcy's charges becomes evident, and the "folly and indecorum of her own family" are brought home to her... Henceforth, her criticisms are frequently self-criticisms, or are directed inward on her family." Duckworth, 126.

12) Elizabeth の実家からの（精神的）自立に関し、Fraiman は以下のように述べる。"Elizabeth first doubts her father regarding his decision to let Lydia go to Brighton, and she blames him bitterly for the subsequent scandal. For Darcy, by contrast, the calamity is a chance to display his nobility of heart and purse, his wish to rectify and his power to do so. The Lydia plot thus accomplished Elizabeth's separation from her father as well as her reattachment to another: a changing of the paternal guard." Susan Fraiman, "The Humiliation of Elizabeth Bennet," in *Pride and Prejudice*, ed. Donald Gray（Norton, 1993, 2001), 362.

13) "Mr. Darcy is hardly recognizable as the same man when he is described by Mr. Wickham, by his housekeeper, or Elizabeth, or Mr. Bingley." Reuben A. Brower, "Light and Bright and Sparkling: Irony and Fiction in *Pride and Prejudice*," in *Jane Austen: Sense and Sensibility, Pride and Prejudice and Mansfield Park: A Casebook*, ed. B. C. Southam（Macmillan, 1976), 177.

14) この Ramsgate のモチーフは、Darcy と Colonel Fitzwilliam が Rosings を去った後、Catherine de Bourgh と Elizabeth の対話でも言及されている。（作品第 2 巻第 14 章。）Elizabeth たちの帰郷が近づくと Lady Catherine は帰り道に自分の召使を供に付けさせようとする。そして、昨夏、姪の Miss Darcy が Ramsgate に保養に出掛けた時にも、召使を 2 人付けたために、何事も起きなかったと Lady Catherine は自慢する。Lady Catherine が Ramsgate の件を知らないことと、Rosings の権威が何の役にも立っていないことの皮肉が暗に示されている。

15) Tanner は、Darcy の手紙を読むことで始まった Elizabeth の真実を求める問いかけが、Pemberley で Darcy の細密画と向き合い、次に大きな肖像画、そして最後に Darcy 本人と出会い、彼の本質を理解することで完了すると指摘する。

"Standing in the middle of the house, contemplating the qualities in the face in the portrait..., Elizabeth completes the act of recognition which started with the reading of Darcy's letter." Tanner, 119-20. Tanner は Darcy が Wickham と Lydia を救う物語の残りの部分では、外に現れた行動だけしか描かれていないため、もっとも重要な部分は Elizabeth が彼の肖像画と（内面的に）向き合う部分であるとする。

　しかし、Elizabeth が自分自身の心中を探る様子は、本文中に記したとおり直接話法と自由間接話法を使い分けながら、Darcy の2度目の告白に至るまで脈々として描出され続ける。

16) 　Page もまた、対話部が多いこの作品で対話を避けた部分があることを指摘している。"At certain points, however, Jane Austen avoids dialogue where it might reasonably have been anticipated"（33）Page はその例として、Pemberley を見学中に Elizabeth が Darcy に遭遇した場の描出方法や、Wickham と結婚式を終えた Lydia が実家の Longbourn を訪問した場、Elizabeth が Darcy の2度目の求婚を承諾する場、そして、Darcy と娘の結婚を許可する Mr. Bennet が、Elizabeth に意思を確認する場を挙げる。Page は劇形式が多いこの作品の例外として、直接話法を用いずにすべて語り手が叙述する場では、Elizabeth の意識を通して描出されていると指摘する。Page, *The Language of Jane Austen*, 33-4. これと筆者の主張を差別化するならば、Page の指摘部分は、直接話法による対話が繰り広げられる場面と場面の合間のほんの短い1部分のみで、語り手の叙述や、自由間接話法を用いて発話が描出される、Elizabeth の意識を通した語り手の場面提示である。一方、本文中に記すように、作者が長々と直接話法による対話を避けるのは、Elizabeth の意識だけでなく、他の登場人物の視点や発言も語り手の叙述部に取り込もうとした結果だと考えられる。また、直接話法を用いることで音が大きく読者に響くのに対し、この2場面では直接話法が用いられないことで、静けさが演出され、登場人物の緊張感が読者に伝えられていると考える。

17) 　このような場の落ち着きや静けさは、物語の最後に Netherfield の騒々しさから Pemberley へと嫁ぐことになる Elizabeth の感じる居心地の良さが反映されているのかもしれない。この物語の終わり方を Wallace は以下のように説明する。"Of all Jane Austen's novels, *Pride and Prejudice* ends most serenely. The marriage that will perfectly balance Elizabeth Bennet's 'ease and liveliness' with Fitzwilliam Darcy's 'judgement, information, and knowledge of the world,'" Tara Ghoshal Wallace, *Jane Austen and Narrative Authority* (St. Martin's Press, 1995), 45.

第4章 *Mansfield Park*
―― Fanny の成長と「話法」の選択 ――

(1) *Mansfield Park* における Fanny の成長

　長編第4作 *Mansfield Park* の主人公 Fanny Price は、あまりにも内向的で、作品が魅力に欠けるように思われたのだろうか。最初の読者であった Austen の家族をはじめ、批評家の評価はそろって低かった。[1] しかし、登場人物の内面描写の細かいこの作品は、20世紀に入ると急速に評価が高まった。Q. D. Leavis は、"What is really new is the attempt to work out a psychological analysis of feeling, which creates a new style"[2] と、本作品をイギリス最初の近代小説と捉えている。

　Austen の他の長編小説5篇では、語り手が比較的主人公に近い距離から物語を進めていくのに対し、この作品の語り手は全知の視点を活用して、脇役たちの心中にもっとも頻繁に出入りする。[3] 登場人物たちの内的心理と発言の描出には、「自由間接話法」が積極的に用いられ、また、複数の話法が複雑に組み合わされる。逆に言えば、「話法」がこれまでにないほど頻繁に変えられることで、読者に煩わしさを感じさせることなく、複数の登場人物の思考内容を明らかにすることが可能になったのだ。[4] さらに、物語全般を通して話法を戦略的に用いることで、Fanny の変容を読者に印象づける工夫が施されている。

　脆弱な子どもから道義心を備えた大人へと変容する Fanny は、Austen の作品中もっとも著しい心身の成長を遂げる主人公と言える。

はじめ、他者の言動を傍観するばかりの Fanny は、物語の進行に伴って存在感が増す。周囲の人々の間に占める重要度は大きく変化し、最終的には精神的に自立するに至る。物語をほぼ 3 分の 1 ずつに区切ると、それぞれの部分において、Fanny を取り巻く環境が大きく異なることも、変容の際立つ一因であろう。そして、これに呼応するように、彼女の「発話」、「思考」を描出する文体が変化する。

そこで、本章では全 48 章で構成されるこの作品を以下のように 3 部に分け、話法の選択と Fanny の変容に、いかなる関係があるのかを検証する。

第 1 部は、作品第 1 巻第 1 章から第 2 巻第 3 章までとする。Fanny は、10 歳で母方の親戚 Bertram 家に引き取られる。ここでは、Fanny が引き取られる経緯と、准男爵家の屋敷 Mansfield Park での新たな生活、そして 18 歳になるまでが描かれる。若年で食客の Fanny は、皆から大切に扱われるとは言えず、常に脇役的存在である。自分の意見に自信のない Fanny の発言が、他者といかに対比されて描出されているかを考える。[5]

第 2 部は、作品第 2 巻第 4 章から第 3 巻第 6 章までとする。ここでは、Bertram 家の長女 Maria が結婚し、次女の Julia を伴って屋敷を出る。放蕩者の長男も屋敷に居つかない。いとこたちの不在を埋め合わせるかのように、Fanny は周囲の人々から大切に扱われるようになり、彼らとの親交を深めていく。18 歳の美しい少女に成長した Fanny は、Crawford 兄妹や伯父 Sir Thomas Bertram らの注目を一身に集める。彼女の発言が、周囲の人々にいかに受け止められるようになるのか、変化の過程を追う。

第 3 部は、作品第 3 巻第 7 章から最終章までとする。ここで、Fanny は実家のある港町 Portsmouth へ帰郷する。家族との再会に胸を膨らませていた Fanny は、実家の経済的貧困に起因する精神性の欠如に落胆し、孤独感を強める。しかし、口数の減った Fanny は、もはや以前の自信のない Fanny と異なり、心中に強い意志を秘めている。彼女の内面の葛藤の描出方法を探る。

(2) 発言力のない Fanny

　Mansfield Park に到着したばかりの 10 歳の Fanny は、Bertram 家の人々の目に、"exceedingly timid and shy" と映り、"awkward" と評される。[6] 彼女は年齢の割に背が低く、叔父 Sir Thomas の威厳と屋敷の堂々たる偉観に圧倒され、いとこたちの立派な容姿と物腰に、消え入らんばかりの思いをする。家庭教師は Fanny の無知に驚き、女中たちは貧弱な服装を嘲る。

　こうした Fanny の立場を念頭に置くと、彼女がはじめて他と会話を交わす場面の提示方法は興味深い。Fanny を迎える親類たちは、彼女を蔑ろにする意図はないが、躊躇を取り除く積極的な努力もしない。ただひとり、いとこ Edmund が屋根裏部屋へ続く階段で涙に暮れる Fanny を見つけ、声をかける。

> "My dear little cousin," said he with all the gentleness of an excellent nature, "what can be the matter?" And sitting down by her, was at great pains to overcome her shame in being so surprised, and persuade her to speak openly. "Was she ill? or was any body angry with her? or had she quarreled with Maria and Julia? or was she puzzled about any thing in her lesson that he could explain? Did she, in short, want any thing he could possibly get her, or do for her?"... He tried to console her.
>
> "You are sorry to leave Mamma, my dear little Fanny," said he...
>
> ... It was William whom she talked of most and wanted most to see... "William did not like she should come away—he had told her he should miss her very much indeed." "But William will write to you, I dare say." "Yes, he had promised he would, but he had told her to write first." "And when

shall you do it?" She hung her head and answered, hesitatingly, "she did not know; she had not any paper."

(15-6, 下線筆者)

　まず、Edmundの発話の描出方法に着目してみたい。彼はFannyに、"My dear" と話し掛ける。1人称所有格の代名詞が用いられ、Edmundの声が印象づけられる。恥ずかしさから返答のできないFannyの隣に座り、なおも積極的に話しかけるEdmundの様子を語り手が叙述し、再び彼の発言内容を記す。ところが、次に引用符を付して記されたEdmundの発話は、Edmund自身に "he"、Fannyへの呼び掛けに "she" と、3人称が用いられている。本来は、彼の発言どおりに "I" と "you" が用いられ、時制も現在形となるべきところ、人称と時制は、語り手が間接的に叙述した場合と同じである。つまり、ここには登場人物の発言を再現する「直接話法」と、語り手の声色が残る「自由間接話法」の2つの文体が混在した、「引用符付き自由間接話法」となっている。さらに、Edmundが質問を続けていくと、Edmund自身に再び1人称 "I" が、Fannyへの呼び掛けに "you" が用いられるようになる。時制も現在形が用いられ、標準的な「直接話法」の形式に戻る。
　ところが、"you" と話し掛けられたFannyが返答するとき、彼女自身を表すのに3人称 "she" が用いられ、時制も過去形で表されている。Edmundの「発話」は、|直接話法→引用符付き自由間接話法→直接話法| と変化するが、Fannyの「発話」は一貫して「引用符付き自由間接話法」[7] で描出され続ける。
　このような、話法をめぐる「ずれ」には、一体どのような意味があるのだろうか。引用部で、FannyとEdmundはどちらも物語中はじめて言葉を発する。EdmundはFannyの躊躇を取り除こうと、彼女に優しく語り掛けるものの、Fannyが答えられるようになるまでには時間を要する。この状況を説明する語り手の叙述部から、再び対話部へ円滑に移行させるには、「自由間接話法」が有効であるが、

同時に「引用符」が付されることで、対話そのものが際立つ。Edmund はいろいろ質問を投げ掛け、Fanny の涙の原因は家族から引き離された寂しさなのだと探り当てると、今度は熱心に慰めようとする。その際、彼の言葉が「直接話法」で再現され、存在の大きさが強調される。一方、ようやく話し始めた Fanny の発話だけが、「引用符付き自由間接話法」で描出され続け、相対的に彼女の言葉は弱々しい印象を与え、新しい環境に馴染めずにいる心細い心理状態が窺える。

　作品中、「引用符付き自由間接話法」で登場人物の「発話」が描出されるのは、上記の例を含めてわずか 2 場面しかない。この形式が再び用いられるのは、後の第 2 部において、Mansfield Park で開かれた舞踏会の翌日、Fanny が伯母 Lady Bertram と舞踏会について語る場面（作品第 2 巻第 11 章）である。Fanny が話し掛けるとき、夫人の発言にのみ、"She could not recollect", "she was not sure" と、3 人称・過去時制が用いられる。親愛を抱く兄 William の訪問中、初めて経験した舞踏会の余韻に浸り、至福の時を振り返る Fanny の言葉が「直接話法」で生き生きと描出されるのに対し、Lady Bertram の返答は、注意力に欠けた観察の曖昧さや、醸し出す気だるい雰囲気が反映されている。対話が進んだところで、ようやく夫人の眠気が醒めたかのように "I did not see *that*", "I should not know" と 1 人称・現在形が用いられるようになる。

　この場面が展開される第 2 部で、Fanny はいとこ不在の下、Mansfield Park の居間で唯一の若い女性として皆から関心を寄せられ、伯母の大事な話相手としての立場を確保する。第 1 部で Fanny の「発話」が極端に少ないことと比較しても差は歴然としており、第 2 部で彼女の「発話」は「直接話法」や「間接話法」を用いて次々に描出され、屋敷内での発言権を得たかに見える。一方の Lady Bertram は、終始一貫して物静かで発言が少ない。常に物憂げな様子の伯母は、Fanny にとって有難い話相手ではない。このような物語の背景から、語り手ははじめ、舞踏会を積極的に振り返る

Fanny 側に視点を置き、Lady Bertram があやふやな記憶を辿る様子を読者に客観視させる。2 人がなんとか会話を進めるに至って、Lady Bertram 自身の主体的な声色を浮かび上がらせていく。

また、この作品では引用符のない標準的な「自由間接話法」も、高い頻度で「発話」表出に用いられ、他の話法との組み合わせ方が複雑である。自由間接話法は語り手と登場人物の声色の境界線が曖昧で、数え方で誤差が出るが、「発話」に関しては、少なくとも 13 場面に用いられている。自由間接話法による「思考」の表出は、Austen の長編前期 3 作品では物語の一部に限られるが、*Mansfield Park* では物語全般において頻繁に用いられている。[8]

第 1 部の終盤で、Sir Thomas が長女 Maria に Mr. Rushworth との結婚の意志を確認する場面（作品第 2 巻第 3 章）では、やはり「自由間接話法」の使用によって、読者の抱く印象が大きく影響を受ける。Sir Thomas が Antigua の領地に赴く間、長期に亘って屋敷を不在にしていたところ、Maria は近隣の大地主で財産家の Rushworth と婚約する。Sir Thomas は彼の財力や地位、そして義理の姉 Mrs. Norris などの報告を信頼し、婚約を認めた。しかし、Sir Thomas が帰国後に観察すると、2 人には愛情の片鱗も見られない。親の義務を果たそうと、Sir Thomas は娘に再考を促す。

> Sir Thomas resolved to speak seriously to her. Advantageous as would be the alliance, and long standing and public as was the engagement, her happiness must not be sacrificed to it. Mr. Rushworth had perhaps been accepted on too short an acquaintance, and on knowing him better she was repenting.
>
> With solemn kindness Sir Thomas addressed her... She thanked him for his great attention, his paternal kindness, but he was quite mistaken in supposing she had the smallest desire of breaking through her engagement... She had the highest esteem for Mr. Rushworth's character and disposition, and

第 4 章　*Mansfield Park*　　　　　　　　　　　　　127

<u>could not have</u> a doubt of her happiness with him.
（200, 下線筆者）

　この引用部は、一見すると、父娘のやり取りを語り手が客観的に叙述報告したように映る。しかし、"would", "must not" などの「助動詞」の使用から、"Advantageous... repenting." の箇所は、Rushworth との結婚に社会的有利性を認めながらも、娘の幸福を犠牲にすべきではないと考える Sir Thomas の心情が「自由間接話法」で描出されたものと分かる。"perhaps" と曖昧さを示す「副詞」からは、婚約の成立状況を推測し、娘が性急さの報いを受けているのではないかと危惧する親心が伺える。

　さらに語り手は、父親の問い掛けに対し、Maria が Rushworth に対して敬意を払い、幸福な結婚に確信を抱いていると報告する様子を叙述する。しかし、彼女が愚鈍な Rushworth を侮蔑する様子は、これまで度々描かれてきた。したがって、"but he was quite mistaken" に続く部分は、結婚の意志を父親に納得させるために Maria が本心を偽って答えた内容で、「自由間接話法」に移行した彼女自身の「発話」だと分かる。

　2 人の話合いには、Sir Thomas の良識や親心と同時に、准男爵という社会的権威のある人物の立場から下した価値判断のせめぎ合いが窺える。[9] また、結婚を白紙に戻すことができる唯一の機会に、Maria が本音と相反する言葉を平然と述べることから、彼女の欺瞞が窺える。もし、親子の会話を「直接話法」で再現したならば、後に Henry Crawford の求婚を断わる Fanny の態度を諌める Sir Thomas の厳しい叱責のように、彼の強い口調が読者に伝わったであろう。あるいは、体裁を繕おうとする Maria の言葉に、妙な気取りが読み取れたかもしれない。しかし、語り手の声が混じる「自由間接話法」を中心に話法を組み合わせることで、父娘の間に行き交う生身の言葉の具体的内容が伝えられることはない。円満に終えた話し合いの内実は、娘の嫁ぎ先に格式や金銭的余裕を優先する Sir

Thomasと、結婚によって堅苦しい父親の権威から逃れ自由を得ようとするMariaの、双方の思惑が一致したものであり、真の愛情を育むことのなかった父娘の距離感が伝わる。

　話し合いに満足したSir Thomasは、一抹の不安をかき消す。Mariaの側では、父親に再び疑問を抱かせないように用心し、早々に結婚式を挙げる。そして、この場面以降、彼女が作品の表舞台に姿を現すことはない。この場面に至るまで、MariaはRushworthとの婚約を確実にする一方で、Henry Crawfordの愛情を繋ぎとめようと、道徳規範から逸脱するほど大胆に振舞い、発言は「直接話法」で鮮やかに描出されてきた。しかし、Sir Thomasが屋敷に戻るや否や、威圧的で厳格な父親の下での生活に窮屈さを感じるMariaの心境を反映するように、彼女の発言が「直接話法」で描出されることはなくなる。父親との会話が「自由間接話法」で描出されることで、Mariaの屋敷内での存在感は希薄となり、表舞台からの静かな退場が演出されている。

　このように、この作品では、話者の置かれた状況と「話法」の選択が呼応する。第1部において、内にこもりがちなFannyは、そもそも発言自体が少なく、「直接話法」が用いられることも限られる。皆に聞き流されるFannyの発言は、語り手の叙述部に「自由間接話法」を中心にさりげなく組み込まれ、読者に強い印象を残さない。これに対し、物語の中心となるBertram兄弟姉妹、Crawford兄妹、Mrs. Norrisらの発言は、「直接話法」で劇的に描出され、躍動感が与えられている。また、語り手は彼らの心中に頻繁に踏み込み、利己主義むき出しの内面や、入り組む人物関係を明るみに出していく。この場合にも、Fannyの観察や反応などの主観的な内面の描出は、第2部、第3部に比較して少ない。

　したがって、この作品では「自由間接話法」が用いられる割合が前期作品に比べて単純に増えただけでなく、話法を使い分ける恣意性がより顕著と言える。話法を細かい単位で頻繁に変えることで、主人公Fannyと周囲の人々の人間関係を明確化し、彼らの人物像

(3) Fanny にとっての転機

　第 2 部では、Fanny が社交行事の中心的存在となり、周囲の注目を浴びる。Mansfield Park における、言わば Fanny の地位向上に伴い、彼女の言動を描出する話法も変化する。これまで他の言動を傍観するに過ぎなかった Fanny は、急に発言力を得て、しばしば観察される側にもなる。主な登場人物の数が減少するにも拘らず、Fanny を取り巻く人々の発言や心中、人間関係などを描出する文体は複雑化する。

　では、Fanny の発言はどのように変化するのか考えてみたい。第 2 部の幕開けとなる作品第 2 巻第 4 章では、Fanny は隣接する牧師館で話相手として重要な存在となり、Mary Crawford と親しく交際を始める。しかし、社交界の花形で活動的な Mary に対し、Fanny は内向的で、性格の異なる 2 人の関心事はかけ離れ、Fanny に発言の機会が与えられたところで、すぐに心が通い合う訳ではない。そのことは、以下の「直接話法」で描出される 2 人の対話部に表われている。牧師館の潅木の茂みを見て自然の美に感動し、賞賛する Fanny の言葉に、Mary ははじめ無言のまま関心を示さない。

　　"This is pretty—very pretty," said Fanny, looking around her as they were thus sitting together one day: "Every time I come into this shrubbery I am more struck with its growth and beauty... How wonderful, how very wonderful the operation of time, and the changes of the human mind!" ...
　　Miss Crawford, untouched and inattentive, had nothing to say; and Fanny, perceiving it, brought back her own mind to what she thought must interest.
　　"It may seem impertinent in *me* to praise, but I must

admire the taste Mrs. Grant has shewn in all this. There is such a quiet simplicity in the plan of the walk!—not too much attempted!"

"Yes," replied Miss Crawford carelessly, "it does very well for a place of this sort…"　　　　　　　　（208-9, 下線筆者）

　Fanny は Mary の無反応を見て取り、彼女の関心に合わせて話題を変えるが、引き出せたのは Mary の気のない返事のみである。しかし、自ら積極的に語り掛け、会話を弾ませようと努力する Fanny の姿は、これまでの遠慮がちな Fanny とは異なる。実際、この引用部の後では、Fanny の発言内容に着想を得た Mary が、自分の将来を廻る想像図を言葉にし始める。Mary を会話に引き込むことに成功したものの、意に反して恋敵 Mary の愛情を聞かされることになり、密かに Edmund に想いを寄せる Fanny は平静を失う。

　いずれにせよ、第2部では Fanny の一言が他者に影響を与え、彼女の発言を中心に会話が展開していく。[10] これを第1部と比較すると、例えば Edmund と Mary、Fanny が、次男が就くべき職業についての一般論を論じる場面では、Fanny の発言は「会話に功を奏さなかった」（111）と語り手が叙述するように、会話の成行きに全く影響を与えていない。将来、牧師になる予定の Edmund が、牧師に偏見を抱く Mary にこの職業の重要性を説くとき、Fanny は Edmund に加勢しようとするが、お互いを結婚相手になり得る相手として意識する Mary と Edmund にとって、彼女の発言は不要である。また、Sotherton の自然園で散策中に Fanny が休息をとる場面（作品第1巻第10章）では、次々と横を通りかかる Maria と Henry、そして Julia らに、Fanny は道義心に基づいた助言を行う。しかし、皆は恋愛遊戯に高じるあまり、彼女の発言など意に介さず、これを無視する。

　第2部で Fanny の発言力が増すことは、彼女の存在が他者から重視されるようになったことの表れである。Edmund と Mary は、

第4章　*Mansfield Park*

それぞれお互いの恋の相談相手に Fanny を選ぶ。また、Henry Crawford が Fanny に恋心を抱くことで、身体の成熟した Fanny の外的変容にも注目が集まる。さらに、Fanny の敬愛する兄 William が Mansfield Park を訪問し、Sir Thomas は甥と姪のために社交の場を提供する。Bertram 姉妹の不在を切っ掛けに状況は一変し、屋敷で紅一点となった Fanny には発言の機会が増え、皆から一目置かれる。Fanny を取り巻く環境の華やかさを象徴するかのように、彼女の発言は、第1部でほとんど用いられなかった「直接話法」と「間接話法」で描出され、刻々と移り変わる思考内容も「間接話法」、「自由間接話法」によって次々に明らかにされるのである。

　Fanny と Mary が、親交を深めるごとに活発に言葉を交わすようになることから、2人が同席する場面では、より技巧的な文体が展開される。Fanny が、Mansfield Park で開かれる舞踏会でどのような装いをすべきか悩み、社交行事に詳しい Mary に相談する場面では、「発話」の合間に瞬間的な感情の変化、すなわち「思考」内容が細かく描出されている。Fanny は、兄 William に贈られた琥珀の十字架の首飾りを舞踏会で着けたいが、装飾品の類を持っておらず、鎖がない。代わりにリボンを通して着けたこともあるが、大勢の客が集まる正式な舞踏会の儀礼に適うことか分からない。相談を受けた Mary は、自分の金の鎖をひとつ譲ろうと申し出る。

Miss Crawford had anticipated her [Fanny's] wants with a kindness which proved her a real friend. "When I [Fanny] wear this necklace I shall always think of you," said she, "and feel how very kind you were."

  "You must think of somebody else too when you wear that necklace," replied Miss Crawford. "You must think of Henry, for it was his choice in the first place. He gave it to me, and with the necklace I make over to you all the duty of remembering the original giver..."

Fanny, in great astonishment and confusion, would have re-turned the present instantly. To take what had been the gift of another person—of a brother too—impossible!—it must not be!—and with an eagerness and embarrassment quite diverting to her companion, she laid down the necklace again on its cotton, and seemed resolved either to take another or none at all. Miss Crawford thought she had never seen a prettier con-sciousness.
　　　　　　　　　　　　　　　　　　　　（258-9, 下線筆者）

　まず、語り手はFannyに真の友情を示すMaryの「優しさ」に言及する。次に、Maryに心から感謝するFannyの言葉と、鎖の元の贈り主である兄Henryのことも覚えておくように返答するMaryの言葉を、それぞれ「直接話法」で描出する。語り手は、間接的にHenryの好意を受け取ることになった予期せぬ事態に、Fannyが驚く様子を説明すると、すぐに彼女の内面へ踏み込み、衝撃を受ける思考内容を「自由間接話法」で映し出す。続いて、語り手はFannyを見守る客観的視点へと戻り、鎖を返そうとするFannyの様子を描写する。さらに、Maryの側へと視点を移動させ、困惑するFannyに精神的な美を見出すMaryの心中を「間接話法」で描出する。
　この2人の会話では、話法が刻々と変化していく。｜語り手の叙述→直接話法→語り手の叙述→自由間接話法→語り手の叙述→間接話法｜と、2人の会話は「直接話法」のみで写し取られるばかりでなく、様々な話法が使い分けられる。話法と同時に、視点の上でも巧妙な操作が行われる。2人を客観的に眺める視点を基点に、Fannyの視点、Maryの視点、再び客観的視点へと自在に移動し、読者は2人を多角的な視点から観察することになる。[11]
　この場面を、先の引用部と比較すると、MaryのFannyに対する態度の大きな変化が分かる。Maryは自発的にFannyに善意を示し、彼女の表情や反応を細かく観察する。さらに、語り手が言及するMaryのFannyに対する「優しさ」は本物か、2人が真の意味で友

情を育んでいると言えるか、読者が推測する余地も残されている。Maryの狙いは、Edmundが信頼を置くFannyを味方に付けることにあるかも知れず、また、Fannyを慕う兄Henryのために画策しているのかもしれない。少なくとも、2人の交流は双方の熱心な働き掛けによって成立していることは、明白である。MaryがFannyの内面の美を認めることで、彼女の内面の写し手となる。また、Fanny自身が周囲を観察する視点も失われず、行き交う視線が読者に巧みに示される。

　Fannyの注目度が増すにつれ、このように短い一場面においてさえ、話法と視点は小刻みに変化する。第1部でFannyが観察者として他のやり取りを傍観するとき、同時に読者も皆を見渡す客観的視座に置かれた。これに対し、第2部では、読者の視座を様々に変えることで、Fannyと他者との係わり合いが緊密になり、彼女が中心的存在になったことが、より真に迫った形で読者に伝えられているのだ。

(4) 独白する Fanny

　第3部では、FannyのPortsmouthの実家への帰郷が描かれる。Mansfield Parkに引き取られて以来、8年を経てはじめて家族に再会するFannyは、期待に胸を膨らませて馬車を降りる。しかし、実家はFannyの思い描くような心温まる場所ではなかった。家族の金銭的窮乏が反映される食事の粗悪さと直結し、[12] 彼らは暗く狭い家で騒音の中に生活し、Mansfield Parkにある心の豊かさは持ちあわせていない。1時間もしないうちに違和感を覚え、その気持ちがMansfield Parkへ戻るまでの3か月間で強くなる一方のFannyは、家族と心を通わせることもないまま内省を試みる毎日である。必然的に語り手の視点はFannyに限定され、他の登場人物の心中に踏み込むことがなくなり、彼女の「思考」内容を表す文体は、再び変化する。

FannyがPortsmouthに着くと、語り手はFannyの視点を通して実家の人々の生活様式を次々に観察させ、描写していく。共に帰郷した兄Williamと母親の会話、妹Susanの発言などが「直接話法」で写し出される一方、疎外感を感じるFannyの直接話法による発話はほとんどなく、また間接話法による発話も少ない。10歳でMansfield Parkへ到着した頃のようにFannyの発言は極端に少なく、語り手はFanny以外の人物間の「発話」部に、彼女の「思考」内容を「自由間接話法」で差し挟んでいくのみである。そして、Mansfield Parkから隔離されることで教養に満ちた世界から隔てられたFannyが、Mary Crawfordから手紙を受け取ったときの心中を語り手は以下のように叙述する。

> She [Fanny] was really glad to receive the letter when it did come. In her present exile from good society, and distance from every thing that had been wont to interest her, a letter from one belonging to the set where her heart lived, written with affection, and some degree of elegance, was thoroughly acceptable. (393)

　Mansfield Parkでは、Londonに滞在中のMaryから送られてくる手紙が、Fanny自身との友情のためではなく、Edmundへの仲介役を期待して送られてくることに煩わしさを感じていたFannyも、Portsmouthでは洗練された社会に自分を繋ぐ唯一の手段として歓迎する。Fannyは血の繋がった家族と共に住みながら、安らぎを覚えるのは妹Susanに教育を施すときに限られる。生活の拠点のみならず、精神的、文化的にMansfield Parkに根を下ろしたFannyは、Portsmouthの様式に再び馴染むことは出来ない。[13] Fannyの使う言語、礼儀作法、道徳心、食事などはすべてMansfield Parkに適応し、彼女はPortsmouthでは異質の存在である。意思伝達の手段を失ったFannyは、黙しがちになり、内省を強めていく。

第4章　*Mansfield Park*　　　135

　このような Fanny の心理的状況は文体にも反映され、家族を取り巻く周囲の環境を一通り観察し終えると、彼女の意識は Portsmouth から遠く離れていく。Fanny の関心は、Mansfield Park と Edmund の滞在する London に向けられる。また、Fanny に送られてくる書簡が作中に全文掲載され、その内容に対して Fanny の心中が吐露されるというパターンが出来上がる。

　Fanny は、London で Edmund と再会した Mary の手紙を読み終えると、2人の関係の進展具合について憶測を巡らす。そして、Mary が友人 Mrs. Fraser の賞賛の言葉によってしか Edmund の立派な物腰を確認できないことから、Mary に移り気のあることを感じ、憤りを覚える。

> The woman who could speak of him, and speak only of his appearance!—What an unworthy attachment! To be deriving support from the commendations of Mrs. Fraser! *She* who had known him intimately half a year! Fanny was ashamed of her. (417-8)

　Edmund の Mary への真剣な愛情を知る Fanny は、道徳的観念に欠けるところのある Mary が Edmund に値しない人物だと、これまでも残念に思っていた。手紙を読み、Mary が退廃的な大都会 London の悪影響を受け、[14] Edmund への愛情に歪みが生じたことを情けなく思う Fanny の声が伝えられる。ここでは「語り手の叙述」部から、やり場のない Fanny の胸中がほとばしり出るように、「感嘆符」を用いた「自由間接話法」へと移行し、再び「語り手の叙述」部へと戻る。

　また、Edmund からの手紙が届くと、Fanny の「思考」内容は自由間接話法による穏やかな描写では納まりきらないかのように、「直接話法」によって写し出される。London で Mary に再会した Edmund は、彼女への求婚を思い留まった経緯を手紙で伝える。

Mansfield Park 滞在時と異なり London の友人たちの悪徳に染まったかのような Mary に、寛大な判断を下す Edmund に対し、Fanny は歯がゆさを覚える。また、Fanny は Portsmouth で家族と楽しい時を過ごしているのだろうと Edmund は推測し、彼女が Mansfield Park に呼び戻されるのは先になると報せる。一刻も早く Mansfield Park へ戻りたい気持の Fanny は、待ちわびた Edmund からの手紙に失望を味わうしかなく、極度に感情を高ぶらせる。

　"I [Fanny] never will—no, I certainly never will wish for a letter again," was Fanny's secret declaration, as she finished this... "Her [Mary's] friends leading her astray for years!" She is quite as likely to have led *them* astray. They have all, perhaps, been corrupting one another; but if they are so much fonder of her than she is of them, she is the less likely to have been hurt, except by their flattery..."（424）

Mary に対する Fanny の見解は、友人が彼女を堕落させたどころか、「お互いに堕落させてきた」のだと手厳しい。Mary の道徳的に問題となる発言を Edmund がひいき目から赦す一方、彼と異なる Fanny の見識はこれまでも対照的に描出されてきた。しかし、人の悪口を言うことに慣れていない Fanny は、ましてや敬愛する Edmund が気づかない欠点までも述べ立てることに抵抗を感じ、彼から相談を受けても Crawford 兄妹の問題点を仄めかす程度に止めていた。Fanny は、ここ Portsmouth では独り自己の内面と対峙することから、Mary を評する言葉は、聞き手不在のため遠慮がない。読者は、「直接話法」で描出された Fanny のかつてない強い口調による発言から、Mary に下す彼女の判断が自信を伴った厳しい糾弾へ変化していることに気付かされる。[15]

　このような Fanny の内面の声は、その後も書簡が送られてくるごとに発し続けられる。従兄 Tom の危篤の報せを受けて Lady

Bertramを思いやる気持ち、自分がMansfield Parkで皆の役に立った可能性、家族の非常事態にMariaとJuliaが無関心で、実家へ戻ろうとしないことへの非難、Tomに代わってEdmundがMansfieldの当主になることを夢見るMaryへの嫌悪感などが、次々に明かされていく。Fannyは、自分に真剣な愛情を寄せるHenry Crawfordに対して、彼の精神的成長を見出すなど判断力が曇り、また、Londonで繰り広げられるMariaとJuliaの悪徳には情報源を絶たれていて気づかない。しかし、書簡の内容に対して発するFannyの発言が、次第に確固とした自信へと変化していく過程が読み取られる。

　FannyはPortsmouth帰郷によって、兄Williamとの会話が弾むように同等の立場である家族と打ち解けられると、信じて疑わなかった。しかし、Mansfield Parkで受けた教育による言語や礼儀作法はPortsmouthでは通用せず、彼女は家族との意思疎通がままならない。そのためFannyはほとんど発言せず、妹Susanへ教育を施す傍ら2階の寝室で毎日を過ごす。外界との接触を断ったこの場は、Mansfield Parkでいとこたちから身を隠して独り物思いに耽ったEast Roomのように、Fannyが深く思考を巡らす場となる。そして、語り手の叙述部にFannyの「思考」内容が「自由間接話法」によって挿入されていく。彼女の感情が昂揚して一線を超えたとき、自由間接話法から、さらに説得力のある「直接話法」へと移行して思考内容が描写されるのだ。

(5) 語り手のアイロニー

　*Mansfield Park*の語り手は、物語世界を見通す力を持つ全知の語り手である。この作品で、語り手は安定した声色を保ちつつ物語を進め、読者は与えられる情報に全面的な信頼を置くことになる。しかし、数箇所を除いては、語り手が"I"と名乗り出て自己主張することはなく、控え目な声色で、物語全体を眺める客観的な視点

と、登場人物たちの主観的な視点の間を頻繁に行き来する。「自由間接話法」を媒体に繰り返し登場人物の声色と融合するため、読者はその判別に熟考を要する。この話法が用いられる箇所では、時に読者の感情は揺さぶられ、あるいは作者のアイロニーが示され、さらに、解釈に曖昧さが残されるのだ。

　第1部では、Fanny の乗馬用の馬が連日 Mary に貸し出されることで、Fanny が運動不足に陥るという小事件が起きる。ある夏の暑い日、照り付ける陽射しの中を、Fanny は伯母たちの使いに走らされ、体調を崩す。事の顛末を知った Edmund は、Fanny に対する伯母たちの冷遇に怒りを感じると同時に、己の不注意に苛立ちを覚え、後悔する。体が弱く日頃から運動が必要な Fanny から、馬を取り上げてしまったことを振り返る Edmund の心中は、以下のように「自由間接話法」と「仮定法」を組み合わせて描出されている。

　　Vexed as Edmund was with his mother and aunt, he was still more angry with himself. His own forgetfulness of her [Fanny] was worse than any thing which they had done. Nothing of this would have happened had she been properly considered; but she had been left four days together without any choice of companions or exercise, and without any excuse for avoiding whatever her unreasonable aunts might require.
　　　　　　　　　　　　　　　　　　　　（74, 下線筆者）

Edmund は Mary に乗馬のレッスンをつけることを優先し、結果的に Fanny を蔑ろにしてしまう。彼が自らを責める内面は、「Fanny が適切な配慮を受けていれば、このようなことは起きなかったのに」と、仮定法過去完了を用いて描出されている。

　「仮定法」が、語り手の叙述部で頻繁に用いられる *Sense and Sensibility* に比較し、この引用部は、Edmund の思考内容を「自由間

第 4 章　*Mansfield Park*　139

接話法」で描出したものである。この話法の特質から、悲しみで胸が一杯の Fanny を客観的に描出する語り手と、Fanny の立場を心から思い遣る Edmund の声色が混在する。したがって、語り手が Edmund に過失があると非難するのとは異なり、後悔する Edmund の内面が反映されることで、読者は Fanny を冷遇する他の登場人物たちの側ではなく、Edmund の側に立ち、Fanny を哀れむのである。[16]

　このように、本作品では、「自由間接話法」を用いて語り手から登場人物の声色へと移行するとき、しばしば「仮定法」や叙述緩和を促す「助動詞」を伴う。ここでは、Fanny への読者の共感を引き出すことに機能している。

　「仮定法」や「助動詞」が、他の目的に使われることもある。第2部のはじまりで、Fanny と Edmund が牧師館の正餐に招待される場面ではどうだろうか。はじめて Mansfield Park 以外の場所で正餐の席に着く Fanny は、一座の主役として振舞う役回りに危惧の念を抱く。ところが、Henry Crawford が加わり客間の人数が増えることで、Fanny の不安は杞憂に終わる。いとこたちの気持ちを弄んだ Henry が平然とこの地を再訪問することに Fanny は気色ばむが、語り手は、彼の同席が Fanny に有利に働くのではないかと指摘する。"A very cordial meeting passed between him [Henry] and Edmund; and with the exception of Fanny, the pleasure was general; and even to *her* [Fanny], there might be some advantage in his presence, since every addition to the party must rather forward her favourite indulgence of being suffered to sit silent and unattended to."（223, 下線筆者）　社交的な Henry が皆から歓迎される様子を語り手は叙述し、彼を快く思わない Fanny にも助けとなった展開を説明する。次々に話題を提供する口達者な Henry のお蔭で、人前で話すことに不慣れな Fanny が話す必要性は、極端に減ったのである。このことに、Fanny 自身もすぐに気付く。

　先の Edmund の例とは異なり、この叙述部は Fanny の内面を表したものではなく、語り手が客観的に状況を判断し、叙述したもの

である。しかし、語り手は断定的な口調を避ける。仮に、断定的な口調を用いれば、Fanny が Henry の同席を喜び、彼の突然の来訪を肯定している印象を与えるであろう。Henry の過去の不品行を内心咎めながらも、Fanny が自らの損得勘定で彼の同席を許してしまう印象が与えられるからだ。そのような解釈を避けるため、"might"、"must" といった「助動詞」が用いられ、語り手は Fanny の内的心理を見通す全知の視点を、あえて鈍らせる。「Fanny にも有利なことがあったかもしれない」と婉曲的に表現し、彼女の心中に踏み込む代わりに、読者が彼女を客観的に眺める機会を与える。

　全知の語り手が登場人物の内面をやや離れた地点から眺め、心中を推測するかのような描出方法により、アイロニーが生まれる。Henry に対する嫌悪感を抱きながらも、彼の訪問に感謝せざるを得ない Fanny の複雑な胸中を、読者に推測させる。この皮肉めいた語り口は、第 3 部で Fanny が Portsmouth に帰郷し、実家の無秩序な状態を目の当たりにしたときにも繰り返される。

　Fanny は思い描いていた実家と現実との落差に失望し、母親と Lady Bertram、Mrs. Norris の 3 姉妹の性質や結婚後の境遇を比較し、家庭がもっと平穏な場所にならなかったものかと思案する。語り手は、Fanny の母親が Lady Bertram の気質に似て怠惰で家庭を切り盛りできず、Mrs. Norris に似ていれば貧しくともしっかりした母親になったのではないか、と想像する Fanny の心中を「自由間接話法」で描き出す。その直後、語り手は母親の性質に対する Fanny の評価をこのように指摘する。"She [Fanny] might scruple to make use of the words, but she must and did feel that her mother was a partial, ill-judging parent, a dawdle, a slattern..."（390、下線筆者）　Fanny の母親は、「不公平な」、「判断力のない」、「のろまな」、「だらしのない女」であると、語り手は辛辣極まりない言葉で描写する。語り手は、「Fanny ならばためらったであろう」厳しい言葉を並べ立て、「Fanny がそう感じざるを得なかった」、また「実際そう感じたのだ」と述べる。

この叙述は、Fanny が実際に Portsmouth の実家で体験し、観察した内容に基づく。しかし、視点を Fanny 自身から語り手側へと移すことで、母親に対する Fanny のかくも批判的な考えを緩和している。実際は、Fanny は Portsmouth の精神的窮乏という現実を受け止め、一方で、教育、礼儀、優雅さ、他者への配慮などに象徴される Mansfield Park の洗練された社会への賞賛の念を強めていく。しかし、家族を批判することは忘恩であると心得る Fanny は、本心を表に出そうとはしない。Fanny の率直な気持ちを語り手に代弁させ、Fanny 自身の心の声は、後に激しい独白として描出される。この叙述部は、ためらいがちな Fanny の声から、確固とした道義心を備えた Fanny の声への移行段階として挿入されているのである。

このように、語り手は陳述緩和的な「助動詞」をしばしば用い、全知の視点をあえて鈍らせ、読者の推測を促す。

第2部で扱われる Mansfield Park で開かれた舞踏会の場面では、同じように「助動詞」を用いることで、読者に Sir Thomas の思惑を想像させる。舞踏会で、Fanny に対する Henry Crawford の熱意があることに気付く Sir Thomas は、2人の結婚を期待する。すでに夜は更けて3時を過ぎ、Fanny は疲れを隠せないが、朝9時に Mansfield を出立する兄 William の見送りを必ずすると主張する。Sir Thomas は姪の懇願を聞き入れ、代わりに、すぐ寝室に引き上げて休息をとるように諭す。一連の会話の後、Fanny が舞踏室を後にすると、語り手は次のように叙述する。

> In thus sending her [Fanny] away, Sir Thomas <u>perhaps might not</u> be thinking merely of her health. It <u>might</u> occur to him, that Mr. Crawford had been sitting by her long enough, <u>or</u> he <u>might</u> mean to recommend her as a wife by shewing her persuadableness.　　　　　　　　　　（281, 下線筆者）

Sir Thomas が Fanny を諭した理由は、何より、体が丈夫でなく疲れやすい Fanny への気遣いによる。しかし、ここでは他の可能性も示唆される。第 2 の可能性として、Sir Thomas の世間体への配慮が挙げられる。Henry Crawford と Fanny は、十分時間を共に過ごした。だが、婚約前の若者たちがこれ以上一緒にいれば、招待客の噂になり、2 人の仲が取沙汰される惧れもある。そのため、2 人の間に距離を置くことにしたのだと推察できる。第 3 に、Sir Thomas の策略家としての一面が見られる。Sir Thomas は、Fanny に賞賛の念を抱く Henry の姿をこれまで度々目撃し、婚約まであと一歩と信じる。ここで、家父長の権威によって Fanny を従わせることで、彼女の従順さを見せ付け、妻にするにふさわしい相手として Henry に売り込もうとしていることが仄めかされる。

　語り手は、「助動詞」と「副詞」を用いる曖昧な表現によって、3 つの解釈の可能性を提示し、Sir Thomas の意図を断定しない。実際、どの解釈をするかによって、彼の人物像は大きく異なる。Fanny の健康を気遣う善良な庇護者なのか。舞踏会の主催者、そして准男爵という体面こそ第一に重んじる人物なのか。あるいは、貧しい姪を資産家の地主に嫁がせようと演出する策略家なのか。読者の抱く Sir Thomas 像に疑念を生じさせることで、物語の「よみ」も変わってくる。その後、Henry の求婚を退ける Fanny は、Sir Thomas に叱責される。Sir Thomas を善良と捉えるならば、一文無しの Fanny を迎え入れるつもりの相手を拒絶するとは、何と強情な娘なのかと見なすのも当然といえる。逆に、Sir Thomas が自己の体面を重視して Fanny を良家に嫁がせようと強いるのだと判断するならば、彼女が Portsmouth の実家に送り帰されることは、いわば流刑のように非情である。

　語り手が存在感を誇示する *Sense and Sensibility* では、「仮定法」や「助動詞」などを用いるとき、語り手の解釈や価値判断を読者に押し付けがちであった。*Mansfield Park* でも、「仮定法」や「助動詞」が用いられる場合に、語り手の側に主導権があるという点で

Sense and Sensibility の機能が引き継がれ、読者に抱かせる疑念は語り手の与えた視野の範囲内に留まる。しかし、ここでは、語り手が価値判断を押し付けることよりも、読者の「よみ」に揺らぎを与えることを目的としている。

(6)

　以上、*Mansfield Park* における「語り」の技法を、主人公 Fanny を取り巻く周囲の状況変化に応じ、物語を3部に分けて考察した。第1部において存在感が稀薄な Fanny は、第2部でスポットライトを浴びたかのように華やぐ。第3部では、実家の騒音と Mansfield Park の静けさが対比され、Fanny の道徳観念は強まる。これらの印象を、読者は登場人物の気質や物語展開を題材に形成していくが、同時に、「話法」の選択がイメージ形成に多大な効果をあげている。本作品では、前期作品とは比較にならないほど「話法」が細かく複雑に変化する。後期第1作のこの作品で、Austen は「自由間接話法」を他の話法と組み合わせることによって、話法の効果を最大限に物語構築に利用したのである。

　たしかに、Austen は長編前期作品を執筆時から、「自由間接話法」を意識的に用いていた。本書の第1章と第3章で確認したように、*Northanger Abbey* における General Tilney の「発話」、あるいは *Pride and Prejudice* における Elizabeth の「思考」の描出では、「話法」が物語内容と呼応して用いられる恣意性が十分汲み取られた。しかし、これらの2作品で、話法が意図的に操作されるのは物語の一部でしかない。*Mansfield Park* では、話法の使い分けが物語全体を通して意図的に行われ、また、句や文といった短い単位で頻繁に変換される。さらに、話法が登場人物の人物像形成と、かくも密接な関わりを持つ点が、前期作品と大きく異なる。

　Mansfield Park では、これまで前期作品で試みた話法の効果を Austen が精査し、より機能的に用いている。例えば、「直接話法」

による対話形式で活発な人物像を構築し、直接話法を排除して静かな空間を演出する方法は、この作品にも応用されている。一方、「仮定法」や「助動詞」は、登場人物の「思考」を描出する「自由間接話法」の中で用いられるようになる。「語り手の叙述部」で「仮定法」や「助動詞」が用いられる場合にも、*Sense and Sensibility*で主に用いられていた、語り手の判断を押し付ける形ではなく、むしろ語り手の叙述内容に曖昧さを生じさせて読者に理解を委ねる場合に用いられるようになる。

　「自由間接話法」と他の話法との組み合わせ方は、もっとも大きく変化している。前期作品では、「自由間接話法」は「語り手の叙述部」と交互に用いられるばかりであった。また、1文2文の短い範囲ではなく、長い範囲に亘って続けて自由間接話法が用いられることも多い。*Mansfield Park*では、語り手の声色から登場人物の声色までを、「語り手の叙述」、「間接話法」、「自由間接話法」そして「直接話法」へと、段階を経て話法が変えられるために、2者間を円滑に行き来する。このことで、単に1人物の発話や思考を描出するのみならず、さまざまな登場人物の「視点」や声色が、煩わしさを感じさせることなく盛り込まれるようになった。あるいは、話法の組み合わせにより、ほんのわずかな思考内容から、深い内省まで、度合いを変えて表わすことが可能になった。

　このように、個々の話法の効果に加え、話法を組み合わせることで、さらなる効果が得られる。自由間接話法を意識的に用いることで、他の話法の選択も恣意的になり、「語り」による表現の幅が格段に拡がった。そして、作品全体における語りの戦略を予め立て、登場人物の印象を具体的に読者に理解させるよう工夫を試みる。主人公Fannyの成長に伴って、彼女の内面の変化や精神的成長を、話法を効果的に用いることで明確に打ち出す。この作品を「近代的」と評するとき、Fannyを中心とした登場人物たちの心理描出の巧みさを、20世紀以降の評論家たちは評価してきた。文体的側面からこの作品を改めて読み解くと、これはAustenが高度な「語り」

の技法を駆使した結果に他ならないと判明する。Austen はヒロインの内向的性質を利用し、表には現れない内面の移り変わりを、より真に迫る形で描出する技法を身に付けるに至ったのだ。

【註】
1) Austen の家族は一様に、*Mansfield Park* は前作 *Pride and Prejudice* に劣るという感想を持った。1821 年、後に 34 歳で大主教になる Richard Whately は *Mansfield Park* の道徳的教訓を認め、Austen を心理・写実主義の作家として絶賛する。しかし、この作品を賞賛する評者は続かず、ようやく 19 世紀末から 20 世紀にかけて Richard Simpson や E. M. Forster らに再評価されるようになる。J. Pat Rogers, "The Critical History of *Mansfield Park*," in *A Companion to Jane Austen Studies,* 72.
2) Q. D. Leavis, "The First Modern Novel in England," in *Jane Austen: Sense and Sensibility, Pride and Prejudice, and Mansfield Park*（Macmillan, 1976, 1987）, 239.
3) "*Mansfield Park* is a novel in the mode of the omniscient narrator, and for the first and only time in her novels, Jane Austen continuously allows the narrative to move freely in and out of the consciousnesses of a whole range of characters... in *Mansfield Park* the independence of the narrator from any one controlling consciousness is a structural principle." John Wiltshire, "*Mansfield Park, Emma, Persuasion*," in *The Cambridge Companion to Jane Austen,* 61.
4) "*Pride and Prejudice*, with its fondness for the dramatic mode and its ebulliently extrovert heroine, employs it ［free indirect speech］ very little, whereas *Mansfield Park* offers a large number of examples, and *Persuasion* even more." Page, *The Language of Jane Austen,* 125.
5) Hardy は Fanny の内向的性質を、むしろ彼女の謙虚さなどに見出す。"She is Emma's opposite, never flattered by her own powers and superiority, but accepting the powers and patronage of her spoilt cousins and despotic aunt with genuine gratitude, modesty and timidity." Barbara Hardy, *A Reading of Jane Austen*（Athlone Press, 1975, 1997）, 29.
6) Jane Austen, *Mansfield Park,* vol. III of *The Novels of Jane Austen,* ed. R. W. Chapman, 6 vols.（Oxford UP, 1934; 1966）, 12. 以下、同書からの引用は、本文中括弧内に頁数のみを記す。
7) 引用符付きの自由間接話法に関する研究者たちの解釈は様々である。自由間接

話法が小説で用いられるようになり、人称代名詞や時制は間接話法から伝達節を省略したものと同型となったものの、従来の直接話法のように引用符をつける習慣が残っていただけで、基本的に引用符付きの自由間接話法と引用符のない自由間接話法の意味合いに、大きな違いはないと考える研究者もいる。しかし、文体論的アプローチを用いた文学作品の解釈によって、近年では、自由間接話法と一口に言ってもさまざまな形態があることが分かってきている。筆者は中川ゆき子氏と同様に、引用符がある場合とない場合では、作者の意図が異なると考えている。ことに Austen の作品においては、この引用部にも見られるように 2 つの形式を使い分ける作者の恣意性が見られる。中川、149-55。

8) Gard は、自由間接話法が意識的に用いられている 19 世紀半ばに活躍した Flaubert の小説と比較して、*Mansfield Park* を近代小説の先駆けと見なす。また、以下のように記している。"So much had free indirect speech become a part of Jane Austen's creation that page after page of *Mansfield Park* dips dramatically in and out of it (and related, less indirect, modes)." Gard, 149.

9) Johnson は、Sir Thomas が常に自分の権威を気に掛ける人物であることを指摘し、娘が Bertram の名を汚さず、結婚によってさらに名を高めると彼が考えていることには、単なる親の愛情だけでなく自己の思い通りに事を運ぼうとする側面が垣間見られると述べる。Claudia Johnson, *Jane Austen: Women, Politics, and the Novel* (The U of Chicago P, 1988), 96.

10) Lascelles は、Mansfield Park で家庭演劇が行なわれる際に部外者となった Julia、また Maria の駆け落ちに際して Mansfield に残された Lady Bertram と Tom がいずれも自ら孤独を深めていくのに比較し、この作品で Fanny だけが自らの意思で他者との繋がりを見出そうと努力する姿勢を以下のように記す。"It is Fanny alone who, her sense of the reality of human interdependence sharpened by her own sense of need, can 'connect them by her consciousness'." Lascelles, 166.

11) Lascelles は、*Mansfield Park* 以後の Austen の「語り」を他の 18 世紀の小説家たちと比較して、登場人物たちの内面が瞬時に移り変わる描出方法について、以下のように評価する。"Jane Austen's narrative style seems to me to show (especially in the later novels) a curiously chameleon-like faculty; it varies in colour as the habits of expression of the several characters impress themselves on the relation of the episodes in which they are involved, and on the description of their situations." Lascelles, 102.

12) Fanny が内向的志向を強めることについて、Nina Auerbach は次のように説明する。"Family food induces only a strangely modern nausea. Fanny's revulsion against food, along with her psychic feasting on the activities of others,

crystallizes her somewhat sinister position as outsider who strangely and silently moves into the interior." Nina Auerbach, "Jane Austen's Dangerous Charm: Feeling as One Ought about Fanny Price," in *Mansfield Park*, ed. Claudia L. Johnson（Norton, 1988）, 449.

13) Edward W. Said, "Jane Austen and Empire," in *Culture and Imperialism*（Alfred A. Knopf, 1993）. Said は、Sir Thomas が Mansfield Park と Antigua を出入りし、植民地経営によって富がもたらされる過程と、Fanny が Portsmouth から Mansfield Park に引き取られ、道徳観念をもたらす過程が並行して描かれていることを指摘する。そして、一種の "transported commodity" である Fanny が実家と決別しなければ、富と安定した家庭を持つことは出来ないと言う。

14) Tanner はこの作品で Portsmouth、London、Mansfield Park の生活がそれぞれ著しい違いを表していることに関し、Austen がこの作品を執筆中の 1811 年～13 年に、その後 20 年間に起きるイギリス人の生活が変化する兆しがあり、作品に反映されていると考える。1813 年の時点で、1300 万人のイギリス人の人口のほとんどが田園で農業を営んでいたが、20 年間に鉄道の時代が幕を開けると London に人々が流出する。作品の Portsmouth における描写では、騒音や動きの速さを感じさせる、Austen にしては乱暴な語彙が用いられていて、穏やかな Mansfield Park との生活と対照をなすという。 Tanner, 144-6.

15) Trilling は、Mary を Fanny の "antithesis" であるとし、2 人のもっとも大きな差違を Fanny の "Christian heroine" としての側面に見出す。Mary の活気ある身体的、精神的魅力は、読者の賞賛を得るような計算のもと創造されている。一方の Fanny は、この作品の聖職叙任というテーマにおいて道徳的指針としての役割を与えられている。Mary は俗悪で怠惰な牧師像しか描かないのに対し、Fanny は聖職をもっとも人間らしい活力を要求する仕事であると考える。この両者の役割の違いから、2 人が対話をする場面では Edmund の聖職叙任が主たる話題となることが多いのではないかと指摘する。Lionel Trilling, *The Opposing Self: Nine Essays in Criticism*（Viking, 1955）, 208-30.

16) 自由間接話法が用いられるとき、アイロニーを生み出す場合と必ずしもアイロニーを生み出すわけではない場合があるが、自由間接話法で描出された文書に仮定法が用いられる形式は、もっともアイロニーを生みやすい。Genette の説明によると、自由間接話法の「よみ」が難しいのは、間接話法と直接話法の間の声色を響かせるからではない。この話法が「語り手」と「話者」の 2 つの声を響かせるために、読者はどちらの意味合いに理解すればいいのか判別に困ることが問題となる。Genette, *Narrative Discourse Revisited*, 55.

第5章 *Emma*
──*Emma* の内的世界からの分離──

(1) *Emma* における読者の取り込み

　長編第5作、*Emma* が Austen の最高傑作であると評されるのは、[1] 主人公 Emma Woodhouse の心理描写の細かさと、物語構成の緻密さによるものだろう。[2] Highbury 村の中心的存在である Emma は、周囲の人々を観察し、いくつかの縁組の可能性に思い至る。ところが、想像力豊かな Emma の観察内容は、ときに単なる推測の域を出ず、情報は錯綜する。判断力に優れる Knightley 兄弟の指摘が新たな誤解を生み、Miss Bates の無用と思われる噂話に真相が隠されているなど、読者の洞察力が試されるのだ。[3]

　この作品の、結婚を巡って生じる誤解の連鎖と真相の解明には、*Northanger Abbey* 後半部の謎解きに用いられた「語り」の技法が、より複雑な形で用いられている。[4] *Northanger Abbey* では、主人公 Catherine Morland の General Tilney に掛ける疑惑と General Tilney 側の思惑が並行して描かれ、物語は2通りの読みが可能であった。Catherine の「思考」と General Tilney の「発話」を描出する「話法」の操作によって、読者は Catherine の立場から General Tilney 側へと視点を移動して物語を読む。これに対し、*Emma* では、Emma が想像力を働かせる対象は、Mr. Elton、Jane Fairfax、Frank Churchill と複数存在し、さらに Mrs. Weston や Mr. Knightley、Harriet Smith らが銘々に思い違いをするなど、情報が錯綜し、物語構造は重層的である。[5] そのため、Emma の空想世界から現実世

界へと読者を誘導する方法は、単純ではない。物語のはじめの3分の1では、EmmaとMr. Elton、Harriet Smithの三角関係に留まるが、残りの部分で扱われる人間関係は入り組み、複雑である。物語の大部分においてEmmaの考えを共有する読者は、誤解の真相が解明されると共に少なからず驚きを抱かされる。

　この「語り」の特徴は、物語のはじまりから読者が主人公Emmaの内面を共有せざるを得ない仕組みにある。他の長編小説5篇では、主人公が様々な経験をすることで、読者は彼女たちの人物像を把握し、徐々に同調していく。ところが、Emmaでは、全知の語り手とEmmaの声色の境界が流動的で、読者は、語り手が与える正確な情報と、Emmaの思い込みによる偏りのある情報を混同する。Emmaと同じ立場から物語世界を眺めることを余儀なくされる読者は、むしろ作品の一部として謎を解く役割を課せられているのだと言えよう。[6]

　Emmaの意識内への読者の取り込みには、「話法」のみならず、他の登場人物たちの「視点」の制限も効果を挙げている。また、前作 Mansfield Park では、Fannyの実際の変化を印象付けるために「話法」が機能していたが、逆に、Emmaでは読者を騙し、予想を裏切るためにこそ「話法」が操作されるようだ。Emmaの「思考」内容は、他の登場人物たちとの対話を終えて一瞬表す感想から、他と離れた場所で沈思する内容まで、複数の話法を組み合わせて表される。「語り手の叙述部」に、登場人物の「思考」内容を「自由間接話法」で短く表出する技法は本書第4章までに検証済みのため、本章では、刻々と移り行くEmmaの意識の描出に用いられる、話法の複雑な組み合わせ方法を確認したい。

　まず、Emmaの思考表出の基本となる形を確認する。読者はEmmaの主観的な思考内容を、なぜ語り手の客観的情報と混同するのか、その秘密を探る。次に、読者をEmmaの意識内に止める方法を、Emmaと他者との対話場面から探る。さらに、Emmaが対話を拒むMiss BatesやMrs. Eltonの発話はどのように描出されてい

るのかを考える。最終的に、Emma の視点から読者を分離させ、物語世界を正しく認識させるために、いかなる方策が取られているのかを考える。鍵となる Mr. Knightley の思考内容の描出を、Emma の思考内容の描出と比較し、読者が彼の考えを受け入れるようになる仕組みを考える。全体として、読者をまず Emma の意識内に取り込み、そこに留めておきながら、徐々に分離させていく「語り」の技法を明らかにする。

(2) 語り手の叙述と Emma の思考

　Emma の語り手は、Emma の心中に踏み込んでは客観的な視点へと戻る操作を、物語を通して繰り返す。主人公の思考内容が多く描出されること自体は当然と言えるだろう。しかし、*Emma* は全知の語りでありながら、他の登場人物たちの内面描写を意図的に避けた上で、Emma の内面の動きのみが絶え間なく読者に伝えられることが特徴である。[7] Highbury 村の人々を中心とした結婚相手を巡る誤解がすべて明らかになる最後の 5 章を除くと、語り手と Emma の声色の境界は曖昧を極め、想像力逞しい Emma の内的世界へと読者は誘導される。語り手と Emma の声色の融合は、Emma と Mr. Elton との誤解が判明した直後の作品第 1 巻第 16 章で、Emma が過去を振り返る場面に典型が見られる。

　Emma は Highbury 村の有力者の娘で、地位、財力、若さ、美貌、知力、決断力などを兼ね備え、大抵のことを自分の思い通りに進めることが可能である。村で一目置かれた存在の Emma は、寄宿学校に預けられた出自不詳の Harriet Smith の美貌に目を留め、彼女と教区牧師 Mr. Elton が外見、年齢の上で釣り合いが取れていると、2 人の縁組を計画し、推進してきた。ところが、経済的に有利な結婚を望む Mr. Elton は、3 万ポンドの相続人 Emma を狙っていた。[8] Emma は、なぜ Mr. Elton の真意を見抜くことができないのだろうか。彼は、Highbury 村の教区牧師を務めるようになって 2 年足らずと新参者

で、本質が村民に十分に知られていない。また、Emma は社会的地位や教養の上で優位にあり、彼が自分を結婚相手に相応しいと見なすとは、考えが及ばないのだ。[9] Harriet に愛情を寄せているとばかり思われた Mr. Elton が、こともあろうに Emma 自身に言い寄っていたことに気付き、憤慨する彼女の内面は以下のように描出される。

> The hair was curled, and the maid sent away, and Emma sat down to think and be miserable.—It was a wretched business indeed!—Such an overthrow of every thing she had been wishing for!... Every part of it brought pain and humiliation, of some sort or other; but, compared with the evil to Harriet, all was light; and she would gladly have submitted to feel yet more mistaken... than she actually was, could the effects of her blunders have been confined to herself.
>
> "If I had not persuaded Harriet into liking the man, I could have born any thing. He might have doubled his presumption to me—But poor Harriet!"
>
> How she could have been so deceived!—He protested that he had never thought seriously of Harriet—never! She looked back as well as she could; but it was all confusion. She had taken up the idea, she supposed, and made every thing bend to it. His manners, however, must have been unmarked, wavering, dubious, or she could not have been so misled. The picture!—How eager he had been about the picture!...
>
> Certainly she had often, especially of late, thought his manners to herself unnecessarily gallant; but it had passed as his way, as a mere error of judgment, of knowledge, of taste, as one proof among others that he had not always lived in the best society, that with all the gentleness of his address, true elegance was sometimes wanting...[10] (波線、下線、二重下線すべて筆者)

この引用部では、「語り手の叙述部」から「直接話法」で表された Emma の発話に至るまでが、話法を細かく変えて描出されている。引用符のある「直接話法」が際立つのに対し、他の部分の話法は判読しにくい。特に「自由間接話法」で描出される部分は、感嘆符付きのもの、仮定法によるものなど変化に富む。したがって、数種類の下線を引くことで差異を明確化した。

まず、語り手は Emma を客観的に眺める視点から描き出す。Randalls で開かれた晩餐会の帰路、Mr. Elton に思いがけずも熱烈に愛を告白され、彼を拒絶した Emma は、ひとりきりの空間を確保するや否や内省する。Emma は、判断力に優れ、他の人々の考えを見抜く力があると自負心を抱いていた。しかし、予想を裏切る結末となった原因は何なのか、心中を探る時間が刻々と過ぎていくようにダッシュが用いられ、語り手は「自由間接話法」を用いて Emma の内面へ円滑に移動する。はじめの波線部では、Harriet に良縁を見付けたという思惑が外れ、社会的地位の劣る相手に結婚を申し込まれたことに Emma は侮辱を感じる。惨めな気持ちを強調するように「感嘆符」が用いられ、心の高揚が収まると感嘆符は取り除かれる。続く二重下線部では「仮定法」が用いられ、Mr. Elton との間に誤解が生じ、彼の真意を見抜くことができなかった原因を Emma が冷静に振り返る様子が伝えられる。

引用部 2 段落目では、Emma 自身の声色が「直接話法」によって強く響き渡る。Mr. Elton に好意を抱くように Harriet を唆し、婚約が間近だと思い込ませた干渉の行き過ぎを後悔し、悔悟の念を強めていく心中が吐露される。

ところが、3 段落目の波線部で再度「感嘆符」が用いられる箇所を見ると、Emma 自身の反省はそこそこに、怒りの矛先を Mr. Elton に向け、当初から彼女に狙いを定めていた厚かましさに憤りを強めていくことが分かる。そして、彼の弁解の内容が「間接話法」で語り手の叙述部に内包されるように描出されると、語り手は Emma を客観的に眺める視点へと戻る。二重下線部では「仮定法」を再び

用い、Mr. Elton の真意を誤解した原因を、彼の言動の曖昧さに見出す Emma の内面を描き出す。「感嘆文」が繰り返し用いられ、Emma の興奮が依然として続くことが分かる。

　こうして、Emma が事の顛末を振り返り、冷静な判断力によってようやく状況を受け止められるようになると、語り手は Emma から離れた客観的視点へと戻る。

　この引用部は、詳細に「話法」を判読しなければ、「直接話法」による Emma の心中の吐露以外の箇所は、すべて客観的な「語り手の叙述部」のようでもあり、あるいは、Emma の主観に基づいた描写が続くと受け止めることもできる。語り手と Emma の声色の間を揺れ動くように「話法」が小刻みに変えられ、両者の間を繋ぐ「自由間接話法」の特質が最大限に利用されている。例えば、「感嘆符」が用いられる 3 箇所はすべて Mr. Elton に対する Emma の憤りである。ところが、これらの箇所には引用符が用いられず、語り手の叙述にすぐに戻ることから、偏見に満ちた Emma の主観が示されていることが、読者に分からない。「仮定法」による 2 箇所では、Emma が自分の行動に非を認めて反省する印象を与え、読者は素直に過ちを認める Emma に評価を与え、彼女の肩を持つために、実は Mr. Elton 側にも言い分があることを忘れる。これらが、「直接話法」による Emma の Mr. Elton に対する非難、Harriet への心痛が表された箇所を取り囲む。この引用部の最後の箇所は Emma の思考内容を描出した「語り手の叙述報告」だが、Mr. Elton が社会的立場を弁えず、計算高い人物であることを、語り手が客観的な立場から叙述する印象を与える。「語り手」が Emma の内面を代弁することで、Emma の後悔や憤りはもっともだと、読者は彼女を擁護したくなるであろう。

　このように、Emma の内省には「語り手」の声色が絶え間なく響くことで、読者の受ける印象が大きく変わる。物語を一読した後にこの場面を再読すると、Emma の反省とはいかに偏見に満ち、身勝手なものかが分かる。Emma の悔悟の念は、Mr. Elton の真意を読

み違え、Harriet が彼に好意を持つように仕向けた事に限定されている。そもそも、社会的地位の不安定な私生児 Harriet を、地位ある人物の娘ではないかと夢想し、社交界に引き入れて運命を狂わせた行為自体が問題であることに、Emma は気付いていない。後に、金銭的に有利な結婚をして妻帯者となる Mr. Elton は、それまでの慎重な言動を翻し、他者への配慮を欠く傲慢な態度をとる。Emma がこの内省で導いた結論通り、彼は野心家で、損得勘定で行動する人物だったのだ。したがって、Mr. Elton と Emma の間に生じた誤解は Emma のみに責任がある訳ではない。だが、村で確固たる地位に置かれる Emma が、これまで自己の主張を通すことが可能であったために、周囲の人々の将来さえも左右する力があると錯覚したことに対する反省の色は、この時点では見られない。

　Emma と距離を置いてこの内省部分を読むと、読者は Emma の驕りが引き起こす問題点や周囲に与える悪影響を認識する。しかし、作者は、Emma の判断力に対して読者に不信感を抱かせることはない。Emma が Mr. Elton の意図を見誤ることで、一度は彼女から分離した読者の視点を、再び一体化させようと試みる。Emma の内面を描写しつつ、「語り手」の声色を響かせることで、客観的な視点から Emma を眺めている感覚を読者に抱かせる。そして、物語の残り 3 分の 2 で Emma が再び勘違いを繰り返そうとも、読者が疑念を抱くことなく読み進められる体制を整える。

　このような「話法」の操作による Emma の内的世界への読者の取り込みは、すでに物語冒頭部から始まっている。読者が物語の状況設定などを把握する以前から、語り手は積極的に Emma の心中に踏み込み、Emma の意識を読者に共有させようと画策するのだ。ただし、話法が細かく頻繁に変換されていた先の引用部と比べると、Emma と父親 Mr. Woodhouse の対話部に至るまでの冒頭部における話法の操作は、3 ページに亘ってゆるやかに行われる。したがって、ここでは重要と思われる部分のみを検証する。

　物語形式の導入部によくあるように、語り手は冒頭で、主人公の

人物像や周囲の環境などに関して叙述する。主人公 Emma の優れた資質や Woodhouse 家の経済力についての説明と、家族の紹介が続く。物語が動き出すのは、その後、Emma が「直接話法」で家族と対話を始めた時である。

　しかし、注意深く読み解くと、冒頭部の大部分は、Woodhouse 家の家庭教師 Miss Taylor が結婚し、屋敷を離れることで生じる生活の変化を、応接間で父親と向かい合わせた Emma が深く考え込む「思考」内容である。つまり、登場人物たちの第一声が描かれるかなり前の段階から、すでに読者は Emma の意識内へと放り込まれているのだ。Emma の主観的な記述がちりばめられているにも拘らず、[11] 冒頭部はすべて客観的な「語り手」による叙述であると読者は思い込む。なぜならば、Miss Taylor の結婚相手 Mr. Weston の経歴、年齢、財産など、Woodhouse 氏の高齢と知力が Emma に劣ること、姉 Isabella の居住地、Highbury 村の紹介、村における Woodhouse 家の地位などが冒頭部の内容だが、Miss Taylor の損失に思いを馳せる Emma の「思考」内容としては、余りに客観的で不自然な情報が含まれるからである。例えば、Mr. Woodhouse と Emma の資質の違いに関する、"She dearly loved her father, but he was no companion for her."（7）という記述は、Miss Taylor の損失を埋め合わせる人がいないことを嘆く Emma の心中が「自由間接話法」で表されたものと解釈できないこともない。しかし、"his talents could not have recommended him at any time"（7）との父親の無能さに関する記述は、家族想いの Emma の「思考」内容とは考えられない。後に義理の兄 Mr. John Knightley が Mr. Woodhouse に手厳しい態度をとったとき、Emma の不快感が露わにされることを考慮しても、これは客観的な「語り手」の叙述であると断言できる。

　つまり、Emma と Mr. Woodhouse の「直接話法」による対話部に至るまでの、物語冒頭の「語り」を分析すると、全体の枠組みは、Miss Taylor の結婚式の午後を父親と 2 人寂しく過ごす Emma

が、お茶を待つ間に考えた「思考」の描出と判明する。同時に、語り手は Emma と Miss Taylor が過ごした 16 年間を振り返り、Emma の心中の吐露の合間に客観的情報を挿入していく。読者は、語り手の叙述による客観的情報を受け入れるつもりで物語を読み始めるが、文体における巧妙な仕掛けから、実際には Emma の心中へと無意識に入り込み、彼女との意識の共有を余儀なくされる。

　Emma の意識内に読者を取り込む「語り」の技巧を、先の Emma の内省（作品第 1 巻第 16 章）と比較すると、話法の操作方法は酷似する。「語り手の叙述部」から「直接話法」に至る間に、|間接話法→自由間接話法→感嘆文|と小刻みに話法が入れ替わる。このような語り方によって、読者は Emma と共に物語世界を体験するように読み進めていく。後に、Emma より一足先に誤解があることに気付き、語り手に上手く騙されたことに驚くとき、未だに間違いに気付くことのない Emma を客観的に眺めて物語のからくりを楽しむこともできる。「話法」の仕組みを解明することで、作者は話法の効果を利用することにより、読者に Emma の内的世界を共有させる戦略を立てていることが浮き彫りになるのだ。

(3) 他者の発話と Emma の思考

　Emma の内的世界を共有させるために、読者を Emma の意識内に止めておく工夫は他にもある。この作品の舞台は Highbury 村に固定され、狭い世界を扱っているように見えるが、劇で舞台上の登場人物が入れ替わるように、新しい登場人物が次々と Highbury を訪れる。その際、村の外の世界の情報を提供する彼らに、読者が関心を抱くことで、Emma の意識から逸れてしまう可能性もある。脇役たちの入れ替わりが顕著な *Sense and Sensibility* を例にとると、主人公 Elinor の家族が Barton Cottage で生活を始めた時、Edward Ferrars、Palmer 夫妻、Steele 姉妹らが現れ、読者に強い印象を残して去っていく。*Emma* でも、Mr. Elton が Bath へ出立して表舞台か

第 5 章　*Emma*

ら姿を消すと、Highbury 村出身の Jane Fairfax、次に Mr. Weston の長男 Frank Churchill が登場し、Frank が村から離れると、今度は Mr. Elton が新妻 Mrs. Elton を連れて戻る。作者は、新たな登場人物を舞台中央に引き出しては、物語展開に利用する。このとき、*Sense and Sensibility* では人物が唐突に現れる印象を与えるのに対し、*Emma* では David Lodge が "seamless" と指摘するように、彼らを円滑に物語世界に溶け込ませる工夫が施される。[12) 予め人々の間で噂話をさせたり、かれらに村の住人へ手紙を送らせたりするのだ。

　かれらがはじめて Emma と話す際には、「自由間接話法」が繰り返し用いられている。Emma の内面は、彼女がひとりで沈思する時のみならず、他の登場人物たちが会話を繰り広げる際にも、絶え間なく描出され、読者を Emma の側に立たせる。では、Frank Churchill がはじめて表舞台に登場する場面の話法を検証し、読者が形成する登場人物像に、Emma の思考内容がどれほど影響を与えているかを考えたい。

　Frank Churchill は、Mr. Weston が最初の結婚で儲けた一人息子である。Emma のかつての家庭教師 Miss Taylor は Mr. Weston と結婚し、Frank の義理の母親となる。Emma は、Mrs. Weston と家族同然の親しい間柄にあることから、Frank に高い関心を寄せる。Highbury 村に、社会的地位、財産、知力、年齢など、結婚相手として相応しい条件を持つ人物がいないと思う Emma は、Frank こそ、その資格を備えた人物ではないかと密かに期待してきた。したがって、Frank が Highbury を初めて訪問し、Emma と対面する時、Emma の観察に余念はない。

　　The Frank Churchill so long talked of, so high in interest, was actually before her—he was presented to her, and she did not think too much had been said in his praise; he was a *very* good looking young man; height, air, address, all were unexceptionable... She felt immediately that she should like him...

He had reached Randalls the evening before. She was pleased with the eagerness to arrive which had made him alter his plan, and travel earlier...

"It is a great pleasure where one can indulge in it," said the young man, "though there are not many houses that I should presume on so far; but in coming *home* I felt I might do any thing."

The word *home* made his father look on him with fresh complacency. Emma was directly sure that he knew how to make himself agreeable; the conviction was strengthened by what followed. He was very much pleased with Randalls, thought it a most admirably arranged house... That he should never have been able to indulge so amiable a feeling before, passed suspiciously through Emma's brain; but still if it were a falsehood, it was a pleasant one, and pleasantly handled...

Their subjects in general were such as belong to an opening acquaintance. On his side were the inquiries,—"Was she a horse-woman?—Pleasant rides?—Pleasant walks?—Had they a large neighbourhood?..."

But when satisfied on all these points, and their acquaintance proportionably advanced, he contrived to find an opportunity, while their two fathers were engaged with each other, of introducing his mother-in-law, and speaking of her with so much handsome praise, so much warm admiration... as was an additional proof of his knowing how to please—and of his certainly thinking it worth while to try to please her... "His father's marriage," he [Frank] said, "had been the wisest measure, every friend must rejoice in it..."

He got as near as he could to thanking her for Miss Taylor's merits...

"Elegant agreeable manners, I was prepared for," said he...

"You cannot see too much perfection in Mrs. Weston for my feelings," said Emma...（190-2, 下線、波線、二重波線筆者）

　EmmaとFrankの対話が「直接話法」で描出される引用部の最後に至るまでに、Frankは数回発言しているが、Emmaの発言内容は描出されていない。しかし、Emmaには観察者の役割が与えられ、Frankが発言するごとに、彼女の「思考」内容が描出される。Frankの「発話」、Emmaの「思考」は、複数の話法を用いて複雑に展開されるため、下線や波線などを引いて識別した。

　Frank Churchillは、これまでHighbury村の人々の誇りであり、興味の対象であった。幼い時分に母親と死別し、親類のChurchill家の養子として育てられたことが同情を集め、また、大地主で財産家のChurchill家の相続人であることが羨望の的となる。父親とも疎遠になった訳ではなく、父子で過ごす機会を設けていることから、彼はHighburyの一員であると認識されている。ところが、実際にFrankがHighburyを訪問したことは一度もない。父親の再婚を機に、彼の来訪が待望されていたのだ。

　Frankの発言の描出方法を追うと、引用部3段落目の、Highbury来訪を "coming home" と誇り高く評する部分、8段落目の "Elegant agreeable manners, I was prepared for," と義理の母となったMrs. Westonを評する部分が、彼の快活さを表わすように「直接話法」で描出される。しかし、2段落目の "He had reached Randalls..."、4段落目の "He was very much pleased with Randalls..." は、「自由間接話法」で描出されている。さらに、5段落目でFrankがEmmaに投げ掛けた質問、"Was she a horse-woman?" と、6段落目で父親の結婚について評した "His father's marriage..." は、伝達節を伴った「引用符付き自由間接話法」で描出される。つまり、引用符が付さ

れることで、Frankの発言として識別できる「直接話法」と「引用符付き自由間接話法」の間に、語り手の叙述部に取り込まれたような「自由間接話法」が用いられていることが分かる。

　Frankが表舞台に登場するこの場面に至るまでに、彼の情報はさまざまな人々を通して話題に上っていた。ゆえに、彼は興味深い人物ではあるが、目新しい人物ではない。発言内容を考慮すると、Hartfieldの客間でEmmaとFrankが対面するや否や、気さくで話し上手なFrankと物怖じしないEmmaが、弾むような会話をすぐに繰り広げたことが推測できる。したがって、Frankの発話がすべて、生き生きとした強い印象を読者に与える「直接話法」で描出されたとしても、読者は唐突さを感じることはないだろう。しかし、Frankの発話が、所々他の話法で描出されることで、彼の印象が弱められている。

　一方、Emmaの「思考」内容を検証すると、引用部はじめの「語り手の叙述部」は "she did not think..." と、Emmaの思考内容を「間接話法」で描出した部分へと移行する。内容から判断すると、実際の表記はないものの、すでにFrankが話し始めていて、Emmaが彼に好印象を抱いたことが分かる。セミコロンの後では、"he was a *very* good looking young man..." と、語り手の客観的視点からの描出に戻るが、斜字体の "very" に噂通りの好青年であると、彼の外見を高く評価するEmmaの感情が映し出されている。さらに、Frankの気質を買って好感を強め、彼が結婚相手となる可能性を益々意識するEmmaの内面が "She felt immediately that she should like him..." と「間接話法」で描出される。そして、引用部4段落目にあるように、Frankが発言する度に "Emma was directly sure that..." と、人好きのする彼の性質をEmmaが確認して行く内面が描出される。6段落目の語り手の叙述部には、"certainly"、引用部以外の箇所にも "undoubtedly"、"could be" など、話者の主観を強く表す語が含まれていることから、一見すると客観的な「語り手の叙述部」ではあるが、実は彼への好印象を揺らぎないものに固

めるEmma自身の決意が差し挟まれている。Highbury村にもたらされていたFrankに関する情報が確かなものか、Emmaの検閲を受けるように、彼女の思考内容がちりばめられていくのだ。

　2人の対面にあたって、EmmaとFrankの発言はどちらも、語り手が省略したり、語り手による発話報告の形となったり、あるいはさまざまな話法で描出されていて、実際に2人が言葉を交わした通りには描出されていない。さらに、場面の進行に伴ってEmmaの思考内容が挿まれていくのに対し、Frankの思考内容は伏せられている。つまり、この場面は、語り手の客観的な叙述部と、Emmaの主観的な観察による部分が、互いに織り込まれている。Frankは父親譲りの快活な気質で外見もよく、知力に優れ、話相手を喜ばせる社交性もあり、好印象を与える。これまでHighburyを訪問しなかったのは、村を蔑ろにする彼の高慢さの表れではないかとの疑念もあった。しかし、彼はHighburyへの熱意を持ち、身分の高くないMrs. Westonに敬意を表することにEmmaは満足する。もっとも、FrankがHighburyを絶賛するならば、なぜこれまで訪問しなかったのか、引用部4段落目にあるように、"That he should never have been able to indulge so amiable a feeling before, passed suspiciously through Emma's brain..." と、Emmaは疑問を抱くのだが、彼への贔屓目から追求を怠ってしまう。

　物語の顛末を知っていれば、Highburyを訪問して上機嫌なFrankの真意が推測できる。社交場には積極的に姿を現していると噂の彼が、わざわざHighbury村までやって来たのは、Highbury出身のJane Fairfaxと内密に婚約していて、父親の再婚を口実に、帰郷した婚約者を追って来たためだ。Highburyを高く評価するのもJaneとの縁があってこそ好印象を抱いたのかも知れず、父親の再婚相手Mrs. Westonが感じのよい人だと安堵するのも、実は、将来Janeの義理の母親となる関係を念頭に置いた発言であったかもしれない。物語のからくりが分かってみれば、彼の調子の良さは、かえって嫌味な印象を読者に与えるかもしれない。しかし、物語の最後まで

Frank の内面は明かされず、読者は彼を高く評価する Emma の描く Frank 像を、そのまま受け入れるしかない。

　このように、対話部において、一方の発言を「引用符付き自由間接話法」から「直接話法」へと移行させ、話者のはじめの印象を弱める方法は、*Mansfield Park* や *Persuasion* にも短く簡潔ながら数箇所見られる。*Emma* では、「発話」の話法が変えられるだけでなく、Emma の「思考」内容が所々描出され、「語り手の叙述部」との間を行き来するため、文体は複雑を極める。このことで、新たな登場人物よりも、彼らを観察する Emma の内面に読者の意識が引き付けられ、そこから逸れることはない。この技法は、Jane Fairfax と Mrs. Elton が表舞台に登場する時にも例外なく用いられ、遠慮がちな Harriet Smith がはじめて自己主張をするように発言する際にも用いられる。つまり作者は、この文体を、新たな登場人物が発話する際の描出に繰り返し用い、Emma の内面に読者を取り込む手法としてパターン化していると考えられる。登場人物に Emma が与えた評価を、無意識のうちに読者に共有させるため、話法の効果が最大限に利用されている。

　さて、Emma の周囲の人々の声色を操作し、Emma の内面に読者を取り込むさらなる試みを指摘したい。*Emma* では、Emma を中心に社交行事で人々が集まる機会が度々あるが、同席する人々の言動が騒々しい印象を与えることはない。雑多な人々の言動を逐一「直接話法」で描出し、賑やかな場の雰囲気を読者に把握させる *Pride and Prejudice* と比べると、その差は歴然としている。*Emma* では Emma をはじめ、Frank、Mr. Weston と快活な人物たち、Miss Bates と Mrs. Elton のように喋り通しの人物たちがいるが、皆が集う場面に雑然とした騒がしい印象はない。その一因に、登場人物たちは 2 者ないし 3 者間で会話を交わすことが多いことが挙げられる。Emma と Harriet、Mr. Elton の会話では Harriet の発言を控えめに描き、Emma と Frank、Mrs. Weston の会話では Mrs. Weston の発言を抑制させる。*Pride and Prejudice* では、「直接話法」を排除した静か

な場の雰囲気を感じさせる箇所もあった。*Emma* では、これを推し進め、「話法」による描き分けのみならず、同席する人々の反応を最小限に止めて描く試みがある。例えば、10人近くが集う夜会の食卓においては、実際に描出される話者の数は、Emma の近くにいる2、3人に限定されている。

　これは、同席する人々をすべて見渡す視点ではなく、Emma の限られた視点から物語を展開し、Emma が見通せる範囲内に読者を置く、作者の戦略の一つと考えられる。大勢の発言を各々に描出することで、読者の関心が分散する恐れがある。そこで、この作品で大勢の発話を描出する際には、彼らを集団として一まとめに扱う傾向があり、読者の関心を Emma の意識内に止めておく。

　例えば、Weston 家の住居 Randalls で舞踏会を開くことが可能か、部屋の大きさは十分か、招待客の人数はどれ位が適当かなど、さまざまな観点から議論を重ねる Woodhouse、Weston 両家の人々の発言は、以下のように描出されている。

> Somebody said that *Miss* Gilbert was expected at her brother's, and must be invited with the rest. Somebody else believed *Mrs*. Gilbert would have danced the other evening, if she had been asked. A word was put in for a second young Cox; and at last, Mr. Weston naming one family of cousins who must be included...
>
> The doors of the two rooms were just opposite each other. "Might not they use both rooms, and dance across the passage?" It seemed the best scheme; and yet it was not so good but that many of them wanted a better. Emma said it would be awkward...　　　　　　　　　　　（248, 下線筆者）

人々の集いを好み、舞踏会の開催に積極的な Mr. Weston と Frank 父子は、はじめ会話の先頭に立つ。これに対し、皆が難点を指摘す

るとき、"Somebody said that...", "Somebody else believed...", あるいは "A word was put in..." などの表現に見られるように、発言者が誰であるかは重視されない。さらに議論が進むと、伝達節を省略し、話者を記す必要のない「引用符付き自由間接話法」によって発話が写し取られる。[13] 先の「誰かが〜と言った」という部分に比較し、「引用符」が用いられることで、発言はより生き生きと描出される。個々の登場人物を際立たせるためではなく、細々とした事柄まで登場人物たちが真剣に議論を交わす光景自体が喜劇的に描出され、その後、Emma の「発言」、「思考」に円滑に戻ることを可能にする。

　Randalls では舞踏会の開催が不可能と判明し、かつて舞踏場として建設された Crown 亭へと開催地の候補が変更されると、再び皆の間で意見が交換される。

> One perplexity, however, arose, which the gentlemen did not disdain. It regarded a supper-room. At the time of the ball-room's being built, suppers had not been in question; and a small card-room adjoining was the only addition. What was to be done? This card-room would be wanted as a card-room now; or if cards were conveniently voted unnecessary by their four selves, still was not it too small for any comfortable supper?（253-4）

老朽化し、過去の栄華が失われた Crown 亭は、現在は村の集会に用いられることが多い。皆は建物の造りなどを考慮し、知恵を絞る。ここでは、"What was to be done?" 以下の文章において、引用符が取り払われた「自由間接話法」が用いられる。話者の発言をより流動的に「語り手の叙述部」に織り込むことで、この引用部に続く、Frank を観察する Emma の視点へと読者が戻ることを容易にする。社交好きの Frank は、世間体や実際的な事柄を考慮せず、舞

踏会を開こうと躍起になり、Emma は、その様子を冷ややかに見守る。それまで Frank の美点にばかり目を留めていた Emma が彼の軽率さに疑問を抱き始め、評価を徐々に下げていく切っ掛けとなる。

　大勢の人々が集う場において、登場人物の個々の発言に注意を分散させることなく、Emma の視野の範囲内に読者を引き寄せ、彼女の内面に止める。この作品では、Emma がひとりで熟考する場面のみならず、他者と共にいる場面においても、彼女の思考内容を絶え間なく読者に伝える方策が採られている。Emma の意識の動きを際立たせるため、他の登場人物の内面描出を制限し、また、彼らの発話の描出方法を工夫することで、読者を Emma の近くに置く。[14] このように、語り手が Emma の内面を流動的に描出していくことで、Emma の主観の共有を読者が半ば強要されているにも拘らず、それを意識せずに物語を読み進めることを可能にするのだ。

(4) 中断する Emma の思考

　これまで考察したように、この作品では語り手が Emma に寄り添い、他の登場人物たちの発言がしばしば省略されることからも、Emma の発言は群を抜いて多い。[15] 特に「直接話法」による「発話」が多く、Emma の自信と活発さが伝わる。ところが、人々の会話を先導することの好きな Emma も、日常生活の取るに足らない話題を一方的に話し続ける Miss Bates、そして、自惚れが強く目立ちたがりの Mrs. Elton を前にしたとき、閉口する。Emma のみならず、2 人の前では皆一様に黙しがちで、語り手は 2 人の発話を描出する際に、対話相手の反応を取り込むような特徴的な描出方法を試みる。

　では、Emma と Miss Bates の対話を例に検証してみよう。Emma は Harriet と買い物中、Bates 家を訪れる Frank と Mrs. Weston に遭遇する。Emma は Miss Bates の無駄なおしゃべりを厭い、また、

気品と教養を備えた彼女の姪 Jane を目障りに思い、Bates 家の訪問を避けていた。しかし、Ford の店でリボンを買っていた Emma たちを Miss Bates が出迎えに来ると、お気に入りの Frank と Mrs. Weston が一家を訪問中とあって、Emma は内心喜んでついて行く。

> "How do you do, Mrs. Ford? I [Miss Bates] beg your pardon. I did not see you before. I hear you have a charming collection of new ribbons from town. Jane came back delighted yesterday. Thank ye, the gloves do very well—only a little too large about the wrist; but Jane is taking them in."
>
> "What was I talking of?" said she, beginning again when they were all in the street.
>
> Emma wondered on what, of all the medley, she would fix.
>
> "I declare I cannot recollect what I was talking of.—Oh! my mother's spectacles. So very obliging of Mr. Frank Churchill! 'Oh!' said he, 'I do think I can fasten the rivet; I like a job of this kind excessively.'—Which you know shewed him to be so very... Indeed I must say that, much as I had heard of him before and much as I had expected, he very far exceeds any thing... I do congratulate you, Mrs. Weston, most warmly.
>
> （237-8, ピリオドは原文どおり）

Miss Bates との対話では、相手の反応は描出されない。止めどなく話し続ける Miss Bates を前に、相槌を打つ聞き手の存在感はかき消され、発言が省略される。一方、Miss Bates 自身は相手の反応に構わず話し続け、彼女が途中に何かを思い出す時にはダッシュが用いられ、話に夢中になる様子は感嘆符の多用によって表されている。Emma が彼女の話を "medley" と意地悪く捉えるのも無理はない。語り手がピリオドを打って略すほど、長々と続くのだ。Miss Bates の発言は、「直接話法」で描出されることで際立つが、余り

にも一方的に続くため、周囲の人々が聞き流している印象を与える。これを Raymond Chapman は、Miss Bates の発話を聴き手 Emma の聴覚がとらえた像と考える。[16] うんざりする Emma の思考は停止し、合間に内面が描出されることはなく、読者の関心は Emma の意識から離れていく。

　Miss Bates は善良な人柄だが、単に話し好きなだけでなく、他者と協調的に話す知力に劣る。したがって、自分の知り得た情報を何でも皆に伝えようと、他者の発言を「直接話法」を用いて再現することが特徴的である。実はこの部分に、物語の謎を解く重要な情報が隠されていることがある。引用部では、Frank が Mrs. Bates の眼鏡を修理中だと読者に伝えられるが、Emma が Bates 家の居間に入ると修理は終わっていない。Frank は、近頃、差出人が不明のまま Jane に届けられたピアノの配置を直していたのだと弁解するが、後に、Frank こそが贈り主であると判明する。[17] Emma たちの到着を高齢で耳の遠い Mrs. Bates と待つ間、Frank と Jane はこっそり恋人同士の会話を交わしていたに違いない。Emma の死角にある情報が、Jane が身を寄せる叔母 Miss Bates の発話を通して、少しずつ読者に与えられている。

　また、Miss Bates と対話する人々の姿勢からは、彼らの本質や考えが明らかになる。先の引用部に続く場面では、Mr. Knightley が Miss Bates と対話する。Bates 家の狭い居間の窓側に隣接する通りを Mr. Knightley が通り掛かったとき、Miss Bates は窓越しに大声で話し掛け、彼を呼び止める。前日、馬車に乗せて貰ったこと、彼の農園で収穫した林檎を贈って貰ったことなどに礼を述べ、Mr. Knightley の側でも快く応対する。

　　"How d'ye do?—how d'ye do?—Very well, I thank you. So obliged to you for the carriage last night..."
　　So began Miss Bates; and Mr. Knightley seemed determined to be heard in his turn, for most resolutely and commandingly

did he say,

"How is your niece, Miss Bates?—I want to inquire after you all, but particularly your niece. How is Miss Fairfax?—I hope she caught no cold last night...

And Miss Bates was obliged to give a direct answer before he would hear her in any thing else. The listeners were amused; and Mrs. Weston gave Emma a look of particular meaning. But Emma still shook her head in steady scepticism.

"So obliged to you!—so very much obliged to you for the carriage," resumed Miss Bates.

He cut her short with,

"I am going to Kingston. Can I do any thing for you?"

(243-4, ピリオド、下線筆者)

Miss Bates が Mr. Knightley に話し掛けるとき、Bates 家の居間にいる Emma たちが聞き耳を立てている状況を演出するため、より遠くにいる Mr. Knightley が相槌を打つ声は皆のいるところまで届かず、描出されない。しきりに礼を述べる Miss Bates に対し、地元の有力者として貧しい Bates 家を援助することを当然と考える Mr. Knightley は、それ以上の礼を受け取らず、自分から積極的に働き掛け、彼女の姪 Jane の機嫌を伺う。彼の発言内容が「直接話法」で描出されることで、ここでは 2 人の対話が成立していることが、読者にも印象づけられる。

この場面に至るまでに、Mrs. Weston は Mr. Knightley が Jane Fairfax に想いを寄せているのではないかと勘ぐり、そのことを Emma に伝えていたため、居間では 2 人の会話の成り行きに注目が集まる。Mr. Knightley が Jane の体調を気遣うと、Miss Bates は姪に対する配慮に対して再び礼を述べ始め、彼が自分の話を聞かせるまでに時間が掛かる。また、語り手が、Miss Bates の繰り返し用いる "obliged" という語を口調を真似るように使い、部屋の内外の様

子を滑稽に描く。外側では Miss Bates と Mr. Knightley の会話が何とか展開し、内側では Mrs. Weston が Emma に思わせ振りな視線を送る。2つの空間を繋ぐことで、Emma たちが関心を抱く Mr. Knightley の Jane への愛情の有無に、読者の注目が集まる。彼は大地主で財産家でありながら、独身者には必要ないと馬車を所有しない。ところが、Bates 家の人々のためにはわざわざ馬車を借りて差し向ける。彼の好意は Jane への愛情と読み取ることもできる。しかし、それ以上に重要なことは、地域住民に対して Mr. Knightley が果たす責任や、地主としての彼の指導者的立場がこの会話を通して示されていることである。[18]

皆の尊敬を受ける教区牧師の娘に生まれながら、貧しい暮らしに地位の転落した Miss Bates に対し、Mr. Knightley が寛大かつ決断力ある姿勢を示すことを、かつて Mrs. Weston が指摘している。Mr. Knightley と Jane Fairfax の結婚の可能性を、話好きな叔母 Miss Bates の存在を引き合いに猛烈に否定する Emma に対し、Mrs. Weston は次のように言う。"I do not think Mr. Knightley would be much disturbed by Miss Bates. Little things do not irritate him. She might talk on; and if he wanted to say any thing himself, he would only talk louder, and drown her voice."（225-6）読者は Mrs. Weston の判断を参考に、Mr. Knightley と Miss Bates の対話場面を読む。Emma を相手とした先の対話部と比較すると、Mr. Knightley の Miss Bates に対する姿勢は明らかに異なる。敬意を払うどころか見下すような態度の Emma には、Miss Bates と向き合う姿勢がない。どこへ辿り着くか分からない脈絡のない話を勝手に続けさせ、冷笑的に観察するばかりである。一方、Mr. Knightley は、休む暇なく話しまくる Miss Bates を相手にした場合にも、糸口を得て自ら会話を組み立てていく。Mrs. Weston の指摘通りに会話が進むことで、Mr. Knightley に対する読者の信頼は増すであろう。対照的に、Emma には Miss Bates に対する傲慢な態度があることを、読者が認識する機会が与えられている。[19] 後に、Emma は

Miss Bates への心無い言動を、Mr. Knightley に諭されることになる。その兆候は、Miss Bates との対話を拒む Emma の閉口ぶりに、すでに垣間見られると言える。このように、Emma の内的世界から徐々に読者を引き離し、Emma を客観的に見る視点が与えられていくのだ。

(5) Emma の内的世界からの分離

　Emma の意識から読者を分離させるのに、もっとも重要な役割を果たすのは Mr. Knightley の視点の導入である。この作品で、全知の語り手は常に Emma に寄り添うように物語を進めていくが、Emma から距離を置いて描出する場面がわずか 2 箇所存在する。作品第 1 巻第 5 章で、Emma の行く末について Mr. Knightley と Mrs. Weston が対話する場面と、作品第 3 巻第 5 章で、Emma、Frank、Jane らを Mr. Knightley が観察する場面である。[20] どちらも、Mr. Knightley が Emma を客観的に眺めていて、読者に Emma を観察する機会を与える。

　第 1 巻第 5 章では Emma 不在のもと、Mr. Knightley と Mrs. Weston の議論が「直接話法」で描出される。物語の早い段階で、2 人が Emma について意見を述べることで、Emma の外見や資質に対する見解が分かり、読者の Emma 像形成に役立つ。また、Mr. Knightley は、Emma が Harriet を身近に置くことの悪影響を示唆し、読者へ注意が促されている。一方、Mrs. Weston が Mr. Knightley の Emma に対する好意は愛情ではないと判断する「思考」内容が示されることから、読者は親類である 2 人の関係を兄妹のような関係なのだと誤って認識し、これを前提に物語を読み進めてしまう。

　他方、物語の終盤に近づく第 3 巻第 5 章では Hartfield に人々が集まり、Mr. Knightley が周囲を観察する様子が描出され、読者はようやく Emma 以外の人物の視点を通して物語世界全体を眺める機会を得る。Emma の観察では見落とされていた、Frank と Jane の

関係が、Mr. Knightley の観察を通して読者に提示され、読者は少なからず驚きを覚える。Emma は、Frank が Emma 自身に恋愛感情を抱いているのだと推測し、また Frank や Weston 夫妻の言動を考慮しても、そうに違いないと読者は期待してきた。さらに、Emma は Jane が妻帯者の Mr. Dixon に報われない愛情を抱いているのだと夢想し、Mr. Dixon と面識のある Frank がそれを助長させる発言を故意に繰り返すため、読者は Emma の想像に過ぎない事柄を、事実であるかのように容認してきた。したがって、Mr. Knightley が Emma の死角にある情報を指摘することで、読者はこれまで Emma の考えを全面的に受け入れていたに過ぎないことに気付く。

　Mr. Knightley、そして弟の John Knightley に洞察力があることを、読者は熟知している。作品第1巻第8章では、Mr. Elton の結婚にかける野心を、Mr. Knightley が指摘する。作品第1巻第13章でも、Emma に取り入る Mr. Elton に対する扱いを、John Knightley が忠告する。自己の判断力を過信する Emma は2人の助言に耳を貸さないが、Knightley 兄弟に真実を見抜く力があることは、Mr. Elton が Emma に求婚した時点で、結果が証明することになる。彼らは Emma を客観的に眺め、彼女の誤りを指摘する役割を作品中において担うことを読者は学ぶ。したがって、第3巻第5章で、Emma と Jane Fairfax の2人の女性を弄ぶ Frank Churchill の不誠実さを Mr. Knightley が観察するとき、そこに真実が隠されていることを読者が見逃すはずがない。

　これまで Knightley 兄弟が Emma に助言するとき、Emma の「思考」内容が絶えず描出されるため、彼らの発言内容を読者がじっくりと考える隙はなかった。ところが第3巻第5章では、語り手は Emma の内面描出を控え、一方、Mr. Knightley の「思考」内容が「語り手」の叙述部にちりばめられていく。では、この第3巻第5章では、話法がいかに利用されているかを検証してみたい。

　Frank Churchill が Highbury を再訪問し、Jane Fairfax の Bates 家への滞在が長期に及んだ頃、語り手は Frank に対する Mr. Knightley

の悪感情について叙述する。Mr. Knightley は、公然と Emma を特別扱いする Frank が、Jane とも密かに意思疎通を図っている様子に気づき、"double dealing"（343）があるのではと疑う。もっとも、判断力に優れる Mr. Knightley の思考内容が "Emma was his object appeared indisputable."（343）と描出されることで、Frank が Emma を結婚相手として意識していると考える Emma の推測も、強ち間違いではないと分かる。しかし、Emma の誤りを正す指導者的立場にある Mr. Knightley が、Jane と Frank の関係を怪しむことで、読者の注意が喚起される。

　語り手は、Emma から離れ、Hartfield の客間に集まった疑惑の当事者たちを観察する Mr. Knightley の視点に潜り込む。Frank の提案で、Emma と Jane、Harriet がアルファベットの文字合わせを娯楽として始めると、皆を見渡せる場所に腰を下ろした Mr. Knightley は、観察を始める。Frank は、ある文字を組み合わせて作り、Jane の前に置く。Mr. Knightley は Jane の顔色の変化から、Frank の Jane に対する態度に疑惑を深める。

　　　Frank Churchill placed a word before Miss Fairfax. She gave a slight glance round the table, and applied herself to it. Frank was next to Emma, Jane opposite to them—and Mr. Knightley so placed as to see them all; and it was his object to see as much as he could, with as little apparent observation. The word was discovered, and with a faint smile pushed away... The word was *blunder*; and as Harriet exultingly proclaimed it, there was a blush on Jane's cheek which gave it a meaning not otherwise ostensible. Mr. Knightley connected it with the dream; but how it could all be, was beyond his comprehension. <u>How the delicacy, the discretion of his favourite could have been so lain asleep!</u> He feared there must be some decided involvement. Disingenuousness and

double-dealing seemed to meet him at every turn. These let-
           ters were but the vehicle for gallantry and trick. It was a
           child's play, chosen to conceal a deeper game on Frank
           Churchill's part.　　　　　　　　　　（347-8, 下線筆者）

　語り手は、文字合わせをする Emma たちと Mr. Knightley の位置関係を読者に明確に描き出し、Mr. Knightley の視点へと移動する。彼は、Frank が提示した文字に Jane が反応し、さらに Harriet がその文字を読むと Jane の頬が染まる様子を観察する。彼らの外観から内面を探ろうとする Mr. Knightley の「思考」内容が、「自由間接話法」で描出される。表向きは分らない人間関係を明らかにしようと、Mr. Knightley は、先に皆の話題となった Frank の夢の話などを総合して考える。しかし、確かなことは導き出せず、語り手は Mr. Knightley が Frank に対して覚える憤りを「間接話法」で描出していく。
　ここでは、これまで Emma の内面描写に用いられたのと同様に話法が操作され、語り手は、客観的視点と Mr. Knightley の視点の間を移動する。「語り手の叙述」から、Mr. Knightley の思考内容へと「自由間接話法」を用いて移行し、「間接話法」を経て「語り手の叙述」に戻ることを繰り返す。この操作によって、いくつかの効果を挙げている。第 1 に、Mr. Knightley の内面が描出されることの唐突さを緩和する。これまで語り手は、Emma の内面のみに焦点を当てていた。Mr. Knightley が Emma の誤りを指摘する役割を担うとは言え、読者は Emma 以外の登場人物の内面が詳細に明かされることに、戸惑いを覚えることもあろう。しかし、Mr. Knightley の内面へ話法を変えて円滑に移行することで、読者が違和感を覚えることなく彼の意識を共有することを可能にする。第 2 に、「自由間接話法」を中心に用いることで、Mr. Knightley の内面描写には、「語り手」の声色が残る。したがって、読者は信頼に足る Mr. Knightley の判断のみならず、客観的な語り手の声色が響くことで、

彼がFrankに掛ける疑念が単なる推測ではなく、不誠実な一面があることを確信する。第3に、Mr. Knightleyの指摘を彼の主観として提示することで、読者にさらなる謎を抱かせる。彼の指摘は読者をEmmaの内的世界から引き離すことに有効だが、語り手は、この時点ですべての謎を明らかにする訳ではない。FrankとJaneの関係、Mr. Knightley自身のJaneあるいはEmmaに対する愛情の度合いに関する情報は、伏せておく必要がある。読者は、Mr. KnightleyにFrankへの憤りがあることを確認するが、これはMr. Knightleyの主観に過ぎない。彼は、Janeに愛情を抱くためにFrankに嫉妬しているのかも知れず、読者は真実のFrank像を掴むには至らない。

このように、物語が終盤に近づくにつれて、語り手はEmmaの内的世界から読者を分離させるため、Mr. Knightleyの視点を用いる。その際に、Emmaの思考内容がちりばめられた物語の大部分の「語り」の円滑さに注意を払い、Mr. Knightleyの内面も同様の文体で提示する。この技法を用いることで、読者を真実に近付けながら、さらに翻弄させることにもなる。Mr. Knightleyの視点を通して描かれるFrank Churchill像は、これまでEmmaの視点から提示されていた彼の像とは異なる。感じの良いこの青年は、女性に取り入るのが上手く、その才能をEmmaとJaneの2人を同時に弄ぶことに発揮しているのではないかとMr. Knightleyは考え、彼女たちがFrankに裏切られる危険性を指摘する。

語り手は、物語のからくりをすべて明かすのではなく、Mr. Knightleyを通して読者に新たな見方を提示する。洞察力に優れるMr. Knightleyでさえ、FrankとJaneの関係に関して真実を見抜くことが不可能であるように、人間は誰でも物事のすべてを理解するわけではないことを、間接的に伝えているようでもある。賢明なMrs. Westonでさえ、Emmaの得意とする空想を膨らませ、EmmaとFrankの結婚を控えめながらも願い、また、Mr. KnightleyのJaneに対する愛情を推測する。読者は、Mr. Knightleyの指摘を切っ掛

第 5 章　*Emma*　　　　　　　　　　　　　　　　　　175

けに、Emma の判断を基に築き上げた登場人物像や人間関係など、物語世界の再考を迫られるのである。

(6)

　Emma の「語り」の構造に関して、主人公 Emma の内的世界を読者が共有し、そこから離れていく仕組みを探った。この作品では、空想に耽りがちな Emma が周囲の人間関係に抱く誤解と、その解明が物語の主題に据えられる。Emma の意識の描出、Emma の内的世界への読者の誘導、そして、読者の抱く謎を解く過程において「話法」が駆使され、複雑な「語り」が展開される。「話法」の選択と変換は極めて細かい単位で行われ、物語全体を通して Emma への内的焦点化の度合いが高い。しかし、語り手が主人公 Emma の心中に入り込むとき、Emma の内面の動きだけを一方的に描出するのではない。語り手の視点と、Emma の視点の間を行き来することで、「Emma の主観」と「語り手の客観的判断」の相違を読者に容易には判別させず、物語展開に関する読者の予想を裏切るための工夫が凝らされる。語り手は、Emma がひとりで沈思する場合のみならず、他の登場人物たちと共に会話をする際にも、絶え間なく彼女の内面を描出し続ける。

　確かに、「話法」が意識的に用いられる *Pride and Prejudice* や *Mansfield Park* においても、主人公の内面描写における話法は細かく変化する。しかし、*Emma* では、物語全体に亘って、小刻みに短い単位で話法が使い分けられていく。*Pride and Prejudice* では、Elizabeth の内面が「自由間接話法」で描出されるとき、ある程度の長さに亘ってこの話法が連続して用いられるため、読者は語り手の叙述から Elizabeth の内面描写へ移行したことを、明確に意識する。*Mansfield Park* でも、Fanny が内省するとき、他者から離れた自分ひとりの世界にこもりがちである。

　これに対し、*Emma* において、語り手と Emma の声色の境界を

融和させるためには、「話法」の操作のみならず、他者の「視点」を制限することが必要であった。他の長編小説5篇では、物語前半部では、読者は物語を客観的視座から眺め、複数の登場人物たちの内面が明かされることで、彼らの人物像や人間関係を把握する。物語後半部で、脇役たちの内面描写が制限され、徐々に主人公の内面描出が細かくなるにつれ、主人公の内面に引き寄せられていく。ところが、*Emma*では、読者が物語世界を把握する方法と主人公との一体感を持つに至る過程が、他の5篇と著しい対照をなす。語り手は物語冒頭からEmmaの内面のみを描出し続け、他の登場人物の内面描出を制限する。さらに、語り手が客観的な視点とEmmaの主観との間を「話法」を組み合わせて円滑に行き来することで、読者はEmmaの判断に基づく偏った物語世界ではなく、物語の全体像を把握しているのだと錯覚する。物語がかなり進行した後に、他の登場人物たちの内面が明かされ、新たな情報を提供することで、読者をEmmaから分離する。すなわち、Austenの他の長編小説では、様々な経験をする主人公に読者が共感を抱き、彼女たちの内面を徐々に共有していくとき、「話法」と「視点」が効果を挙げる。一方、*Emma*では、「話法」と「視点」の効果をいわば逆利用し、意図的に読者を物語冒頭からEmmaの内面に取り込むことによって、Emmaの視点から物語世界を体験させる。物語終盤で読者はEmmaの内的世界から分離し、正しい物語世界を認識するに至る。

　この作品の「語り」の仕組みの面白さは、Emmaの内的世界が、単にEmmaの1人称の語りによって提示される訳ではない点にあろう。主人公の主観を読者に共有させて物語世界を展開していく方法は、むしろ1人称の語りの特徴であったはずだ。「わたし」が物語世界を経験することで、はじめから他者の内面描写には限界があり、誤解や謎が生まれる。しかし、Austenは1人称の語りの小説*Lady Susan*にも複数の書き手を存在させ、多角的視点を用いた。物語の全体像を把握させ、同時に1人称の語り手の内面に読者を引き寄せる方法をこの作品の執筆によって学ぶ。*Emma*では、読者

がEmmaの意識を共有しながらも、1人称の語りのように読者とEmmaの視点が必ずしも一致していない点が重要である。Mr. Eltonの真の人物像、FrankとJaneの秘密の婚約、EmmaとMr. Knightleyの相互の愛情、Harrietの結婚相手などに関し、全知の語りを用いることで、読者はEmma自身が気付く前にこれらを推測することが可能である。また、これらの謎はいわばミステリー小説の種明かしのように一度に解明されるわけではない。実際には、読者はEmmaの内面との融合と分離を細かい単位で繰り返しながら、物語を読み進める位置を小刻みに変えていく。そのことによって、Emmaと喜怒哀楽を共にしつつ、他方ではEmmaの誤りを客観的に判断し、物語展開を楽しむことができる。想像力を膨らませるEmma以上に、読者自身が人間関係や物語展開を推測しながら作品を読み進めていくことが期待されている。このように、Austenは *Mansfield Park* で習得した「話法」の効果を、*Emma* ではさらに、「視点」を巧妙に操作することで、新たな「語り方」を模索した。読者を物語世界へと引き込み、読者の「よみ」を利用した、より立体的な物語構築が可能になったのだと言える。

【註】
1) "*Emma* is the greatest novel of the period because it puts to fullest use the period's interest in articulate, sophisticated characters, whose every movement of thought finds its verbal equivalent in a nuance of speech. The language of *Emma* is functional and related to the form, to a degree not found elsewhere even in Jane Austen." Butler, 250. R. W. Chapman、A. C. Bradley、Reginald Farrerら20世紀初期の研究者たちをはじめ、Butlerら今日の研究者たちに至るまで、*Emma* はAustenの最も優れた作品であると見なされることが多い。
2) "[T]his is not an easy book to read; it should never be the beginner's primer, not be published without a prefatory synopsis. Only when the story has been thoroughly assimilated, can the infinite delights and subtleties of its workmanship begin to be appreciated, as you realize the manifold complexity of the book's web, and find that every sentence, almost every epithet, has its definite reference to equally unemphasised points before and after in the development

of the plot." Reginald Farrer, "Jane Austen, *ob.* July 18, 1917," in *Emma* (Norton, 1972, 2000), 365-6.

3) "... our [readers'] attention is being manipulated." Lascelles, 175.

4) *Northanger Abbey* と *Emma* の類似点に、Catherine Morland と Emma が空想の羽根を広げ、間違いを起こすヒロインであることがしばしば指摘される。"The evils of Emma's imagination resemble, but go beyond, those of Catherine Morland at Northanger. Like the "Gothic" heroine, Emma's intuitions are never wholly wrong." Duckworth, 149. ただし、Emma には洞察力もある点で必ずしも2人を同列に並べられない点もある。本書第1章で述べたように、*Northanger Abbey* は内容的に Austen 作品でもっとも習作に近いと見なされているため、語りの構造の上での *Emma* との類似性はこれまで指摘されていない。

5) Booth はもし Jane Fairfax らの視点を通して物語が語られていたならば、読者は Emma の欠点に対し、もっと批判的な視点を与えられるなどの異なった見方をする可能性を指摘している。Wayne Booth, "Control of Distance in Jane Austen's *Emma*," in *Jane Austen: Emma: A Casebook*, ed. David Lodge (Macmillan, 1968), 195-216. また、近年、Jane Fairfax の視点から見た *Emma* の続編などの創作が現代作家たちによって試みられていることも、読者が Emma の考えに左右されて真実が見えていないことの裏返しと言えよう。

6) "The novel is a structure of the utmost complexity and delicacy. Everything in it depends on everything else and on its context within the fiction." Gard, 155.

7) "Everything—more or less—is shown through Emma Woodhouse's eyes." Wiltshire, 67.

8) "As many critics have noted, the setting of *Emma* is carefully chosen. Like Henry James, Jane Austen is interested in the problem of human freedom. Like Isabel Archer in *The Portrait of a Lady*... Emma is condemned to be free, as if by fictional fiat... she differs from all previous Austen heroines in having no sense of insecurity, social or otherwise. At the center of a world apparently unendangered by any possibility of discontinuity, Emma's boundaries are where she wishes to place them." Duckworth, 148.

9) "People are passing so rapidly through the gradations of income and the consumer makers associated with them that the old rules of birth and social order are thrown into question." Copeland, 142.

10) Jane Austen, *Emma*, vol. IV of *The Novels of Jane Austen*, ed. R. W. Chapman, 6 vols. (Oxford UP, 1933; 1966), 134-5. 以下、同書からの引用は、本文中括弧内に頁数のみを記す。

11) David Lodge は、*Emma* の冒頭部ではすでに第 3 段落から客観的な語り手の声に Emma の声色が混じり始めると考えている。'[W]e begin to hear the voice of Emma herself in the discourse, as well as the judicious, objective voice of the narrator. "Between *them* it was more the intimacy of sisters." "They had been living together as friend and friend..." In these phrases we seem to hear Emma's own, rather self-satisfied description of her relationship with her governess, one which allowed her to do "just what she liked."' Lodge, *The Art of Fiction*, 6.

Lodge が指摘している部分は語り手の叙述部であり、実際に、Emma 自身の心中が自由間接話法で描出されるのは、第 5 段落からである。しかし、この冒頭部では語り手の叙述部と Emma の思考内容を表す部分との境界線を曖昧にするために、Lodge の指摘のように第 3 段落の語り手の叙述部に、あたかも Emma の心中が反映されたかのような語が含まれていることは確かである。

12) "Her novels have a seamless quality, one episode leading logically and naturally to the next. She is particularly artful in the way she introduces, or reintroduces, one character to fill the space left in the story by another." Lodge, *After Bakhtin*, 123.

13) このような、発話者を特定する必要がないために自由間接話法を好んで用いる例に、*Northanger Abbey* の前半部で Catherine が Tilney 兄妹の宿泊先へと足を運んだ時に、取次ぎ役を務める召使の発話が自由間接話法で描出される場面がある（作品第 1 巻第 12 章）。Norman Page はこれを、"[The servant's question] merges readily into the narrative, which pursues the tenor of its way without the interruption of an insignificant character asserting his individuality." と説明する。Page, *The Language of Jane Austen*, 124. *Northanger Abbey* では、一度しか登場しない脇役の言葉を際立たせないようこの方法が用いられるが、*Emma* では主要な登場人物たちが直接話法で話すことで Emma から読者の意識が分散されるのを防ぐ技法として、より戦略的に用いられている。

14) Page は、Frank と Jane の婚約を聞いた Mr. Knightley が、Emma を心配して London から戻った場面（*Emma*, 424）を例に、Emma の意識の断え間ない描出を、'modern' と評する。"[W]e are concerned not with a mere technical device of linguistic interest, but with a mode of story-telling that is both distinctive and strikingly 'modern'." Page, *The Language of Jane Austen*, 137.

15) Burrows は、Austen 作品に用いられる単語の総数をコンピューター統計したところ、Fanny Price と Anne Elliot は発言よりも思考内容が描出される数が多いのに対し、Emma は発言の方が多く、また思考内容が描出される割合も他の 2 人より圧倒的に多いことを明らかにしている。"In both *Mansfield Park* and

Persuasion, the character narratives of the heroines are considerably larger than their spoken parts. Fanny speaks 6117 words and, on my reckoning, 'thinks' 15,418. For Anne, it is 4336 as against 5667. But, for Emma, it is 21,501 as against 19,730." John F. Burrows, *Computation into Criticism: A Study of Jane Austen's Novels and an Experiment in Method* (Oxford UP, 1987), 166.

16) Raymond Chapman, *Linguistics and Literature: An Introduction to Literary Stylistics* (Edward Arnold, 1973), 42.

17) Jane Fairfax が Highbury 滞在中に贈られた差出人不明のピアノに関し、Emma の視点の死角にある情報が読者に伝達されていることから、しばしば批評家たちの議論を生む。例えば、Wiltshire は、Emma が完全には修得できなかった音楽を通して Frank と Jane が恋に落ちたことの重要性を説く。ピアノは、上流階級の象徴であり、また 2 人の間の肉欲的愛情をも意味すると指摘する。Wiltshire, 71-2.

18) Tanner, 196.

19) "Jane Austen allows Emma to reveal herself, and the reader is gradually led to an easy acceptance of the author's point-of-view." A. Walton Lits, "The Limits of Freedom: *Emma*," in *Emma*, ed. Stephen M. Parrish (Norton, 1972, 2000), 375.

20) Mr. Knightley の Emma への指導者的立場から、Wiltshire が指摘するようにこの 2 場面は重要視されることが多い。 Wiltshire, 67. しかし、Emma 以外の登場人物の視点が明らかにされる場面は、実際は他にもある。例えば、Mrs. Elton と Mr. Weston の対話場面 (作品第 2 巻第 18 章) の内容は Emma と全く関係がなく、2 人の対話の進行を喜劇的に描出している。これを例外として捉えるよりは、むしろ物語が 3 分の 2 まで進んだこの場面では、Emma の内的世界から徐々に読者を分離させようと、語り手が意識的に Emma から離れた場面を描出していることの現れであると見なす方が適切であろう。

第6章 *Persuasion*
――「話法」による積極的なヒロイン像の構築――

(1) *Persuasion* における声色の操作

　Persuasion のヒロイン Anne Elliot は、物語の大部分において控えめで物静かな女性、最後の 5 章に限ると積極的かつ情熱的女性という対極の印象を読者に与える。そもそも物語の冒頭では、失恋の痛手から容色の衰えた Anne に、陰気なイメージが漂う。彼女は他の人物たちの言動に気圧される脇役的存在で、発言も少ない。一方、最後の 5 章では、かつての婚約者 Frederick Wentworth に自分の想いを伝えようと巧みに立ち回り、大胆に発言する。Captain Harville と男女の愛情の違いについて議論する作品第 2 巻第 11 章において、彼女は同じ部屋の中で手紙を書く Wentworth に声が届くのを承知の上で、女性の愛情の強さについて滔々と述べる。それまで寡黙であった Anne に比較し、他者との会話に織り込むようにして恋人に変わらぬ愛を告げ、さらに彼に愛を告白させるよう仕向ける Anne は、行動的人物へと変貌する。[1] 愛情を勝ち得ようと奮闘する姿は、Austen の作品では他に例のない女主人公像と言える。[2]
　その変容は、*Mansfield Park* の Fanny Price を想起させるかもしれない。しかし Fanny の場合、意見に自信が持てずに自分を過小評価する少女から、他者を助けようとする大人の女性へと精神的成長を遂げる。それに対し、Anne はすでに成熟した女性で、父親と姉から軽視されながらも雑務を引き受けることを厭わず、妹や、妹の嫁ぎ先の人々からは落ち着きのある女性として信頼され、周囲の

不満をなだめるなど活躍の場は多い。したがって、仮に Anne を客観的に描出するならば、彼女の変化はそれほど顕著なものではないはずである。

　むしろ Anne の変容は、彼女の心理的変化を極大化するような、「語り」の技法によって作り出されたイメージに負うところが大きい。Austen の後期作品では、主人公の心中が「自由間接話法」で描出される割合が多い。*Mansfield Park* では脇役たちの内的思考も頻繁に描出されるのに比較すると、*Emma* と *Persuasion* では主人公の視点を中心に物語が進められていて、語り手と主人公の声色の境界がより流動的である。ところが *Emma* では、Emma の内面の描出と共に彼女の発言が群を抜いて多く、彼女には快活な印象も伴うのに対し、*Persuasion* では、Anne の控えめな口調に加え、声色が意図的に操作されている。語り手が Emma に寄り添って彼女の「発話」、「思考」を具さに描出していくのと異なり、Anne の「発話」のすべてが描出されるわけではなく、また、彼女の「発話」を描出する「話法」が変化する。

　Persuasion の話法に関する先行研究では、「自由間接話法」による Anne の「内的焦点化」という観点がとかく注視されている。[3] 自由間接話法を他の話法と組み合わせ、主人公の意識を取り込む「語り」の仕組みは、本書第 5 章においてすでに探った。また、他の先行研究では、Anne が女性の愛の頑強さを Wentworth に間接的に伝える場面（先述、作品第 2 巻第 11 章）が論の中心に据えられることが多いが、[4] ここでは Anne は自分の意見をすべて「直接話法」で述べるため、「話法」の効果よりも空間認識や「盗み聞き」（eavesdropping）という観点から論じられるべき性質のものである。したがって、本章では、Anne が積極的な女性へ変容するに至るまでの、彼女の「発話」を描出する「話法」の変化に、むしろ注目したい。物語がはじまる 7 年半前、Anne は Wentworth との婚約を周囲の説得によって破棄し、それ以来、明るさを失っている。しかし、消極的な心情から、華やかな雰囲気を取り戻した Anne は、

Wentworthとの愛に生きる予感を抱く。彼女の感じる内なる興奮を、読者にドラマティックに伝えるために、彼女の発言の描出方法が操作されている。Anneを取り巻く状況の変化と、発言を描出する文体を探ることで、彼女の人物像が変容するように読者に印象付けようとする、作者の戦略が見えてくるのではないだろうか。

(2) 聞き手不在のヒロイン

　物語は、Sir Walter Elliotが准男爵名簿を感慨深げに眺める場面から始まる。作品第1巻第3章で、彼は、領地Kellynchの財政立て直しについて弁護士Mr. Shepherdに良案を求めるが、准男爵の威厳を保つことばかりに執着し、自らの愚かさと浪費によって招いた一家の散財に対する反省がない。フランスとの戦争が終結して講和条約が結ばれたため、[5] 上陸して住居を探す海軍軍人に屋敷を貸し出す案にも、格式ある准男爵家の借家人となる人物を幸運であると見なし、軍人に対する侮蔑を露わにするばかりである。しかし、Mr. Shepherdは羽振りのいい海軍軍人を借り手とすることで財政問題を一気に片付けようと、借り手に有利になるよう話を進め、Sir Walterの説得にかかる。

　Sir Walterは准男爵の威信を自ら失墜させておきながら、過去の栄光にしがみつき、高飛車な発言を繰り返す。それに対し、Mr. Shepherdは彼の意に沿うように追従を述べているが、実際には、屋敷の貸し出しに同意するように言い包めているのである。さらに、Mr. Shepherdに似て取り入るのが上手い娘のMrs. Clayも、父親の発言を後押しするように同意の言葉を挿し挟む。発言権の優先するSir Walterが、巧みな話術を発揮するMr. Shepherdらに誘導されていく様子が、喜劇的に描出されている。[6]

　ここで、同席する長女Elizabethと次女Anneの発言がほとんどない点に注目したい。家長Sir Walterが会話の主導権を担うことから、娘たちが発言を控えるのは当然であろう。また、Elizabethは

父親と考え方や気質が酷似し、異論がないために発言しないのだと推察できる。一方、Anne は、父親と反対の立場から数回発言している。国のために働いた海軍の人々の擁護に始まり、借家人となる可能性のある Croft 提督の経歴、そして Croft 提督の縁者に関する内容が続く。Anne がこのように海軍の事情に詳しいのは、かつての婚約者 Wentworth に未練を抱き、彼が所属する海軍の情報を収集し続けているためである。したがって、物語全体を一読した後に再び着目すれば、これらの発言は、彼女の心境が理解できる興味深い箇所である。だが、読者がはじめて読んだとき、彼女の発言を気に留めるだろうか。

　この一連のやりとりを繙くと、まず、Sir Walter が、借家人に庭の花壇などの使用を制限し、特別の恩恵を示すつもりがないことを述べる。彼の「発話」は「直接話法」で描出され、明確な意思が伝わる。続く Mr. Shepherd の「発話」は、同様に「直接話法」で描出されるが、"After a short pause,"[7] と、間に気まずい沈黙があったことを語り手が叙述している。さらにその後、意を決した Anne が海軍軍人の命を賭けた働きぶりを弁護する。つまり、Anne の「発話」が「直接話法」で描出されるまでには、Sir Walter の発言、「間」、そして Mr. Shepherd の発言、と段階を経ている。本書第3章における *Pride and Prejudice* の考察で示したように、対話の途中に描出される「間」は、Elizabeth や Darcy らの思慮深さを読者に示す常套手段であった。ここでは、Mr. Shepherd と Anne のように熟慮する人物の発言に至るまでに「間」がある点で、同じ機能を果たしている。しかし、*Pride and Prejudice* では「直接話法」による対話形式が多く、また Elizabeth も Darcy も大いに発言の機会があるため、「間」があることで2人の印象が希薄になることはない。*Persuasion* では、権威を振りかざす Sir Walter の前に、Anne は暗に沈黙を強いられている。[8] 父親の愚かな自負心を遠慮がちに戒めた Anne の発言は、内容そのままに「直接話法」で描出されながら、途中に Mr. Shepherd の発言と「間」が挟まれることで、読

者にさしたる印象を残さない。

　屋敷の借家人として名前の挙がった Croft 提督について、Anne が情報を提供するとき、彼女の「発話」は再び「直接話法」で明確に表される。しかし、この場合にも Sir Walter と Mr. Shepherd の発言の後に Anne が付け加える様子を、語り手は、"... after the little pause which followed, added—"（21）と叙述している。さらに、Croft 提督の義理の弟で Kellynch の副牧師を務めた紳士の名前を、Mr. Shepherd が思い出せずに困ると、またしても "After waiting another moment—"（23）という語り手の叙述を経て、Anne の「発話」が「直接話法」で描出される。[9]

　この場における Anne の「発話」は、短い3回に限られるが、彼女が発言するまでの様式がパターン化されていると分かる。Anne の「発話」は、実際の発言内容が分かる「直接話法」で表されるため、Sir Walter が格下と侮蔑する相手にも拘らず、彼女が強い意志を持って弁護したことが示される。しかし、彼女の発言をまともに取り合う者がいない。すぐに Sir Walter と Mr. Shepherd の対話が続くことで、彼女の声や存在感はかき消されてしまう。この会話のパターンから、彼女が父親から認められていない状況と、賢明な娘の発言を無視する愚かな父親像が、対照的に浮かび上がる。

　話し合いの結果、Elliot 一家は Kellynch の屋敷を数年に亘って貸し出し、その間、Bath に長期滞在することが決まる。ところが、Elizabeth は妹 Anne を差し置いて Mrs. Clay を旅の付添人に選び、Anne は姉たちが先に Bath に落ち着くまで、実家近くの Uppercross に嫁いだ妹 Mary のところに身を寄せることになる。ここで、Anne は、若き未亡人で財産のない Mrs. Clay が父親と再婚する可能性を危惧し、用心するように Elizabeth に促す。細々としたことに気づく Anne の観察力を、語り手は、"With a great deal of quiet observation, and a knowledge, which she [Anne] often wished less, of her father's character, she was sensible that results the most serious to his family from the intimacy, were more than possible."（34）と指摘している。ここに至るまでの Sir Walter の愚かな発言と、父親の誤った考えを正そうとする Anne の発言との対比に加え、全知の語り手がこのように Anne の洞察力を保証することで、読者は彼女の分別をにわかに意識し始めるであろう。Anne の「寡黙さ」の理由は、Portsmouth から Mansfield Park へ連れて来られたばかりの小さな子供 Fanny が、感受性の乏しさ故に消極的であったのとは異なる。Anne は冷静に周囲の人物や出来事を観察しているが、[10] それを表に現さないだけなのだと考えられる。

　ここで、Anne が Elizabeth に伝えた実際の言葉は分からない。Mrs. Clay はそばかすがあり、また歯並びが悪く容姿は良くないが、若く機転が利くことを Anne は憂慮する。ところがその発話内容は、語り手の叙述部に描出されるばかりで、むしろ Elizabeth の「直接話法」による反駁が、読者の印象に強く残る。Elizabeth は、Mrs. Clay は階級や立場を弁え、外見を重視する父親の側も彼女のような容姿の女性に惹かれる訳がないと、強い語調で反駁する。これに対する Anne の返答は、ようやく「直接話法」で描出される。しかし、Elizabeth はさらにきっぱりとした語調で、Anne に心配してもらう筋合いはないことを伝える。

　つまり、2人の対話部では、Anne が問題を提起した部分は「語り手の叙述」、Elizabeth の返答は「直接話法」によって描出されている。さらなる Anne の発言が、わずか一文ではありながら「直接話法」で描出されるが、Elizabeth の畳み掛けるような返答も「直接話法」で続くため、Anne の印象をかき消す。最終的に Anne の反応は、"Anne had done—glad that it was over, and not absolutely hopeless of doing good. Elizabeth, though resenting the suspicion, might yet be made observant by it."（35, 下線筆者）と叙述されている。下線部 "might" は、今後を予測する話者の心情を反映する「助動詞」で、全知の語り手の声色から Anne 自身の声色へと移行し、彼女の「思考」内容が「自由間接話法」で描出されて

いると分かる。[11] Anne は、Elizabeth へのさらなる説得を試みることなく、自分の助言が姉の機嫌を損ねつつも注意を喚起したと信じ、その行動の正しさに満足感を覚えるのである。しかし、Anne の心情はほんの一瞬しか描出されないため、彼女の心の機微に読者はこの段階では気づかないであろう。むしろ、Sir Walter の気質を受け継いだ、Elizabeth の強い階級意識や威勢の良さ、取り付く島のない冷たさなどの印象のみが深く刻まれる。

　Anne の、父親や姉との関係は、このような会話の進め方に表されていると言える。読者は発言力に乏しい Anne が、家庭内でその存在を軽視されていると判断できる。一方で、正義感と判断力を兼ね備える Anne は、たとえ家族から精神的に虐げられていようとも、信念に基いて発言する人物であると分かる。しかしながら、父親に面と向かって反論するのではなく、部外者 Mr. Shepherd の発言後、ようやく勇気を振り絞ってぽつりと発言するしかない。Elliot 一家とその周辺の会話模様から、Kellynch には Anne の居場所がないことを、アイロニカルに示す作者の意図が伺える。同時に、Anne と Elizabeth の会話では、Anne の実際の発言は「語り手の叙述部」に織り込まれ、Elizabeth の発言は「直接話法」で際立つように描出される。「話法」をこのように戦略的に用いることで、Anne の遠慮がちで気後れした印象を強調して読者に与える情報操作が、すでに物語の導入部から見え隠れしている。

(3) 調停者 Anne

　作品第 1 巻第 5 章で、Uppercross の Musgrove 家に嫁いだ妹 Mary のコテージに Anne が移ることで、彼女の発言はどのように変化するのだろうか。姉が Anne を冷たくあしらうのに対し、妹は Anne に強く依存する。だが、ここでも Anne は温かな姉妹の情を望むことが出来ない。Mary も Elizabeth に劣らず自己中心的で、Musgrove の家族に Elliot 准男爵家の権威を軽視されているとの被

害者意識を抱いており、Anne は彼女の愚痴の聞き役に過ぎない。それでも、Anne は理不尽なことを次々に訴える Mary に対して快活を装い、会話を盛り立てていく。そして、Mary の話相手になることで、読者はいわば Anne の肉声を聞く機会を与えられる。また、Anne の「思考」内容も頻繁に描出されるようになり、彼女の気質を理解する手掛かりを掴む。

　Anne に課せられた役割は、Musgrove 一族みなの相談役となることである。Mary と夫 Charles からは夫婦の立場から生じる双方の不満を訴えられ、息子夫婦と隣同士に住む姑 Mrs. Musgrove と小姑の Musgrove 姉妹からは嫁の問題点を、Mary の側からも姑らに対する非難を聞かされる。Anne が応対する様子を、語り手は以下のように叙述している。

　　How was Anne to set all these matters to rights? She could do little more than listen patiently, soften every grievance, and excuse each to the other; give them all hints of the forbearance necessary between such near neighbours, and make those hints broadest which were meant for her sister's benefit. (46)

彼女は、皆の不満のはけ口として愚痴を聞く役回りを引き受け、ときに相手方の弁護をし、妹には助言を与えている。これらのことから、Uppercross では Anne が賢明な判断力を発揮する場のあることが、読者にも窺い知れる。

　ところが、Musgrove 家の人たちと共に話す、Anne の「発話」内容は描出されていない。Mary と Musgrove 家の人々の言い分は、「直接話法」で描出されている。同じ事柄に対する双方の受け止め方が異なるために話が食い違い、読者はそれらの落差を楽しむことができる。しかし、Anne の返答内容が示されるのは Mary との対話部に限定されている。作品前半部において、Anne が他者と対話

する具体的内容が「直接話法」で長い範囲に亘って提示されるのは、Mary が話相手となる場合だけである。Musgrove 一家の心理的な調停者の役割を担う Anne は、実際にはいろいろな言葉を発し、質問を投げ掛け、助言しているはずである。彼女に意見を求めることのない Sir Walter や Elizabeth が相手である場合と異なり、発言の機会ははるかに多いと思われる。Anne が Musgrove 一家から一目置かれ、相談相手として頼りにされていることは容易に分かる。にも拘らず、Anne の彼らへの返答内容が描出されない。

　先述のとおり、Anne が主人公らしく存在感を示し、物語の中心となるのは物語終盤で、前半部において彼女はひたすら「寡黙」である。冒頭部分で、わずかに発言や思考内容が描出されるのに比較すれば、Uppercross で彼女の主張が描出される割合は徐々に増えている。しかし、読者には依然として Anne の寡黙な印象が残る。これは、Anne 以外の登場人物たちが自由に発言するのに対し、彼女の発言内容がしばしば省略されることで、受動的な印象が与えられているためではなかろうか。

　Mary に苦言を呈する様子が描出されることで、控えめながらも身内には正論を述べようとする Anne の信念を、読者は再び見出すことができる。これとは対照的に、Musgrove 家の人々への対応において、聞く場面のみが描出されるため、彼女が調停者として介在する役割に、読者が関心を抱くことはない。すなわち、Anne を人々の会話の「聞き手」として配置することで、彼女の受身の姿勢を強調する作者の意図が垣間見られる。Musgrove 家の客であること、あるいは妹が一家に掛けている迷惑を鑑みて、Anne が遠慮や肩身の狭さを少なからず感じていることが、読者にとりわけ伝えられる。

　また、Musgrove 家の人々は、陽気で、愛情に溢れ、悪意のない人たちだが、自己中心的な部分もあり、真の思い遣りに欠ける側面もある。我が侭な Mary と張り合うように、かれらが Anne に告げ口する様子は、上品さにも欠ける。Anne が発したはずの言葉が描

出されないのは、Anne の気持ちが閉口している心理的状況を、暗に示したものと受け止めることもできる。

　このように、Anne の発言内容は恣意的に省略される。一方で、心情が叙述される割合は増えていく。例えば、Kellynch の屋敷がとうとう貸し出されるとき、Anne の心情は以下のように記されている。父と姉はすでに Bath へ出立し、Anne 自身も Uppercross へ身を移した後では、実家が人手に渡ることへの心構えは、十分にあったはずである。しかし、いざその日が近づくと、Anne は落ち着かない気持ちで過ごす。

> So passed the first three weeks. Michaelmas came; and now Anne's heart must be in Kellynch again. <u>A beloved home made over to others; all the precious rooms and furniture, groves and prospects, beginning to own other eyes and other limbs!</u> She could not think of much else on the 29th of September; and she had this sympathetic touch in the evening, from Mary, who, on having occasion to note down the day of the month, exclaimed, <u>"Dear me! Is not this the day the Crofts were to come to Kellynch? I am glad I did not think of it before. How low it makes me!"</u> （47-8, 下線筆者）

Kellynch の屋敷に、感受性豊かに優しく呼びかけるような Anne の「思考」内容は、「自由間接話法」で表されている。悲痛な心中を曝け出すことなくじっと耐える Anne に対し、当日まで気楽に過ごして来た Mary は、我こそが一番の被害者であると言わんばかり感慨深く嘆く。読者は、「自由間接話法」で描出された Anne が密かに落胆する心情と、「直接話法」で描出された Mary の率直な感想を比較することになる。そして、Anne は敏感さや繊細さだけでなく、感情に流されない忍耐力も持ち合わすことが分かる。また、思ったままを言葉に表す Mary の単純さにも、どこか憎めない親し

みを覚えるであろう。
　Anneの発言と思考内容を、周囲の登場人物たちの発言と比較すると、以上のような解釈が可能である。全体として、この段階で彼女の発言が少ないことは事実で、父や姉のみならず、妹MaryやMusgrove家の人々とも親密な間柄にはない。そして、自己主張や穏健さの度合いが、会話の内容や直接話法で描出される分量の多少などに反映されている。しかし、Anneが実際に発した言葉を省略する一方で、会話相手の発言のみを直接話法で描出する情報操作があることは、見過ごせない。彼女は物語前半から、いろいろ主張しているはずである。ところが、あたかも劇場の舞台中央に立ち、生き生きと発言する人物と、脇で落ち着いた声で発言する人物の描き分けをしているように、Anneと周囲の登場人物たちの声色が調節されている。[12] Anneが実際以上に物静かで遠慮がちである印象が、読者に押し付けられているのだ。Anneの発言が周囲に及ぼす影響力よりは、むしろ、打ち解ける相手がいない彼女の孤独感や疎外感による気後れを、読者が感じ取ることにこそ重点が置かれていると言える。

（4）自信を回復するAnne

　物語中盤でUppercrossの人々は、Kellynchの借家人となったCroft夫妻を訪問中のCaptain Wentworthと親交を深め、彼の友人が住む保養地Lymeへ共に出掛ける機会を持つ。季節外れとはいえ、新鮮な空気と海辺の開放感に一行が酔いしれる一方で、Anneだけは、仮にWentworthと結婚していれば親しくなったはずのCaptain Harville一家の温情に触れ、憂鬱さを強める。ところが、Anneはこの地で思いがけずも転機を迎える。よき話相手を得て、後に従兄と判明するMr. Elliotと出会い、怪我を負うLouisa Musgroveの介抱に際しては、率先して行動する側に立つ。これらのことが、Wentworthの視線を再びAnneに惹きつける切っ掛けと

なるのだ。

　Anne の憂鬱さの要因は、そもそも Wentworth の言動にある。Anne に婚約を解消されたことにわだかまりを抱く Wentworth は、彼女と距離を置き、Anne は彼の愛情がすでに自分にないことを自覚する。若さも移ろった Anne は皆から結婚の対象外と見なされ、一財産を築き上げた社交的で精悍な Wentworth を巡って、Musgrove 姉妹が互いに恋敵となる。一足先に妹の Henrietta が従兄の Charles Hayter と結婚する意志を固めると、Louisa は Wentworth を独占する権利があるかのように大胆に振舞い、Wentworth 自身もそれに応えるように彼女を特別視する。

　周囲が 2 人を恋人として認める雰囲気の中で、孤独感を強める Anne に、同じく孤独な Captain Benwick が話しかける。彼は戦役での航海中、Captain Harville の妹で婚約者の Fanny を病で失い、陰気な雰囲気を漂わせている。Wentworth と Harville が一行の会話の盛り立て役となるのに対し、Benwick は終始うつむきがちである。だが、詩の朗読などに興味のある彼は、教養のある Anne と文学論を交わすことになり、読書を薦める彼女の言葉に耳を傾ける様子が、以下のように書かれている。

　　Captain Benwick listened attentively, and seemed grateful for the interest implied... noted down the names of those she recommended, and promised to procure and read them.
　　When the evening was over, Anne could not but be amused at the idea of her coming to Lyme, to preach patience and resignation to a young man whom she had never seen before; nor could she help fearing, on more serious reflection, that, like many other great moralists and preachers, she had been eloquent on a point in which her own conduct would ill bear examination. (101)

第 6 章　*Persuasion*

　Anne の言葉を熱心に聴き、彼女が薦める本の題名を書き記す Captain Benwick の姿勢は、これまでの Anne の対話相手の姿勢と異なる。Anne は少し押し付けがましかったのではと反省もする。しかし、自分の言葉が他者に影響力を及ぼす様子を間近に見て、心も軽やかに、この状況を半ば面白がる。

　Benwick の話相手となったことで Harville に感謝され、Anne は彼とも親しく語る機会を得る。自分の意見が尊重されたことで自信を得た Anne は、Henrietta の結婚相談までも積極的に買って出る。相手に押しつけられた愚痴の聞き訳としてではなく、自ら進んで他者に働き掛けるのだ。Anne の心情の変化は外見にも変化をもたらし、顔色が健康的に美しく映える。さらに、彼女の美が、海岸へと続く階段ですれ違った紳士 Mr. Elliot の無言の賞賛を引き出し、その様子が Wentworth の目に留まる。物事が良い方へと連鎖的に転がることで明朗さを取り戻した Anne は、Benwick の話相手を再び快く引き受け、快活に振舞うのである。

　このように、Benwick は Anne の変化に直接的な影響を与える。後に、Lady Russell の住居 Kellynch Lodge に Anne が滞在したとき、Lodge を訪問する Mary と夫 Charles の間で、彼に関する話題が持ち上がる。Benwick が Anne に好意を寄せているのではないかと勘ぐる Charles に対し、Mary はこれを躍起になって否定する。

　<u>Anne enquired after Captain Benwick.</u> Mary's face was clouded directly. Charles laughed.

　"Oh! Captain Benwick is very well, I believe, but he is a very odd young man. I do not know what he would be at. We asked him to come home with us for a day or two... he had promised this and he had promised that, and the end of it was, I found, that he did not mean to come..."

　Charles laughed again and said, "Now Mary, you know very well how it really was.―It was all your doing," (turning to

Anne.) "He fancied that if he went with us, he should find you close by; he fancied every body to be living in Uppercross..."
　But Mary did not give into it very graciously... She [Anne] boldly acknowledged herself flattered, and continued her enquiries. 　　　　　　　　　　　　　　　　(130-1, 下線筆者)

　まず、Anne は自ら Benwick について尋ねる。Mary と Charles の発言内容から、Benwick の Anne に寄せる好意は、単に彼女の思い過ごしでないと分かる。引用部の2番目の下線部は、Anne の発言内容を容易に推測できるような「語り手の叙述報告」で、Charles の報告を受けてなお、Anne が恥らうことなく Benwick について質問を続ける大胆さが窺える。これまで、Anne と Mary、Charles が3者間で会話する場合、Anne は、この夫妻の双方の言い分を聞くばかりであったことと比較すると、彼女の発言の変化は大きい。
　Anne を高く評価する Lady Russell は、彼女の崇拝者としてにわかに現れた Benwick に興味を持つ。Mary の方では彼を退屈な人物であると一蹴するが、Anne は彼への好評を隠すことはない。"'There we differ, Mary,' said Anne. 'I think Lady Russell would like him. I think she would be so much pleased with his mind, that she would very soon see no deficiency in his manner.'"（132）「直接話法」で描出される Anne の声から、Benwick の人間性を信頼する力強さが伝わる。喜劇的な展開としては興味深いことに、その後、Lady Russell と Anne は邸宅の呼び鈴が鳴る度に、Anne を追って来た Benwick の来訪ではないかと考える。しかし、Benwick はとうとう現れず、Lady Russell は彼を Mary が言った通りの退屈な人物であると結論づける。
　さて、Anne と Benwick に関する一連の記述を、2人の会話とその後の周囲の噂話の両面から検討した。ここで、改めて「語り」の仕組みを考慮するならば、読者が Anne と Benwick の恋を予感するかどうかが焦点となるだろう。Anne は、Wentworth と Louisa の

恋の進展をじっと見守るしかない抑圧された心理状況に置かれ、一方で、心を開いて話すことのできる Benwick との出会いに心地よさを感じる。Benwick の好意を素直に受け入れ、内面を解放していく Anne を、読者は微笑ましく見守る気持ちになるかもしれない。

　しかし、Benwick は Anne の心境を好転させる極めて重要な役割を担いながら、読者に鮮明な印象を残すとは言い難い。作品中、彼は Anne と長々と言葉を交わすはじめての人物で、会話の内容は省略されることなく伝達されている。ところが、2 人の会話は「間接話法」と「語り手の叙述報告」によって間接的に描出されていて、彼の明確な人物像は浮かび上がらない。婚約者の死から未だ立ち直れない Benwick は、むしろ孤独を好み、情緒的な詩の世界に身を委ねる。彼の嘆きの深さは伝わるが、発話の描写に「直接話法」が用いられないために、恋する男の覇気が感じ取れない。結局、Benwick は後に事故で脳震盪を起こした Louisa を看病し、彼女と婚約する。そして、Anne は Benwick と再会することはない。彼は、Anne の自信や美の回復を促し、魅力的な男性 Mr. Elliot と Wentworth の賞賛を引き出すための仲介者的な役割を果たすに過ぎない。Anne と Benwick の結婚の可能性を読者が邪推するのを避けるため、あるいは、互いに友情を育むものの愛情を掻き立てられた訳ではない 2 人の心情を反映するため、[13] その会話は「直接話法」で描出されることがない。話法によるイメージ操作から、読者は Benwick の曖昧な印象を定着させていく。

(5) 立場の逆転

　Lyme の海岸へ続く階段から Louisa Musgrove が転倒し、脳震盪を起こす事件では、一同の性質ががらりと変わるような印象を受ける。それまで陽気に振舞っていた者たちは平常心を失い、その場に立ち尽くす。Anne ひとりが気を張り、皆を勇気づける。この事件を契機に Anne の声が響き渡り、次第に作品中の彼女の存在感が増す。

AnneとWentworthは再会を果たした後、お互いを避けるように、他人行儀に接してきた。そして、Anneの「発話」は操作され、実際に2人が言葉を交わしたはずの箇所が「語り手の叙述」に留まり、内容が描出されることがなかったのだ。しかし、この場面において、顔色が青ざめ、呼吸が停止したLouisaを前に、"Is there no one to help me?"（110）と、Wentworthがなすすべもなく言い放つ時、Anneは叫ぶ。"'Go to him [Wentworth], go to him,' cried Anne, "for heaven's sake go to him. I can support her [Henrietta] myself. Leave me, and go to him. Rub her hands, rub her temples; here are salts,—take them, take them.'"（110）Benwickは、恐怖で膝をがっくり突いたHenriettaをAnneに任せ、Wentworthの傍へ行くとAnneの指示通りの処置を取る。なおも"Oh God! her father and mother!"（110）と苦しげに叫ぶしかないWentworthに対し、"A surgeon!"（110）と、Anneは医師を呼ぶように訴える。この言葉で我に返るWentworthは自ら駆け出そうとするが、"Captain Benwick, would not it better for Captain Benwick? He knows where a surgeon is to be found."（110）と、Anneは地元のBenwickに委ねるよう、Wentworthに指摘する。今や冷静に振舞うのはAnneのみで、男たちは彼女に頼り切り、助言を求めるばかりである。

　これまで、Anneの「発話」が「直接話法」で描写されるのはわずかであった。ところが、この場面では、皆の行動を促すAnneの発言が、「直接話法」で描出される。対照的に、横たわるLouisaの声は舞台上から消え、[14]陽気なHenriettaや威勢の良いMaryの声が、か細い印象となる。Louisaの容体は、予断を許さない状態が続き、Uppercrossへの連絡に誰かが赴く必要性があることをWentworthがCharlesに相談するとき、Henriettaの心情は以下の様に明らかにされる。妹をLymeに残して行くわけにはいかないと主張するCharlesの意見にHenriettaは賛成するが、すぐに考え直す。

第 6 章 *Persuasion*

> She [Henrietta], however, was soon persuaded to think differently. <u>The usefulness of her staying!—She, who had not been able to remain in Louisa's room, or to look at her, without sufferings which made her worse than helpless!</u> She was forced to acknowledge that she could do no good; yet was still unwilling to be away, till touched by the thought of her father and mother, she gave it up; she consented, she was anxious to be at home. (114, 下線筆者)

　語り手は、Henrietta を客観的に眺める視点から描写をはじめる。下線部では、Henrietta の「思考」内容が「自由間接話法」で伝えられる。気が動転したまま有用な発言が出来ず、Wentworth の説得を受け入れて帰宅しようと思い直す様子を、語り手が叙述する。Louisa と常に行動を共にしていた Henrietta は、読者が 2 人を混同してしまうほど言動も似通っていた。Louisa の生命が危機に晒された今、Henrietta の存在も作中から消えかかる。介護の指示を次々に出す Anne の発言が、「直接話法」で際立つのに対し、Henrietta は的確な判断を下すことも、励ましの言葉を発することもない。Henrietta ら脇役たちの発言は、語り手の叙述部に織り込まれることで印象が弱まり、相対的に Anne の存在感が増す効果を収める。
　Uppercross へ戻る構成員を決め、Wentworth が Anne に Louisa の看護を託す時、2 人が面と向き合い、言葉を交わす場面がはじめて描かれる。Anne に失望し、彼女を遠ざけてきた Wentworth は、気丈に振舞う Anne に再び信頼を置く。

> "You [Anne] will stay, I [Wentworth] am sure; you will stay and nurse her;" cried he, turning to her and speaking with a glow, and yet a gentleness, which seemed almost restoring the past.—She coloured deeply; and he recollected himself, and moved away.—She expressed herself most

> willing, ready, happy to remain. "It was what she had been thinking of, and wishing to be allowed to do.—A bed on the floor in Louisa's room would be sufficient for her, if Mrs. Harville would but think so."　　　　　　（114, 下線筆者）

　はじめ Wentworth の言葉は「直接話法」で描出される。無我夢中で懇願する彼の熱心さが伝えられると、語り手は、かつてのように親しみを込めて話す彼の声色の変化を Anne が敏感に感じ取り、顔を赤らめて恥らう様子を叙述する。返答に「自由間接話法」が用いられることで、Anne の戸惑いが伝わるが、「引用符」が付されることで、病人の看護に当たる彼女の固い決心も伝わる。

　Anne と Wentworth の距離は、このように事故の前後で徐々に縮まっていく。紳士 Mr. Elliot がすれ違いざまに Anne に賞賛の眼差しを送ることで、Wentworth に特別な感情が生じ、事故の直後には誰よりも Anne を頼りにする。長い冬を経て雪解けするように 2 人のわだかまりが解消され、関係の修復が図られる。

　ところが、帰路の車中で Wentworth はひたすら Henrietta の介抱にあたり、Anne への気遣いがない。再び絆が深まることを期待する Anne の気持ちは沈み、無言のまま馬車は進む。Uppercross 付近で Musgrove 夫妻への報告の仕方を Wentworth が Anne に相談するとき、ようやく彼は Anne に話しかける。'"I have been considering what we had best do... Do you think this a good plan?" She did: he was satisfied, and said no more.' (117) ここでは、Wentworth が相談内容を述べる部分が「直接話法」で描出され、Anne の返答は「語り手の叙述」による。そして、2 人はそれ以上言葉を交わさず、読者の期待を裏切る。自信を回復したかに見えた Anne の声は萎縮する。彼女は、Wentworth が Louisa を恋する余り熱心に看護を依頼したのだと思い込み、読者もまたその思いを物語終盤まで共有する。

　Wentworth と Anne の心理的距離の隔たりを強調するのも、Anne

の結婚相手が誰なのか、情報を読者に伏せておくためであろう。Anne の結婚相手が Benwick である可能性は否定し切れず、また、新たに浮上した紳士 Mr. Elliot にも読者の関心が集まる。Anne と周囲の人々の声色を調整し、彼らの人間関係と、その後の物語展開を読者に推測させる試みが見出せよう。

(6) 積極的なヒロイン Anne

　物語の後半部で、Anne は自分に理解のない父親と姉の許へ憂鬱な気持ちで向かうが、珍しく機嫌良く迎える 2 人を前に、Anne の塞ぎがちな気持ちも和らぐ。2 人は、Bath での借家 Camden Place の豪華さを見せびらかそうと Anne を待ち構え、また、Kellynch の住人たちが Sir Walter の不在を惜しんでいると報告されることを期待する。真の誇りに欠ける父と姉に返す言葉もなく、2 人が一方的に話し、Anne はじっと耐えて聞く構図が再現される。

　だが、Sir Walter と Anne の関係にはわずかながら変化が生じる。Lyme で本来の若さと健康を取り戻した Anne の容貌の変化が、Sir Walter の目に留まったのである。彼は、Anne の肌色の向上は Bath で流行の化粧水を使ったためではないかと、質問を投げ掛ける。

　　... Anne and her father chancing to be alone together, he began to compliment her on her improved looks; he thought her "less thin in her person, in her cheeks; her skin, her complexion, greatly improved—clearer, fresher. Had she been using any thing in particular?" "No, nothing" "Merely Gowland," he supposed. "No, nothing at all." "Ha! he was surprised at that;" and added, "Certainly you cannot do better than continue as you are; you cannot be better than well; or I should recommend Gowland, the constant use of Gowland, during the spring months. Mrs. Clay had been using it at my recommendation, and you see what it has done for her. You see how it has carried away her freckles."

(145-6, 下線筆者)

　父親と Mrs. Clay の関係の進展を警戒する Anne に、賛辞が悦びをもたらすことはない。あれほど容姿に拘りのある父親が、心情の変化から Mrs. Clay の雀斑を大目に見るようになったのではないかとさえ勘ぐる。
　Anne の複雑な心境はともかく、Sir Walter が娘の美を再認識することで、容貌の変化が読者に伝わる。また、Sir Walter が Anne に親しげに語り掛けることなど稀で、親子の情より外見を重視する父親へのアイロニーが見出せる。[15]
　勝手気侭に話す Sir Walter に周囲の者が追従を述べるこれまでの会話形式と比較しても、この場面の文体の変化は興味深い。[16] Sir Walter の確固たる意見は「直接話法」で、他方、Mr. Shepherd が遠慮がちに応対する内容が「自由間接話法」、そして勢いに乗ったところで「直接話法」に移行するパターンが見られた。
　ここでは、Sir Walter の「発話」は直接話法ではなく、それまで彼の対話相手の発話描出に用いられていた「引用符付き自由間接話法」で描出される。そして、「直接話法」で表される Anne の簡潔な返答を経て、彼の発話も「直接話法」で表される。つまり、はじめ Sir Walter の意図を曖昧に提示する方策として、より語り手の声に近い3人称で描く。父親からの賛辞や問い掛けがあるなど、Anne は予想だにしなかったのだろう。Sir Walter の発言を間接的に描出することで、読者は彼の声色から遠ざけられ、Anne の驚嘆や父親との心理的隔たりを共有する。一方、Sir Walter が Mrs. Clay の肌色の変化を饒舌に述べる部分は、直接的に描出されることで強い印象を残し、彼の Mrs. Clay への関心の高さが窺える。相対的に、Anne が優越感に浸ることなく Mrs. Clay への用心を強める心情を、感じ取ることができる。

このように、Anneの「発話」を「直接話法」で明確に表し、対話相手の「発話」を「自由間接話法」や「語り手の叙述」によって声量を抑制する、物語前半部とのいわば逆転現象が随所に散見される。これらは、Anneの存在感を増し、彼女の積極的イメージ構築に効果を上げ、彼女は物語の中心に引き出されるのだ。
　Louisa Musgrove と Captain Benwick の婚約を知るとき、Anne の Wentworth への抑制されていた感情は一気に膨らむ。Bath で彼と再会すると、Lyme の一件から Wentworth は Anne に友情と信頼を置いていると分かるが、さらに彼は Mr. Elliot の存在に対し嫉妬心を抱く。愛情を確信した Anne は、自分の変わらぬ気持ちを伝えようと様々に話しかける。しかし、Bath の社交界では Mr. Elliot と Anne の結婚が噂されていて、Wentworth の態度は煮え切らない。こうした 2 人の微妙な心理的状況は、Bath の音楽会で交わす会話の文体にも読み取られる。
　音楽会で 2 人が話すとき、Anne は Wentworth が Bath まで自分を追って来たことに気付かない。彼女は Wentworth が Louisa に失恋したものと考え、これまでと同様に距離を置いて接する。

　　"I [Wentworth] have hardly seen you [Anne] since our day at Lyme. I am afraid you must have suffered from the shock, and the more from its not overpowering you at the time."
　　She assured him that she had not.
　　"It was a frightful hour," said he, "a frightful day!"...
　　　　　　　　　　　　　　　　　　　　　　　　(181-2)

Anne への想いを募らせ、会話の主導権を握って Lyme の事故を進んで話題にする Wentworth に対し、Anne は彼がまだ Louisa を諦められないのだと受け取り、その返答は「間接話法」で表される。この引用部の後、2 人が話を進めていくと、雄弁に語る Wentworth

に呼応するようにAnneの発言も「直接話法」で描出されるが、彼の愛情が他所にあると思うAnneの発言は、短く簡潔である。しかし、Wentworthが、教養のあるBenwickとLouisaの結婚は不釣合いではないかと疑問を投げ掛け、彼自身がLouisaに愛情を抱いたことはないと熱心に弁明するのを聞き、Anneは動揺する。Wentworthがその場を離れた後も、気持ちの高揚は静まらず、Anneは彼の言葉をひたすら吟味する。

> Anne saw nothing, thought nothing of the brilliancy of the room. Her happiness was from within. Her eyes were bright, and her cheeks glowed,—but she knew nothing about it. She was thinking only of the last half hour... His opinion of Louisa Musgrove's inferiority, an opinion which he had seemed solicitous to give, his wonder at Captain Benwick... all, all declared that he had a heart returning to her at least; that anger, resentment, avoidance, were no more; and that they were succeeded, not merely by friendship and regard, but by the tenderness of the past; <u>yes</u>, some share of the tenderness of the past. She could not contemplate the change as implying less.—<u>He must love her</u>.　　　（185-6, 下線筆者）

語り手は、音楽会の華やかさに目もくれず、ひたすらWentworthの気持ちを汲み取ろうとするAnneの心中をまず描写する。そして、幸福に満ち溢れたAnneの表情が美しく映える様子を客観的に眺めると、徐々にAnneの内面へと近づき、心中を吐露させる。Wentworthの愛を確信するAnneの喜びが爆発するかのように、"yes"、"He must love her"と、「自由間接話法」で描出される。

　この会話を境に、Anneは積極的にWentworthに話し掛けていく。ところが、Wentworthの側では、Elliot一家に囲まれたAnneが従兄Mr. Elliotと親しく話す場面を目撃し、情熱に燃えて話して

いた先の姿勢と異なる。暇を告げる Wentworth に、Anne は次の曲を聴いてはどうかと勧めるが、Wentworth は頑なに拒む。

> ... she [Anne] found herself accosted by Captain Wentworth, in a reserved yet hurried sort of farewell. "He must wish her good night. He was going—he should get home as fast as he could."
>
> "Is not this song worth staying for?" said Anne, suddenly struck by an idea which made her yet more anxious to be encouraging.
>
> "No!" he replied impressively, "there is nothing worth my staying for;" and he was gone directly.
>
> Jealousy of Mr. Elliot! It was the only intelligible motive. Captain Wentworth jealous of her affection! ...
>
> （190, 下線筆者）

Anne の幸福を願い、身を引く決意を固める Wentworth の声は、「引用符付き自由間接話法」で表され、語り手の声色に近づく。Louisa との関係を弁解し、半ば Anne に愛を告白したような情熱的な Wentworth の声色から、よそよそしい声色へ急変し、とうとう "No!" に続く苛立つ彼の返答のみが「直接話法」で表される。[17] 2人の距離と微妙な関係は、会話の内容に留まることなく、「話法」の変化によって印象付けられるのだ。

Anne と Wentworth の距離は、間に立ちはだかる Louisa が身を落ち着かせ、Wentworth が Anne の元へ赴くことで縮まるが、新たに Mr. Elliot が恋敵として浮上することで、再び遠ざかる。Wentworth が Anne とはじめて向き合い、Anne がその気持ちを受け止めようとするのも束の間、Mr. Elliot の存在に気後れした Wentworth は身を引く。接近しては遠ざかる2人の心理的距離は声色の変化に象徴され、どちらがより積極的に相手に気持ちを伝え

ようとしているのかを、瞬間ごとに変化する 2 人の発言内容と話法の選択から読者は判断するのだ。

(7)

　Persuasion における、主人公 Anne の「発話」の描出方法と、彼女の心理状況の変化を探った。Anne の印象は、物静かで控えめな女性から、積極的かつ大胆な女性へと、なぜこれ程大きく変貌するのだろうか。

　そもそも物語は、Anne が Wentworth との婚約を破棄した 7 年後から始まる。再会と同時に互いを意識するものの、Wentworth は Anne を恨み、Anne は Wentworth に期待を抱かないよう自省する。一財産を築いて結婚相手を募る Wentworth が若い女性たちの羨望の的となる傍らで、婚期を逃した Anne は彼と距離を置き、和やかに話すことはない。ところが、Lyme で Wentworth の信頼を回復する機会が訪れると、2 人の距離は縮まり、Anne に心理的変化が表れる。Bath で彼の変わらぬ愛情を確認した Anne は、期待に胸を膨らませて一気に華やぎ、想いを伝えようと大胆に行動する。

　この変容は、確かに Anne の意識の変化にあるのだろう。女性的魅力の増す Anne の変化は、Wentworth のみならず、周囲の人々の気付くところとなる。しかし、Anne の本質が大きく変わった訳ではない。すでに物語のはじまりから、Anne は人格を形成し、成熟した女性である。積極性や大胆さは当初から内在しており、家族の問題にも確固たる信念を貫き、他者との間で良識を役立てる。つまり、これらを発揮する機会がないのではなく、Anne の活躍の場面が控え目に描かれるため、読者は Anne が急激に行動的女性になった印象を抱く。

　この作品は、初期の作品に見られるロマンティシズムへの回帰をしばしば指摘される。なるほど、Anne は情感豊かで、他者の感情の変化に敏感である。また、Wentworth に不変の愛を抱き、彼を

ひたすら待ち続ける一途な面を持ち合わせる。海軍大佐に昇進する Wentworth は、勇敢さが強調される一方で、Anne の疲労を察して手を差し伸べるなど、繊細さもある。感情の細やかな 2 人が Bath で急接近するまでの張り詰めた空気、微妙な距離の間で揺れ動く心理的状況、そして周囲の状況が、「話法」の操作によって、より効果的に表される。

　しかし、これまで指摘されているように、この作品で、Anne の内面描写に「自由間接話法」が用いられる割合が多いために、Anne の変化が読者に印象付けられる訳ではない。後期 3 作品では「自由間接話法」が用いられる割合が多いが、この作品で用いられる話法を細かく検証すると、自由間接話法が一貫して用いられている訳ではない。この作品で Austen が「自由間接話法」をもっとも効果的に用い、この話法の習得に至ったのだと考えるのは誤りで、「話法」の基本的な使用方法は後期 3 作品の間で大きく異なることはない。むしろ異なるのは、「視点」と「話法」による戦略の立て方であろう。

　全知の語り手が全体を眺める視座に読者が置かれることの多い *Mansfield Park* では、主人公 Fanny のみならず、他の登場人物たちの内面に焦点が当てられ、お互いを観察する様子も描出される。したがって、読者は Fanny の内面からばかりでなく、多角的に Fanny の人物像をイメージしていく。Fanny の置かれた状況や内面の変化を、他者の内面変化などと比較して、相対的な力関係が読者に伝わるような「話法」の選択により、Fanny の成長過程の具体的イメージを読者は描く。対照的に、*Emma* では、読者は主人公 Emma の視点から物語世界を見渡し、他の登場人物の内面の描出は制限される。作品全般に亘って、話法が様々に組み合わされ、全知の視点と Emma の視点の間を語り手が行き来するために、読者は語り手の与える正確な情報と、Emma の偏りのある情報とを混同し、Emma の主観に基づく世界観を抱かされることに気付かない。

　一方、*Persuasion* では、これらの 2 作によってすでに「話法」の

機能的運用を習得した Austen が、語りの技巧によって Anne の変容を意図的に読者に印象づける試みが行われたのだ。物語の冒頭から中盤に至るまで、読者は物語世界のほんの一部しか見せられていないにも拘らず、Anne の内面に焦点を当てることで、彼女の観察に基づいて物語世界を見渡しているかのような錯覚を覚える。しかし、Anne の言動に関する描写は極めて限定的である。例えば Kellynch の屋敷の貸し出しに際し、Sir Walter と Elizabeth が Bath へ出立した後に、使用人や周辺の住人に対して、Anne は指導者的役割を果たしたではずである。読者は、物語の展開から Anne の役割を想像することはあっても、Anne の発する有益な発言を聞く機会がない。読者が物語世界を見渡す視座から Anne を眺めることができるのは、Lyme 以降のことである。彼女の発言内容が実際に描出される場面でも、控えめな声色で読者に強い印象を残さないように工夫が施される前半部に対し、徐々に Anne の発言が読者に強く響くような仕組みが作り上げられている。

　つまり、この作品では、愛を取り戻す Anne の心理的変化を描き出すために、発言などの他の部分での操作が重点的に行われるのだ。彼女の感情を逐一報告することで変化を伝えるのではなく、Anne の言動を見守る読者の視座を変え、彼女が Wentworth との間に抱く距離感を共有させる。周囲に認められて自信をつけた Anne が、再び恋に身を焦がすようになるまでの心理的変化を極大化して描き出すことにより、Anne の本質までもが変わる印象が与えられる。この「語り」の戦略により、Austen は Anne Elliot を地味で脇役的な人物から、情熱的でドラマティックな主人公へと仕立て上げることに成功したのではないだろうか。

【註】
1) D. W. Harding, ed. "Introduction" to *Persuasion*（Penguin, 1965, 1985), 11. この作品第 2 巻第 11 章と直前の第 10 章は Austen が改訂した後のもので、元来執筆されていた部分では、Anne が礼儀作法を逸脱することなく積極的に Wentworth に働きかける様子を、いかに描出するかが課題であった。改訂版で

第 6 章　*Persuasion*　　　　　　　　　　　　　　　　207

　　は、*Pride and Prejudice* において Elizabeth が Darcy との結婚を阻もうとする Lady Catherine に自身の気持ちを伝え、それが間接的に Darcy に伝わることで彼が Elizabeth の愛情を確信するという構図に類似していることを、Harding は指摘する。しかし、Elizabeth の場合には意図せずに Darcy に本意が伝わったのに対し、Anne は同じ部屋にいる Wentworth に、自分の声が十分届くことを承知した上で発言している。この改訂により、Anne が恋人の愛情を取り戻すために、より積極的に行動したことが強調されていることを Harding は記す。
2)　例えば、Fanny Price の受身の姿勢を Leech と Short は "Implied author and implied reader" という項目において、以下のように記す。"When Jane Austen wrote *Mansfield Park* she could assume that her readers had a view of society where the male was dominant, and where women never pushed themselves forward. Accordingly, Fanny Price never tells Edmund of love for him, but waits passively and fearfully for him to declare that he loves her. Many readers object to Fanny's attitude, saying that she is too much of a doormat to be credible. But this is to import inappropriately modern views of society into the reception of a nineteenth-century novel." Leech & Short, 260.
3)　Virginia Woolf は、Austen の創作姿勢や外界の捉え方が、*Persuasion* と、それ以前の作品とでは異なることを指摘する。外界の変化に敏感になっただけでなく、人生に対する姿勢が変化したのだと考え、Austen の変化は Anne を通して描出されていると考える。"She is seeing it, for the greater part of the book, through the eyes of a woman who, unhappy herself, has a special sympathy for the happiness and unhappiness of others, which, until the very end, she is forced to comment upon in silence. Therefore the observation is less of facts and more of feelings than is usual." また、Austen があと数年長く生き、創作を続けていたならば作品のスタイルが変わり、Henry James や Marcel Proust の先駆けとなっただろうと推測する。"She would have trusted less (this is already perceptible in *Persuasion*) to dialogue and more to reflection to give us a knowledge of her characters... She would have devised a method, clear and composed as ever, but deeper and more suggestive, for conveying not only what people say, but what they leave unsaid... She would have been the forerunner of Henry James and of Proust..." 20 世紀初頭、このように Woolf が Austen の技法の変化を指摘したこともあって、Austen が *Persuasion* において自由間接話法をもっとも駆使し、主人公 Anne の内奥に迫ったと考えられてきた。Virginia Woolf, *The Common Reader* (Hogarth Press, 1925, 1933), 180-3.
4)　"Jane Austen has found a way that gives her heroine the initiative." Wiltshire, 82.

5） 1815年、ナポレオン3世がセント・ヘレナ島に流刑となり、ウィーン大会議でイギリス、オーストリア、プロイセン、ロシア間で条約が締結された。Paul Poplawski, *A Jane Austen Encyclopedia* (Greenwood, 1998), 37.
6） Leech と Short の見解では、この2人の対話部では Sir Walter の発話が直接話法で、Mr. Shepherd の発話がはじめ自由間接話法で描出されていることから、権威ある Sir Walter と弁護士の Mr. Shepherd と、2人の立場の相違を表すアイロニーが見出せると指摘する。Leech & Short, 325-7. しかし、筆者はこれを必ずしもアイロニーではなく、Sir Walter を言い包めるように立て続けに話す Mr. Shepherd の発話を、より円滑に物語に導入するための技法と捉える。なぜならば、Austen の作品においては、脇役がはじめて作品に登場する場面では、物語に容易に溶け込むことができるよう、自由間接話法で発話を描出する傾向があり、後に直接話法へと移行するという形式が一貫して見出せるからである。事実、Sir Walter の発話もこの場面に至る以前にはじめて描出されるときには、語り手の叙述部に自由間接話法で挿入されている。
7） Jane Austen, *Persuasion*, vol. V of *The Novels of Jane Austen*, ed. R. W. Chapman, 6 vols. (Oxford UP, 1933; 1966), 19. 以下、同書からの引用は、本文中括弧内に頁数のみを記す。
8） *Pride and Prejudice* で Lydia や Collins らが他人の話を聞かなかったように、*Persuasion* でもまた、Anne の話に Elizabeth は耳を傾けない。Bath に Anne が到着したとき、Elizabeth は妹 Mary の様子について質問しておきながら、勝手に会話を進めていく。'"How is Mary?" said Elizabeth; and without waiting for an answer, "And pray what brings the Crofts to Bath?"' *Persuasion*, 165.
9） Tandon は、Anne がはじめて会話する部分で語り手がダッシュを用いることで、Anne が寡黙ではなく積極性のある人物なのではないかと、読者に考える時間を与えているのだと指摘する。Bharat Tandon, *Jane Austen and the Morality of Conversation* (Anthem Press, 2003), 232-3.
10） Rigberg は、Austen は *Mansfield Park* で "silence" を、Fanny が観察者の側に立つときに用いることを指摘する。*Persuasion* においても、Anne が沈黙する時は彼女の気分が後退する時であるが、このような沈黙の間を Anne が情報収集に用いているという。Lynn R. Rigberg, *Jane Austen's Discourse with New rhetoric* (Peter Lang, 1999), 216.
11） Burrows によると、実際、Austen の長編6作の主人公の中で、Anne の発言は 4336 語ともっとも少ない。次に少ない、Fanny Price（6117 語）、Catherine Morland（7040 語）と比較しても開きがある。Burrows, *Computation into Criticism*, 34.

第 6 章　*Persuasion*

12) Anne が不変の愛について語る作品第 2 巻第 11 章では、Austen の語りは台本のト書きのように、声の調子や大きさについての言及が見られる。場面ごとの登場人物の感情変化について、読者の注意を引き付けるために Austen が用いる音楽的な手法を、Gay は舞台劇の観点から論じている。Penny Gay, *Jane Austen and the Theatre*（Cambridge UP, 2002）155.
13) Stein は *Persuasion* を Cinderella 神話と比較し、異なる現実的側面を論じている。Anne は Benwick の浅薄さを認識しており、Benwick への同情、そして Wentworth から自分自身の関心を逸らすために彼と接触したと考える。Claudia Stein, "*Persuasion*'s Box of Contradictions," in *A Companion to Jane Austen Studies*, 148.
14) Seeber は、Louisa が転倒して以降、語りの上で、彼女が言葉を発することがない点に着目する。*Persuasion* における、もう 1 人のヒロインである Louisa の変容を、*Sense and Sensibility* の Marianne と同型と捉え、彼女たちの性質の変化は死も同然であると見なす批評家は多い。この事故は、Wentworth の Anne への態度が変わるきっかけとなっている。Barbara K. Seeber, *General Consent in Jane Austen: A Study in Dialogism*（McGill-Queen's UP, 2000）, 55-8.
15) Tanner は、Anne が Sir Walter から軽視されている状況から、彼女が子供でもなく、また妻でもない曖昧な立場にいるとし、彼女は "She is a speaker who is unheard; she is a body who is a 'nobody'." であったと説明する。"only Anne" に過ぎなかった彼女が認められるとき、"Her speech can only take on its full value when she is truly regarded as a 'some-body'" と、発言が周囲の人（この場合は Sir Walter）にとって意味をなす。Tanner, 208-20.
16) Page は、Sir Walter を、"pompous speechifier" と表わし、対話相手との社会的な地位などの関係から、彼が自由に話す権利を持つ人物であることを指摘する。Page, *The Language of Jane Austen*, 138.
17) Page も、話法を変えることで、Anne の意識や Wentworth が舞台から去る状況が読者に伝わることを指摘する。Page に特徴的なのは、これを直接話法で交わされる劇形式の変形であると捉える点である。Page, *The Language of Jane Austen*, 131-2.

結　論

　Jane Austen の書簡体小説 *Lady Susan* と長編小説 6 篇を、執筆年代ごとに通時的に並べ、各作品にもっとも特徴的と思われる「語り」の技法――自由間接話法を中心とする「話法」、「仮定法」、「助動詞」など――を見極めて考察することにより、Austen がいかに緻密な計算と戦略によって作品構築を試みたのかを明らかにすることができた。Austen の「語り」を扱う従来の研究には、「話法」などが作品に与える効果が十分に説明し尽くされていないという問題があった。「自由間接話法」に言及しながらも、この話法が用いられる箇所をわずかに引用するに過ぎず、実証済みの話法の機能を Austen の作品で確認するに留まる点が挙げられる。あるいは文体論のアプローチ方法によって詳細な分析を試みるものの、「自由間接話法」などの特定の話法に関心が集中し、使用頻度を調べるばかりで作品解釈から離れ、「話法」の効果を作品構築に利用する Austen の戦略が解明されていない。「話法」を考察する際に、しばしば「思考」と「発話」を区別することなく同時に扱うことの不都合もあった。これらの問題点を改善し、文体論の方法を援用しつつ作品解釈を試み、新たな見解を引き出すことができた。そして、複数の話法の組み合わせ方法を 1 作ごとに変えることで、読者を物語世界へと取り込むような空間的広がりを持つ語り方を可能にしたかを解明した。

　これらの考察から、従来 Austen の「語り」に関して考えられていたような、Austen が「自由間接話法」を用いる割合を徐々に増やし、完成した作品としては最後の執筆となる *Persuasion* におい

て「自由間接話法」をもっとも機能的に使い、技巧的な語りを展開するに至ったという通説には、修正の余地がある。Austen は単純に「自由間接話法」を用いる割合を増やしていったのではなく、この話法を用いることで、他の話法の使用や技法に関しても、いっそう意図的になったのだ。読者の「よみ」を意識し、話法における実験を繰り返しながら、「語り方」によって登場人物の具体的イメージを読者に伝え、あるいは物語展開に関する読者の予測を裏切り、また、主人公の印象をがらりと変化させるなどの効果を生み出した。そして、物語を読み進める読者の位置を縦横に移動させ、いわば物語世界を体験させるような臨場感のある語りを展開したのだと言える。

　Austen の「語り」の技法の出発点となったのは、長編小説6篇の前に執筆された、書簡体による中編小説 *Lady Susan* である。書簡体は、書簡の書き手が心中を吐露することで、感情の変化が読者に直接的に伝わり、共感を引き寄せ易いという利点がある、1人称の語りの小説である。この作品では書簡の書き手が複数存在するため、読者は多角的視点を利用して魅惑的な主人公 Lady Susan 像を構築する。また、言葉巧みに他者を誘惑する Lady Susan の奸計を彼女自身に告白させ、物語展開や人間関係のからくりを見せる面白さがある。その意味において、語り手が様々な登場人物の内面に踏み込むことのできる全知の語りの構造に近い。しかし、書簡体の制約から、時間的、空間的な空白が生み出され、断片的に情報が提示されることで物語細部には曖昧さも残る。このような空白部分を埋め合わせ、読者のイメージを膨らませるためには、「直接話法」や「間接話法」によって緊迫した場面を再現し、登場人物たちの実際に近い姿を示すことが必然であったと言える。

　長編小説第1作の *Northanger Abbey* では、全知の語りを選択し、書簡体の制約から解放される。読者との間に語り手が介在することによって、時間や空間、あるいは読者が物語を読み進める視点を、自在に操る力を得たのだ。特に物語後半部は、前半部で物語世界を

客観的に眺める視点を読者に与えていたのと異なり、「話法」の選択が恣意的で、読者の物語世界を読む視点を大きく移動させる。書簡の書き手が心中を吐露することで読者の関心を引く方法を応用し、主人公 Catherine Morland の「思考」を「自由間接話法」で描出し、彼女の意識を読者に共有させる。また、登場人物たちの思惑を明らかにした Lady Susan とは対照的に、他の登場人物たちの視点を制限する。これらの相乗効果によって、読者は Catherine の視点から物語を読み進め、ゴシック小説の不可解な世界を体験することが出来る。一方、殺人者ではないかと Catherine が疑いを掛けた General Tilney の「発話」を、「話法」を変えて描出する。彼の発言の真意が徐々に明確化するような「話法」の変化から、読者は Catherine の誤解に気付き、物語全体を客観的に見渡す視点、すなわち現実的世界へと引き戻されるのである。

　長編第2作 Sense and Sensibility では、初稿が Northanger Abbey より先に執筆されたこと、改訂された回数や年代等の事情から、「自由間接話法」が用いられる箇所は少ない。むしろ、この作品の特徴は、登場人物たちの利己的な性質が露わになる「直接話法」による対話部と、かれらの滑稽さを語り手が「仮定法」を用いて強調し、読者の笑いを誘う点にある。語り手は、登場人物たちの滑稽さを皮肉たっぷりに戯画化し、生き生きとした躍動感を描出することで、物語世界の喜劇的雰囲気を創り出す。一方で、初稿が書簡体で執筆された影響から、Lady Susan において Lady Susan の言動を Mrs. Vernon に観察させたように、主人公 Elinor Dashwood が妹 Marianne の言動を観察し、見解を示すなどの類似構造が認められる。道徳的かつ判断力に優れる Elinor の視点を通して物語を提示することで、行動規範を示し、他の登場人物たちに対する語り手の批判的姿勢を明らかにする。語り手は、Elinor が周囲の人々の言動を憂慮する心中を「間接話法」で描出し、気苦労の耐えない Elinor に読者が同情を抱くよう誘導する。しかし、Marianne の華やかさに比べ、謹厳な Elinor には読者の共感が集まり難い側面もあり、

「仮定法」、「助動詞」、「感嘆文」を用い、忍耐強く逆境に耐える Elinor への共感を呼びおこすべく画策する。この作品では、語り手の押し付けがましさや嘲笑的な調子が強く、読者は目前で繰り広げられる物語展開を、あたかも舞台上の劇を観る客席側に固定された位置から見守る。しかし、「仮定法」などの使用方法を検証すると、これらを用いることで読者から様々な感情を引き出し、物語世界の中へと引き込もうとする作者の試みが見出せる。

Pride and Prejudice は、前作と同様に、登場人物たちの繰り広げる対話が全編を通じて次々に「直接話法」で描出され、人々の活気、賑やかな場の雰囲気が伝わる。自由闊達な主人公 Elizabeth Bennet は物語前半部で積極的に議論に参加するが、後半部では深く内省する機会も増え、その描出には「自由間接話法」が多用されている。「思考」と「発話」を描出する話法の連携的な変化により効果を生み出す Northanger Abbey と比較すると、この作品で「自由間接話法」は Elizabeth の「思考」内容の描出に偏って用いられ、この話法の効果を追求するに至らない。ところが、Elizabeth の内面描出には「自由間接話法」ばかりではなく、「直接話法」も用いられている。「直接話法」は彼女が Darcy と共有する秘密に関して瞬間的に想いを馳せるとき、「自由間接話法」は心の内奥を探るように物思いに沈むときに用いられ、話法を使い分ける恣意性が色濃く見出せる。また、Elizabeth の精神的葛藤が多く描出される後半部では、彼女は発言を控えて黙しがちになるにも拘らず、活発なイメージが終始保たれる。これは、発言と同様に「直接話法」によって内面が描出されるためである。「直接話法」で際立たせることで、Elizabeth が Darcy を想う心中が明確に伝わり、読者は Darcy の不在時にも彼の存在を意識することになる。さらに、登場人物たちの対話場面の描出に「直接話法」が排除された 2 箇所では「静」のイメージが生み出され、物語全般の「動」のイメージと対照を成し、同席する人々の緊張感などが伝わる。「話法」の効果を意識的に利用し、読者の印象を変えようとする試みが、この作品に顕著に表れ

ている。

　このように、Austen は中編、長編小説を執筆し始めた当初から、書簡体、全知の語り、話法、仮定法など、語りにおける実験を繰り返し、読者の心理面に訴え掛ける物語の構築方法を探っている。では、「自由間接話法」が「発話」と「思考」のいずれにも高い頻度で用いられる長編後期3作品では、「語り」はどのように変化するのだろうか。

　後期作品の第1作目に当たる *Mansfield Park* では、主人公 Fanny Price の成長と「話法」の選択との関連性が目を引く。作中、Fanny のみならず、彼女を取り巻く周囲の状況は大きく変わり、これに伴って彼女の「発話」と「思考」を描出する「話法」が変化する。序盤では、Fanny のいとこたちを中心に物語が展開する。自由に会話を繰り広げるいとこたちの発言は「直接話法」で描出され、一方、傍観者的な立場に置かれる Fanny には発言の機会が少なく、内面描写も限られている。周囲との対照的な描き方から、か弱く自信のない Fanny 像が読者に印象付けられる。中盤、心身ともに成長した Fanny が他者と積極的に関わるとき、発言は「直接話法」で描出され、思考内容も「自由間接話法」で頻繁に綴られるようになる。観察者としての役割が課せられることの多い Fanny だが、ここでは彼女が皆の注目を引く存在となり、他者の視点を通して Fanny が描かれる場面が多い。視線を行き交わせ、「話法」を頻繁に変えて「発言」、「思考」を描出することで、Fanny と他者との交流の深まりが表わされる。終盤、孤独に追いやられた Fanny はふたたび寡黙になるが、「直接話法」や「感嘆文」を用いて彼女の強い意志を示し、道義心を身につけた Fanny の確固とした主張を伝える。このように、様々な「話法」を小刻みに入れ替え、多角的な視点を用いることで、Fanny の変容を印象付ける工夫が随所に凝らされている。Fanny の自信の獲得、周囲の人々との関係、精神状態などの実際に近いイメージを読者に抱かせる「語り」の戦略が布かれている。

結　論

　話法の効果と運用方法を修得した Austen は、Emma ではその効果を逆に利用し、読者の予想を裏切る戦略に出る。Austen の作品においては、通常、主人公の内的焦点化は物語の進行に伴って進む。しかし、この作品では、読者は主人公 Emma Woodhouse との一体化を冒頭から余儀なくされる。「全知の語り」の叙述部に、彼女の「思考」内容が巧みに織り込まれ、読者はこれを信頼に足る全知の語り手による叙述と混同して誤って読み進めるからだ。Emma の「思考」は、大勢が集う中で一瞬浮かぶ着想から、自室に引き取って沈思黙考するまで、絶え間なく描出されている。「語り手の叙述報告」、「間接話法」、「自由間接話法」、「直接話法」と、話法を一文一句の単位において変えることで、語り手が Emma の内面の奥深くまで踏み込むことを可能にさせる。Emma の内省においては、気持ちの高揚する部分、冷静さが伴う部分を話法によって描き分ける。他の登場人物たちの視点を制限し、かれらが発言する際にも、読者の意識が Emma の内的思考から逸れることがないように工夫を施す。そのため、読者は Emma の偏りのある物語世界観を共有させられる。後に、他の登場人物の視点が導入されることによって、はじめて全体像を把握するに至る。このように本作品では、読者を冒頭から主人公の視点に可能な限り近づけ、然る後、その内面世界から引き離すため、「話法」が用いられているといえよう。

　完成した最後の作品 Persuasion では、主人公 Anne Elliot の声色を「話法」によって操作し、イメージを変える。物語前半部において、慎み深く寡黙な女性に描かれる Anne は、終結部では情熱的人物に一気に変貌を遂げるかのような印象を読者に与える。Mansfield Park の主人公 Fanny の変容と異なり、作中、Anne は心身の成長を遂げるわけではない。登場する時点で、すでに 27 歳の成熟した女性である。彼女は、実際には、一貫して道義心の強い、確固とした意見を持つ女性なのだが、物語前半部では、彼女の意見は直接描出されず、「発話」の印象は希薄化されている。「話法」の

選択により、消極的女性という、誤った主人公のイメージが、恣意的に作り出されているのだ。これは、終盤、彼女がかつての恋人 Wentworth に変わらぬ愛を自ら表白する劇的場面を盛り上げるため、作者が「話法」を用いて仕掛けた、人物像構築上の巧みなトリックと言わなければならない。従来、研究者たちの関心は、「自由間接話法」を中心として描出され続ける Anne の繊細な内面に集まりがちであった。しかし、Anne が他者の間に自分を役立てる実際的行動や係わり合い方と、「発話」の描出方法の落差を比較すると、読者が抱く Anne の遠慮がちなイメージは、「話法」によって人為的に創り出されたものに他ならないと分かる。

　以上、Austen の 7 作品を調査分析し、いずれの作品でも、作者が技法的実験に果敢に挑戦していることが明らかになった。文字を媒体にした文学形式の特徴として、まず、登場人物の内面を切々と記すことができる利点を生かした 1 人称の語りで登場人物の主観を示し、読者の関心を引き付ける方法を学ぶ。一方で、登場人物像の構築には、読者の想像力を掻き立ててイメージを膨らませることが重要であると気付く。そして複数の視点を用い、物語世界の舞台裏ともいうべき、人間関係のからくりを見せる面白さを味わう。全知の語りへと手法を変えると、まず場面を客観的に眺める視点を読者に与え、場面と場面を繋げていき、書簡体で欠落していた部分を語り手に補わせる。特定の箇所において登場人物の内面に読者を引き寄せ、物語の展開に合わせて再び客観的な視点へと引き戻して全体を眺めさせるなど、語り手が読者の読み方を制御するようになる。その際に、Austen は「自由間接話法」を意識的に作品に取り入れ、「直接話法」や「間接話法」に関しても機能を吟味し、執筆するごとに新たな効果を模索していった。「話法」を発展させることで、小説の「語り方」は多様化する。新たな話法の効果をいち早く作品に取り入れて機能的運用を試みた、Austen の作家としての意識の高さは計り知れない。

　手本となる前例がない中で、Austen が話法や視点の操作を、物

語世界を構築する技法の一つとして、戦略的に用いるまでに磨き上げることができた背景には何があったのか。小説の誕生以来、作家たちは虚構世界を現実世界に近づける方法を探ってきた。初期のリアリズムでは、登場人物にその時代の典型的な名前を付けたり、旅行記や日記、書簡などが実在のものであると見せかけるなど、体裁にこだわった。[1] Austen の *Lady Susan* でも、書簡のやり取りが途絶えた理由を、郵便料金の値上げに依拠すると「編集者」が説明し、書簡の信憑性を裏付けようとする意図が見られる。しかし、「もっともらしさ」は、書簡が実在かどうかを証明することではなく、物語世界が真実を描き出していると読者に納得させることで作り出されるようになる。[2]

後期作品では、「自由間接話法」を用いる割合を増やすことで、物語世界における語り手の存在感を希薄にすることが可能になる。語り手が物語世界の背後に姿を隠すことで、読者は登場人物の声や感情の動きを、語り手の介在なしに直接的に伝えられているような錯覚を抱く。Austen の多種多様な「話法」に導かれ、ときに登場人物の心中に入り込み、隣に寄り添って発言を聞き、あるいは遠くから複数の人物を眺め、さらに全体図を眺める客観的な視点へ連れ戻される。場面ごとに登場人物との心理的・空間的距離が、近づいたり遠ざかったりするかのように、読者の視座を移動させ、物語世界を体験させていく。語り手が前面に出てすべてを語りつくすのではなく、読者が物語世界の内部に立ち入る余地を残し、読者の「よみ」を舞台裏から操作する。このような Austen の「語り」の変遷を考えると、Austen は「話法」の効果を最大限に引き出すことで、読者に煩わしさを感じさせることなく、「よみ」を操作することを可能にしたのだと言える。David Lodge は、Austen の「語り」の手法を以下のように評する。

> ... scenic as it is, Jane Austen's fiction is an achievement of narrative, not dramatic art. This kind of focalizing of the

action through an individual viewpoint is peculiar to written narrative and is one of the constituents of fictional 'realism'.[3]

Austenの作品が読者に「もっともらしさ」を感じさせるのは、同時代のイギリス紳士階級の暮らしぶりに焦点を当て、家庭や社交場で実際に繰り広げられると想定できる会話や人間模様が細かく描出される、内容や題材だけが要因ではないだろう。物語世界を読者が観察すると同時に、その空間に入り込み、出来事を体験するかのような感覚を抱かせることで、「もっともらしさ」が生まれるのである。つまり、Austenの才能は、隙のない完璧な世界を提示することではなく、物語世界に読者を取り込む、いわば小説という舞台の演出家として遺憾なく発揮されている。

　読者の「よみ」を左右しながら物語世界に巻き込むAustenの「語り」の性質からは、Sterneの実験的とも言える小説、*Tristram Shandy*（1759-67）が連想される。この作品で、Sterneは「小説」の形式自体をパロディ化するような形で、その可能性を探る様々な試みをしている。物語の進行は主筋から離れて脱線に脱線を重ね、物語中の時間の扱い方は錯綜し、そもそも物語とはどこから始まるのか語り手Tristramが哲学的な思索をするなど、物語の「語り方」に対して疑問を投げ掛ける。また、読者に頻繁に呼びかけては、仮想読者を一登場人物のように扱って作品に登場させ、あるいは物語内容の込み入った場面で、すでに語られた場面の再読を読者に促して記憶を呼び覚まさせようとするなど、読者との対話によって物語を進めようとする語り手の姿勢が強く示される。18世紀の小説家たちが、読者の存在を意識していたことは、作品中で語り手が読者に語りかけることが多いことからも明らかで、作者は読者の関心を物語世界に繋ぎとめるための努力を様々に試みている。中でもSterneは読者の「存在」を意識するというよりは、読者の積極的な「よみ」の姿勢や、「反応」を意識して作品に取り込んだ点で、他の作家たちと一線を画している。*Tristram Shandy*には文字以外の媒

体も取り入れられている。物語の途中で白いページを挿入して空白部を作り出し、物語展開を読者に想像させたり、牧師の Yorick の死を悼むとき黒いページによって「死」をイメージさせたりするなど、読者の想像力に働きかける。[4] あるいは、物語が脱線しながら進行する様子を曲線で図示し、退役軍人 Uncle Toby が読者に馴染みのある、実際の戦場で流行していた曲を繰り返し口笛で吹くことで笑いのパターンが出来上がるなど、この作品では空間や色彩、音など読者の五感に直接的に訴える。

Sterne は小説を物語の筋には求めず、小説の媒体としての可能性を模索した。語り手が哲学的思想を披露し、文字以外の感覚に訴える表現方法を取り入れ、読者の作品への積極的な参加を呼び掛けるため、読者は受動的ではいられない。読者の心理面を作品に反映させたような扱い方から、Sterne は前衛的と見なされ、20 世紀の心理小説を先取りしていたと捉えられることが多い。[5]

Sterne の奇抜さを考えると、Austen の作品は一見すると正反対に位置するように思える。Austen は物語の時間の流れを入れ替えるようなことはほとんどせず、主人公の精神的成長と恋の成就までを、横道に逸れることなく着々と進めていった。しかし、Austen が話法の選択と視点の操作を戦略的に行うことで、登場人物のいわば声量や、登場人物と読者の距離感を制御するなどの効果を生み出した点で、Sterne との類似が認められる。音量や空間などの操作は、現代の映画制作に置き換えて考えるならば、背景に流れる音楽や、カメラの焦点を合わせるのと同じような効果がある。文字以外の媒体を、作品に直接的に取り入れて小説とは何かを読者に問う Sterne と異なり、Austen は間接的にこれらの「音」やカメラの「焦点化」などの効果を作品に導入し、語りを立体的に彩る。これらの技法的な面は、物語の主題や登場人物の性格などの題材や内容自体と比較すれば、小道具的なものであるにも拘らず、読者の作品の読み方さえ大きく変えてしまう可能性があることを、Austen が認識していることが分かる。

Lady Susan から *Persuasion* に至るまで、Austen の筆致は大きく変化した。より複雑な話法の変換や視点の操作による「語り」の技法が用いられるのは後期 3 作品であるが、Austen の作品には読者を物語世界に取り込もうとする姿勢が一貫して認められる。鋭い観察眼による人物造形と機知に富んだ語り口から、Austen がイギリスを代表する偉大な作家と認められることは、今日、周知の事実である。しかし、Austen の描く世界を、物語の主題や人物像、舞台設定や歴史的背景などの内容面だけで判断すると、Austen がどれだけ画期的なことを行っているか正しく理解されることはない。Austen の技巧に着目して、語り手と登場人物、そして読者の扱い方を詳細に考察すると、Austen は Sterne のように読者の「存在」だけでなく「反応」を意識し、読者の意識を予め取り込むことで作品を構築しているのだと考えられる。今日に至るまで、Austen の作品の研究方法は多岐にわたり、さまざまな批評上の議論や解釈を生み出している。Austen の作品には、どのような切り口から作品を読み解いても耐えうる多様性や厚みがあるということであろう。本書では、自由間接話法を中心とした話法の変換と視点との組み合わせを切り口に、これらが戦略的に用いられることで生み出される効果を考察した。Austen が 1 作ごとに執筆することで、これらの「語り」の技法が結果的に洗練されていったのではなく、読者の「よみ」を取り込む明確な意図を持って用いていることが分った。Austen の創意に富む作家としての野心的な取り組み、近代的な視点、個性的な語りが浮かび上がったと思う。Austen の作品を、18 世紀の伝統を引き継ぐ作家として捉えるより、新しい時代に影響を与えた意欲的な作家として再評価することができる。

　本書では、文体論的なアプローチと文学的解釈を組み合わせ、Austen 作品における「自由間接話法」を中心とする語りの技法を調査分析することにより、Austen がいかに読者の「よみ」を先取りし、反応を計算し尽くした上で、1 作ごとに異なる効果を狙い、新戦略のもとに作品構築に当たったかを立証することができたと考

える。

【註】
1） Watt, 309.
2） 「『本当らしさ、vraisemblance』は、十七世紀から十八世紀にかけて、日記や手紙といった形式のもつドキュメントとしての価値によって保証されたとみるのが一般的だが、それらが何よりも特定の個人のディスクールとして提示されているという点からも論じられることができるだろう。…個人的な真実を訴えるために「本当の手紙」というアリバイにたよりつづけてきた書簡体小説の歴史のなかで、ルソーははじめてこの小説形式の意味が手紙の正真性にあるのではなく、手紙として書かれていることにあるのだということを意識した作家であると言えるだろう。」田口紀子、78-83。
3） Lodge, *After Bakhtin*, 121.
4） 拙稿、「*Tristram Shandy* における作者と読者の関係」『Ferris Wheel』1（フェリス女学院大学大学院人文科学研究科英米文学英語学研究会、1998), 2-16 を参照。
5） "No wonder *Tristram Shandy* has been a favourite book of experimental novelists and theorists of the novel in our own century... modernist and postmodernist novelists have also sought to wean readers from the simple pleasures of story by disrupting and rearranging the chain of temporality and causality on which it traditionally depended. Sterne anticipated Joyce and Virginia Woolf in letting the vagaries of the human mind determine the shape and direction of the narrative." Lodge, *The Art of Fiction*, 82.

参 考 書 目

I. 作品

Austen, Jane. *The Novels of Jane Austen*. Ed. R. W. Chapman, 5 vols., 3rd ed. Oxford UP, 1933, 1969.

Burney, Frances. *Camilla: or A Picture of Youth*. Ed. James Kinsley. Oxford UP, 1972.

Laclos, Choderlos De. *Les Liaisons Dangereuses*. Trans. Douglas Parmée. Oxford UP, 1995, 1998.

II. 参考文献

Auerbach, Erich. *Mimesis: The Representation of Reality in Western Literature*. Trans. Willard R. Trask. Princeton UP, 1968, 1991.

Auerbach, Nina. "Jane Austen's Dangerous Charm: Feeling as One Ought about Fanny Price." In *Mansfield Park*, ed. Claudia L. Johnson. Norton, 1988. 445-57.

Austen, Jane. *Jane Austen's Letters to her Sister Cassandra and Others*. Ed. R. W. Chapman. Oxford UP, 1952, 1979.

―――. *Minor Works*. Ed. R. W. Chapman, Vol. 6 of *The Works of Jane Austen*. Oxford UP, 1958, 1969.

Austen-Leigh, J. E. *A Memoir of Jane Austen*. Century Hutchinson, 1987.

Babb, Howard. *Jane Austen's Novels: The Fabric of Dialogue*. Ohio State UP, 1962.

Bakhtin, Mikhail. *Problems of Dostoevsky's Poetics*. Ed. and trans. Caryl Emerson. U of Minnesota P, 1984, 1994.

Banfield, Ann. *Unspeakable Sentences: Narration and Representation in the Language of Fiction*. Routledge and Keagan Paul, 1982.
Bilger, Audrey. *Laughing Feminism*. Wayne State UP, 1998.
Booth, Wayne. "Control of Distance in Jane Austen's *Emma*." In *Jane Austen: Emma: A Casebook*, ed. David Lodge. Macmillan, 1968, 195-216.
Bray, Joe. *The Epistolary Novel: Representations of Consciousness*. Routledge, 2003.
Brower, Reuben A. "Light and Bright and Sparkling: Irony and Fiction in *Pride and Prejudice*." In *Jane Austen: Sense and Sensibility, Pride and Prejudice and Mansfield Park*, ed. B. C. Southam. Macmillan, 1976, 169-87.
Brown, Julia Prewitt. *A Reader's Guide to the Nineteenth-Century English Novel*. Macmillan, 1985.
Brown, Lloyd. W. *Bits of Ivory: Narrative Techniques in Jane Austen's Fiction*. Louisiana State UP, 1973.
Brownstein, Rachel M. "*Northanger Abbey, Sense and Sensibility, Pride and Prejudice*." In *The Cambridge Companion to Jane Austen*, eds. Edward Copeland and Juliet McMaster. Cambridge UP, 1997, 32-57.
Burrows, John F. *Computation into Criticism: A Study of Jane Austen's Novels and an Experiment in Method*. Oxford UP, 1987.
―――. "Style." In *The Cambridge Companion to Jane Austen*, eds. Edward Copeland and Juliet McMaster. Cambridge UP, 1997, 170-88.
Butler, Marilyn. *Jane Austen and the War of Ideas*. Clarendon Press, 1975.
Byatt, A. S. and Ignes Sodre. *Imagining Characters: Six Conversations about Women Writers: Jane Austen, Charlotte Brontë, George

Eliot, Willa Cather, Iris Murdoch, and Toni Morrison. Vintage Books, 1997.

Castle, Terry. "Introduction" to *Northanger Abbey, Lady Susan, The Watsons, and Sanditon*, ed. John Davie. Oxford UP, 1971, 1990, vii-xxxii.

Cecil, David. *A Portrait of Jane Austen*. Penguin, 1978, 1980, 2000.

Chapman, Raymond. *Linguistics and Literature: An Introduction to Literary Stylistics*. Edward Arnold, 1973.

Chapman, R. W. *Jane Austen: Fact and Problems*. Clarendon Press, 1948.

Cohan, Steven, and Linda Shires. *Telling Stories: A Theoretical Analysis of Narrative Fiction*. Routledge, 1988.

Copeland, Edward. "Money." In *The Cambridge Companion to Jane Austen*, eds. Edward Copeland and Juliet McMaster. Cambridge UP, 1997, 131-48.

Copeland, Edward and Juliet McMaster, eds. *The Cambridge Companion to Jane Austen*. Cambridge UP, 1997.

Duckworth, Alistair M. *The Improvement of the Estate: A Study of Jane Austen's Novels*. The Johns Hopkins UP, 1971, 1994.

Duncan, Rebecca Stephens. "A Critical History of *Sense and Sensibility*." In *A Companion to Jane Austen Studies*, eds. Laura Cooner Lambdin and Robert Thomas Lambdin. Greenwood Press, 2000, 17-26.

Farrer, Reginald. "Jane Austen, *ob*. July 18, 1917." In *Emma*, ed. Stephen M. Parrish. Norton, 1972, 1993, 2000, 365-6.

Fergus, Jan. *Jane Austen and the Didactic Novel: 'Northanger Abbey', 'Sense and Sensibility', and 'Pride and Prejudice'*. Macmillan, 1983.

Finch, Casey and Peter Bowen. "'The Tittle-Tattle of Highbury": Gossip and the Free Indirect Speech in *Emma*.' In

Representations 31. U of California P, 1990, 1–18.

Flavin, Louise. *The Aesthetic Effects of Free Indirect Discourse in the Novels of Jane Austen.* Mich. : University Microfilms International, 1985.

Fraiman, Susan. "The Humiliation of Elizabeth Bennet." In *Pride and Prejudice,* ed. Donald Gray. Norton, 1993, 2001, 356–67.

Frye, Northrop. *Anatomy of Criticism: Four Essays.* Princeton UP, 1957.

Gard, Roger. *Jane Austen's Novels: The Art of Clarity.* Yale UP, 1992, 1998.

Garis, Robert. "Learning Experience and Change." In *Critical Essays on Jane Austen,* ed. B. C. Southam. Routledge, 1968, 60–82.

Gay, Penny. *Jane Austen and the Theatre.* Cambridge UP, 2002.

Gaylin, Ann. *Eavesdropping in the Novel from Austen to Proust.* Cambridge UP, 2002.

Genette, Gérard. *Narrative Discourse: An Essay in Method.* Trans. Jane E. Lewin. Cornell UP, 1980.

―――. *Narrative Discourse Revisited.* Trans. Jane E. Lewin. Cornell UP, 1988.

Halevi-Wise, Yael. *Interactive Fictions: Scenes of Storytelling in the Novel.* Praeger, 2003.

Handler, Richard and Daniel Segal. *Jane Austen and the Fiction of Culture: An Essay on the Narration of Social Realities.* Rowman & Littlefield, 1990.

Harding, D. W, ed. "Introduction," to *Persuasion.* Penguin, 1965, 1985, 7–26.

Hardy, Barbara. *A Reading of Jane Austen.* The Athlone Press, 1975, 1997.

Harvey, W. J. "The Plot of *Emma.*" In *Jane Austen: Emma: A Casebook,* ed. David Lodge. Macmillan, 1968, 232–47.

Horwitz, Barbara. "*Lady Susan*: The Wicked Mother in Jane Austen's Work." In *Jane Austen's Beginnings*. Ed. J. David Grey. UMI Research Press, 1989.

Hough, Graham. "Narrative and Dialogue in Jane Austen." In *Critical Quarterly* 12. 1970, 201-4.

Jespersen, Otto. *The Philosophy of Grammar*. Norton, 1965.

Johnson, Claudia. *Jane Austen: Women, Politics, and the Novel*. U of Chicago P, 1988.

Keller, James R., "Austen's *Northanger Abbey*: A Bibliographic Study." In *A Companion to Jane Austen Studies*, eds. Laura Cooner Lambdin and Robert Thomas Lambdin. Greenwood Press, 2000, 131-44.

Kelly, Gary. "Religion and Politics." In *The Cambridge Companion to Jane Austen*, ed. Edward Copeland and Juliet McMaster. Cambridge UP, 1997, 149-69.

Kreuzer, Paul Geoffrey. *The Development of Jane Austen's Techniques of Narration*. Mich. : University Microfilms International, 1981.

Kroeber, Karl. *Styles in Fictional Structure: The Art of Jane Austen, Charlotte Brontë and George Eliot*. Princeton UP, 1971.

Lambdin, Laura Cooner and Robert Thomas Lambdin, eds. *A Companion to Jane Austen Studies*. Greenwood Press, 2000.

Lane, Maggie. *Jane Austen's England*. Robert Hale, 1986, 1989, 1996.

Lascelles, Mary. *Jane Austen and her Art*. The Athlone Press, 1939, 1995.

Leavis, Q. D. "The First Modern Novel in England." In *Jane Austen: Sense and Sensibility, Pride and Prejudice, and Mansfield Park: A Casebook*, ed. B. C. Southam. Macmillan, 1976, 1987, 236-42.

Leech, Geoffrey N., and Michael H. Short. *Style in Fiction: A Linguistic Introduction to English Fictional Prose.* Longman, 1981.
Le Faye, Deirdre. *Jane Austen: A Family Record.* Cambridge, 1989, 2004.
Litz, A. Walton. *Jane Austen: A Study of her Artistic Development.* Chatto and Windus, 1965.
―――, "The Limits of Freedom: *Emma.*" In *Emma*, ed. Stephen M. Parrish. Norton, 1972, 2000, 373–80.
Lodge, David. *After Bakhtin: Essays on Fiction and Criticism.* Curtis Brown, 1990.
―――. *Consciousness and the Novel: Connected Essays.* Harvard UP, 2002.
―――. *Language of Fiction.* Routledge, 1966, 1984.
―――. *The Art of Fiction.* Penguin, 1992.
―――, ed. *Jane Austen: Emma: A Casebook.* Macmillan, 1968.
Lynch, Deidre, ed. *Janeites: Austen's Disciples and Devotees.* Princeton UP, 2000.
Magee, William H. *Convention and the Art of Jane Austen's Heroines.* International Scholars Publications, 1995.
Miller, D. A. *Jane Austen, or the Secret of Style.* Princeton UP, 2003.
Miller, J. Hillis. *Fiction and Repetition: Seven English Novels.* Harvard UP, 1982.
Monaghan, David. *Jane Austen: Structure and Social Vision.* Macmillan, 1980.
Mudrick, Marvin. "Irony Versus Gothicism." In *Jane Austen: Northanger Abbey and Persuasion*, ed. B. C. Southam. Macmillan, 1976, 1986, 73–97.
Mullan, John. "Sentimental Novels." In *The Cambridge Companion to the Eighteenth Century Novel*, ed. John Richetti. Cambridge

UP, 1996, 236-54.

O'Farrell, Mary Ann. *Telling Complexions: The Nineteenth-Century English Novel and the Blush*. Duke UP, 1997.

Page, Norman. *Speech in the English Novel*. Longman, 1973.

———. *The Language of Jane Austen*. Barnes and Noble, 1972.

Pascal, Roy. *The Dual Voice: Free Indirect Speech and its Functioning in the Nineteenth-Century European Novel*. Manchester UP, 1977.

Phelan, James. *Reading People, Reading Plots: Character, Progression, and the Interpretation of Narrative*. U of Chicago P, 1989.

Pool, Daniel. *What Jane Austen Ate and Charles Dickens Knew: From Fox Hunting to Whist; the Facts of Daily Life in 19th-Century England*. Touchstone, 1993.

Poovey, Mary. *The Proper Lady and the Woman Writer: Ideology as Style in the Works of Mary Wollstonecraft, Mary Shelly, and Jane Austen*. U of Chicago P, 1984.

Poplawski, Paul. *A Jane Austen Encyclopedia*. Greenwood, 1998.

Price, Leah. *The Anthology and the Rise of the Novel: from Richardson to George Eliot*. Cambridge UP, 2000.

Richetti, John. *The Cambridge Companion to the Eighteenth Century Novel*. Cambridge UP, 1996.

Rigberg, Lynn R. *Jane Austen's Discourse with New Rhetoric*. Peter Lang, 1999.

Rogers, J. Pat. "The Critical History of *Mansfield Park*." In *A Companion to Jane Austen Studies*, eds. Laura Cooner Lambdin and Robert Thomas Lambdin. Greenwood Press, 2000, 71-86.

Ruoff, Gene. *Jane Austen's "Sense and Sensibility"*. Harvester Wheatsheaf, 1992.

Ryle, Gilbert. "Jane Austen and the Moralists." In *Critical Essays on Jane Austen*, ed. B. C. Southam. Routledge, 1968, 106-22.

Sage, Victor, ed. *The Gothick Novel*. Macmillan, 1990.

Said, Edward W. *Culture and Imperialism*. Alfred A. Knopf, 1993.

Saito Yoshifumi, "The Light of Mediation: A Stylistic Approach to Woolf's Narrative Technique in *To the Lighthouse*." In *Studies in English Literature*, Vol. LXVI, No.2. The English Literary Society of Japan, 1990, 271-288.

Seeber, Barbara K. *General Consent in Jane Austen: A Study in Dialogism*. McGill-Queen's UP, 2000.

Southam, B. C., ed. *Critical Essays on Jane Austen*. Routledge, 1968.

―――, ed. *Jane Austen: The Critical Heritage, Vol. 1 & 2*. Routledge & Kegan Paul, 1968.

―――, ed. *Jane Austen: Northanger Abbey and Persuasion: A Casebook*. Macmillan, 1976.

―――, ed. *Jane Austen: Sense and Sensibility, Pride and Prejudice and Mansfield Park: A Casebook*. Macmillan, 1976.

Stein, Claudia. "*Persuasion*'s Box of Contradictions." In *A Companion to Jane Austen Studies*, eds. Laura Cooner Lambdin and Robert Thomas Lambdin. Greenwood, 2000, 145-58.

Stokes, Myra. *The Language of Jane Austen: A Study of Some Aspects of her Vocabulary*. Macmillan, 1911.

Stout, Janis P. *Strategies of Reticence: Silence and Meaning in the Works of Jane Austen, Willa Cather, Katherine Anne Porter, and Joan Didion*. UP of Virginia, 1990.

Tandon, Bharat. *Jane Austen and the Morality of Conversation*. Anthem Press, 2003.

Tandrup, Birthe. "A Trap of Misreading: Free Indirect Style and the Critique of the Gothic in *Northanger Abbey*." In *The Romantic Heritage: A Collection of Critical Essays*, ed. Karsten Engelberg.

Copenhagen: U of Copenhagen P, 1983, 65-91.
Tanner, Tony. *Jane Austen*. Palgrave, 1986.
Tave, Stuart M. *Some Works of Jane Austen*. Chicago UP, 1973.
Todd, Janet, ed. *Jane Austen: New Perspectives*. Homes and Meier, 1983.
Tomalin, Claire. *Jane Austen: A Life*. Vintage Books, 1997.
Trilling, Lionel. *The Opposing Self: Nine Essays in Criticism*. Viking, 1955.
Tucker, George Holbert. *Jane Austen the Woman: Some Biographical Insights*. St. Martin's Press, 1994.
Tuite, Clara. *Romantic Austen: Sexual Politics and the Literary Canon*. Cambridge UP, 2002.
Waldron, Mary. *Jane Austen and the Fiction of her Time*. Cambridge UP, 1999.
Wales, Katie. *A Dictionary of Stylistics*. Longman, 1990.
Wallace, Tara Ghoshal. *Jane Austen and Narrative Authority*. St. Martin's Press, 1995.
Watt, Ian. *The Rise of the Novel: Studies in Defoe, Richardson and Fielding*. Penguin, 1957, 1963.
Williams, Michael. *Jane Austen: Six Novels and their Method*. Macmillan, 1986.
Wiltshire, John. "*Mansfield Park, Emma, Persuasion*." In *The Cambridge Companion to Jane Austen*, eds. Edward Copeland and Juliet McMaster. Cambridge UP, 1997, 58-83.
Woolf, Virginia. *The Common Reader*. Hogarth Press, 1925, 1932.
Wright, Andrew. *Jane Austen's Novels: A Study in Structure*. Penguin, 1962.

青山吉信、今井宏編。『概説イギリス史［新版］』有斐閣、1982年。
池田拓朗。『英語文体論』研究社、1992年。

大浦康介編。『文学をいかに語るか——方法論とトポス』新曜社、1996年。
川本皓嗣、小林康夫編。『文学の方法』東京大学出版会、1996年。
黒川敬三。「Jane Austenの小説における自由間接話法による発話の提示」『新潟産業大学紀要』11。新潟産業大学経済科学研究所、1994年。275-295。
斎藤兆史。『英語の作法』東京大学出版会、2000年。
佐藤 和代。「漱石とジェイン・オースティン：自由間接話法をめぐって」『人文科学研究』88。新潟大学人文学部、1995年。97-133。
塩谷清人。『ジェイン・オースティン入門』北星堂書店、1997年。
柴田徹士。「話法と視点——再考——」『英国小説研究』17。英潮社、1995年。1-52。
島﨑はつよ。「*Tristram Shandy*における作者と読者の関係」『Ferris Wheel』1。フェリス女学院大学大学院人文科学研究科英米文学英語学研究会、1998。2-16。
末松信子。『ジェイン・オースティンの英語——その歴史・社会言語学的研究』開文社、2004年。
鈴木美津子。『ジェイン・オースティンとその時代』成美堂、1995年。
惣谷美智子。『オースティン「レイディ・スーザン」——書簡体小説の悪女をめぐって』英宝社、1995年。
都留信夫編著。『イギリス近代小説の誕生——十八世紀とジェイン・オースティン』ミネルヴァ書房、1995年。
直野裕子。『ジェイン・オースティンの小説——女主人公を巡って』開文社、1986年。
中川ゆきこ。『自由間接話法』あぽろん社、1983年。
久守和子。『イギリス小説のヒロインたち——「関係」のダイナミックス』ミネルヴァ書房、1998年。
————。「オースティンの「日常」の魅力を探る——映画『いつか晴れた日に』を中心に」フェリス女学院大学編『ペンを取る女性たち』翰林書房、2003年。35-65。

廣野由美子。「失われた時を求めて——*Persuasion*における語りの仕掛け——」『ALBION』48。京大英文学会、2002年。53-69。

――――。「誤解の構造——『エマ』に関する物語論的考察——」『英文学評論』76。京都大学大学院人間・環境学研究科英語部会、2004年。77-112。

ポプラウスキー、ポール。向井秀忠監訳。『ジェイン・オースティン事典』鷹書房弓プレス、2003年。

リーチ、ジェフリー・N。マイケル・H・ショート。『小説の文体——英米小説への言語学的アプローチ』、筧壽雄監修・訳。研究社、2003。

あ と が き

　温暖化のせいか2006年-07年のイギリスは、雨の日がことに多かった。日本の「梅雨」のように雨が降り続く時季に馴染みのないイギリス人は、こぞって「今年の天候はおかしい」と首を傾げる。ところが、筆者が滞在中（2007年10-11月）のChawtonの自然の多様さは、イギリスの憂鬱なイメージを覆す。朝靄の中にどっしりと構えるChawton Great House*1、霜の降りた芝生に放牧されていく羊、柔らかな陽射しに映える木々の紅葉。夕暮れ時には兎が人の目を盗んで跳びまわり、日中、教区の営みを温かく見守るSt. Nicholas教会も、ゴシック小説の城のように幻想的になる。外灯のほとんどないChawtonは漆黒の闇に包まれ、狐の甲高い鳴き声が響く。夜空には瞬く星の間にうっすらと天の川が流れ、美しい。オースティンはイングランド南海岸の都市Southamptonに2年余滞在の後*2、少し内陸側に入ったこのChawton村で1809年7月から亡くなる直前の1817年5月までを過ごし、長編後期3作品を書き上げた。今回オースティンの足跡をたどり、Southamptonの温暖な気候と海風も心地よいが、Chawtonの豊かな緑の大地に織り成す自然の七変化もまた格別であると、当時も同じ景観を慈しんだであろうオースティンを身近に感じ、新たな研究意欲を掻き立てられた。
　本書は、フェリス女学院大学に2004年度受理された学位論文を加筆、修正し、同大学の博士学位論文刊行費助成金を受けて出版するものである。学部のゼミではじめて作品の奥深さに触れて以来、大学院でもオースティンは研究の中心課題となった。読むほどに、内容の上でも語りにおいても、一作ごとに新しいことに挑戦する意欲的な作家だったと分かる。オースティンの前進していく姿勢に後

押しされ、学位取得後、イギリスで再び修士課程に挑み、Chawton House Library で客員研究員を務める機会に恵まれた。思えばオースティンの作品が、いかに私の人生に活力を与えてくれたことか。

　博士論文執筆当初から今日に至るまで、相当な時間と労力を要し、大変多くの方々のお世話になった。何より個を大事にするフェリス女学院大学の英文学科で、最強の教授陣に囲まれたことに感謝したい。川西進先生、江河徹先生、小塩トシ子先生、前学長の佐竹明先生と、授業外でも研究発表、読書会、合評会等で幾度となく先生方に囲まれ、ご指導を受けた。厳しい先生方の前ではいつも緊張のし通しであったが、博士を育てようとのお気持ちから、一丸となって惜しみない情熱を傾けて下さったチームワークのお蔭で、論文完成に至った。厚く御礼を申し上げたい。特に、指導教授である久守和子先生との出会いなくして現在の自分はない。どんな発言にも耳を傾けて下さる先生の懐の深さ、学生の長所を見抜く観察眼、わずかな着想も尊重し、伸ばして下さる柔軟さのお蔭で、オースティンのみならず様々な作家、作品、時代、文化等に興味を抱くことができた。また、表現や内容など細部の誤りまで鋭く指摘し、丁寧にご指導下さる辛抱強さから、学問とは何かを示して下さった。さらに、周囲を明るくさせる先生のお人柄と比類なき行動力。心から尊敬し、慕うことのできる師にご指導を仰いだ私は、本当に幸せだと思う。

　博士論文審査にあたって、審査委員を務めて頂いた榎本義子先生、前田絢子先生、斎藤兆史先生に細かい点までご指摘、ご指導を賜ったことに、御礼を申し上げたい。また、学会活動を通し、能口盾彦先生、向井秀忠先生ほか大勢の先生方にお教え頂いたことに深い謝意を表したい。そして、開文社出版の安居洋一社長には言い尽くせぬ感謝の念を抱く次第である。イギリスでの研究は多忙を極め、出版にあたって大変ご迷惑をお掛けした。それにも拘らず、いつも温かい励ましの言葉を頂き、ようやくここにたどりつくことができた。

あ と が き

　今年は大事な人を幾人も亡くした。学位授与式に参列してくれた伯父、読書会を共にした福島麻子さん、学会デビューが一緒の金子洋一君。特に同志2人の死は余りに早く、悔しい。かれらの分も目の前の研究の道をただひたすら邁進しようとの思いを新たにした。

　最後に、いつも前向きに応援し続けてくれた百寿の祖母、父と母に、身内でここに書くのは恐縮だが、ありがとうございますと伝えたい。

2007年11月　Chawton House Stable にて＊3

島﨑はつよ

〔注；本書カバーの写真について〕

＊1　カバー（表）の写真（著者撮影）中央に写る建物は Chawton Great House で、Jane Austen の3番目の兄 Edward Austen Knight がかつて所有した屋敷である。10年に及ぶ改修工事を経て、2003年、1600年〜1830年の女性作家による作品を所蔵する Chawton House Library & Study Centre として開館した。

＊2　カバー（裏）の写真は、Jane Austen の Southampton 来訪200年を記念して、一家が居を構えた Castle Square の跡地に2006年、Southampton 市によって取り付けられた飾り板である（著者撮影）。背表紙の絵は、この飾り板に描かれた Southampton 旧市街の200年前の姿である。

＊3　カバー（表）の写真左手に写る建物は、Knight 家がエリザベス朝時代に建てた馬小屋で、図書館と同時に改装された。現在は Chawton House Library で催される学会や講演会の講師等の宿泊施設として利用されている。2007年10月から客員研究員制度が始まり、研究員にここが無償で提供され、筆者もその恩恵に与った。

索　引

Auerbach, Erich 4, 28n, 29n
Auerbach, Nina 146n, 147n
Austen, Cassandra 21
Austen, Jane 1-3, 6-9, 11, 12, 15, 18-27, 28n, 29n, 30n, 31n, 32-4, 39, 40, 45, 46, 50, 56, 57, 59, 60n, 61n, 63, 73, 77, 84, 87, 88n, 89n, 90n, 91, 93, 107, 115-7, 121, 143-5, 145n, 146n, 147n, 148, 176, 177, 177n, 181, 182, 205, 206, 207n, 208n, 210, 211, 214-20
"Elinor and Marianne" 33, 38, 59n
Emma 2, 9, 14, 20, 26, 27, 30n, 34, 54, 55, 148-180, 182, 205, 215
"First Impressions" 33
Jane Austen's Letters 31n, 90n, 117n
Lady Susan 8, 24, 25, 32-46, 49, 56-61, 176, 210-2, 217, 220
Mansfield Park 9, 20, 26, 27, 30n, 79, 86, 87, 88n, 121-47, 149, 162, 175, 177, 181, 182, 205, 207n, 214, 215
Northanger Abbey 18, 23-5, 32-4, 46-62, 87n, 93, 143, 148, 178n, 179n, 211-3
Persuasion 8, 9, 20, 27, 29n, 30n, 31n, 77, 79, 91, 162, 180n, 181-210, 215, 220
Pride and Prejudice 14, 21-5, 33, 38, 50, 51, 60n, 77, 84, 91-120, 143, 145n, 162, 175, 184, 207n, 208n, 213
Sanditon 88n
Sense and Sensibility 21, 23, 25, 33, 37, 38, 51, 59n, 63-90, 93, 106, 138, 142-44, 156, 157, 209n, 212
"Susan" 33
Bakhtin, Mikhail 4, 29n
Bally, Charles 10, 11
'le style indirect libre' 10, 11
Banfield, Ann 13, 28n, 30n
Unspeakable Sentences 13, 28n
Booth, Wayne 178n
Brower, Reuben A. 119n
Brown, Julia Prewitt 89n
Brownstein, Rachel M. 59n, 89n, 118n
Burney, Frances 20, 21
Cecilia 21
Camilla 21
Burrows, John F. 6, 29n, 88n, 179n, 180n, 208n
Butler, Marilyn 119n, 177n
Castle, Terry 62n
Chapman, Raymond 167, 180n
Cohan, Steven 118n
Copeland, Edward 62n, 89n, 178n
Duckworth, Alistair M. 62n, 119n, 178n
Duncan, Rebecca Stephens 60n
eavesdropping 182
Edgeworth, Maria 20
Farrer, Reginald 178n
Feuillide, Eliza de 61n
Fielding, Henry 1, 20, 21
Flaubert, Gustave 7, 12, 146n
Flavin, Louise A. 6, 29n, 30n
Fraiman, Susan 119n
Gard, Roger 7, 29n, 89n, 146n, 178n
Garis, Robert 89n

Gay, Penny 209n
Genette, Gérard 4, 8, 13-5, 29n, 30n, 147n
Narrative Discourse 13, 30n
Narrative Discourse Revisited 13, 29n, 30n, 147n
Goethe, J. W. von 12
Harding, D. W. 206n
Hardy, Barbara 145n
Horwitz, Barbara 60n
James, Henry 207n
Jespersen, Otto 11, 30n
The Philosophy of Grammar 11
'represented speech' 11, 13
Johnson, Claudia 146n
Joyce, James 1, 221n
Kavanaugh, Julia 88n
Keller, James R. 32, 59n
Kelly, Gary 20, 31n
Kreuzer, Paul G. 6, 29n
Laclos, Pierre Choderlos de 40, 61n
Les Liaisons Dangereuses 40, 61n
Lane, Maggie 62n
Lascelles, Mary 6, 29n, 100, 119n, 146n, 178n
Jane Austen and her Art 6, 29n
Leavis, Q. D. 121, 145n
Leech, Geoffrey N. 5, 8, 12, 13, 15-20, 30n, 31n, 207n, 208n
Linguistic Guide to English Poetry 5
Style in Fiction 5, 8, 12, 13, 15, 16, 19, 29n
'New Stylistics' 5
Le Faye, Deirdre 59n
Litz, A. Walton 87n, 180n
Lodge, David 21, 28n, 31n, 60n, 157, 178n, 179n, 217, 221n
Lorck, E. 11
'erlebte Rede'('experienced speech') 11, 28n
Miller, D. A. 7, 29n
Mudrick, Marvin 59n

Mullan, John 88n
'New Criticism' 4
O'Farrell, Mary Ann 90n
Page, Norman 11, 12, 30n, 93, 117n, 118n, 120n, 145n, 179n, 209n
Speech in the English Novel 11, 30n
The Language of Jane Austen 118n, 120n, 145n, 179n, 209n
Pascal, Roy 12, 13, 30n
The Dual Voice 12, 30n
Pool, Daniel 89n
Poovey, Mary 87n
Poplawski, Paul 208n
Proust, Marcel 207n
Radcliffe, Ann 46
Richardson, Samuel 1, 6, 21, 35, 36, 60n
Pamela 35, 36
Clarissa 36
Rigberg, Lynn R. 208n
Rogers, J. Pat 145n
Ruoff, Gene 87n
Ryle, Gilbert 89n
Sage, Victor 61n
Said, Edward W. 147n
Seeber, Barbara K. 209n
sensibility 63, 64, 69-71, 77, 85, 89n
Shakespeare 89n
King Lear 89n
Short, Michael 5, 8, 12, 15, 16, 19, 29n, 30n, 31n, 207n, 208n
Stein, Claudia 209n
Sterne, Laurence 23, 88n, 218-20, 221n
A Sentimental Journey 88n
Tristram Shandy 218, 219, 221n
Tandon, Bharat 208n
Tandrup, Birthe 62n
Tanner, Tony 31n, 119n, 120n, 147n, 180n, 209n
Trilling, Lionel 147n
Tuite, Clara 7, 29n

索　引

Wallace, Tara Ghoshal　120n
Walpole, Horace　46
Watt, Ian　6, 29n, 30n, 60n, 61n, 221n
Wiltshire, John　145n, 178n, 180n, 207n
Woolf, Virginia　2, 9, 30n, 207n, 221n
　To the Lighthouse　2, 28n
Wright, Andrew　59n
Zola, Emile　11
アリストテレス　3
「意識の流れ」　2
１人称の語り　1, 10, 24, 35, 176, 177, 211, 216
宇佐美斉　30n
外的焦点化　14
語り　1-9, 14, 15, 20-3, 25, 27, 28, 29n, 30n, 33, 45, 46, 55-9, 59n, 87, 115, 143, 144, 146n, 148-50, 155, 156, 174-6, 182, 194, 206, 209n, 210, 211, 214, 217-20
仮定法　8, 25, 28, 63-9, 71, 74, 76, 77, 79-81, 85-7, 88n, 138, 139, 142, 144, 147n, 152, 153, 210, 212-4
言語学的文体論　4
構造主義言語学　4
ゴシック小説　24, 32, 34, 46-8, 50-3, 55, 57, 58, 62n, 212
コンダクト・ブック　85
斎藤兆史　28n, 29n
島﨑はつよ　221n
自由直接話法　1, 2, 11, 16, 17, 22
焦点化　14, 15, 219
書簡体小説　1, 21, 22, 24, 28n, 32-40, 45, 56, 61n, 210-2, 214, 216, 221n
全知の語り　1, 10, 22, 24, 32-4, 46, 58, 59n, 121, 140, 150, 177, 205, 211, 214-6
惣谷美智子　61n
田口紀子　28n, 221n
内的焦点化　9, 14, 20, 27, 28, 30n, 175, 182, 215
中川ゆき子　12, 30n, 146n
　『自由間接話法』　12

ナラトロジー　8, 13
批評的談話分析　19
廣野由美子　30n
プラトン　3
フランス構造主義　4
文体論　3-8, 13, 15, 18, 19, 28n, 146n, 210, 220
「よみ」　8, 20, 22, 23, 28, 34, 40, 65, 83, 142, 143, 147n, 177, 211, 217, 218, 220
ロシア・フォルマリズム　4
ロマンティシズム　7, 204

著者紹介

島﨑はつよ（しまざき　はつよ）
1971年　東京に生まれる。
2005年　フェリス女学院大学大学院人文科学研究科博士後期課程修了。文学博士。
2007年　Southampton 大学 MA in Eighteenth-Century Studies 修了。
2007年10-11月　Chawton House Library 客員研究員。

専攻はイギリス文学。主に18、19世紀女性作家の小説と語り、コンダクト・ブックス。

主要業績：
【論文】「Jane Austen の＜話法＞を読み解く──自由間接話法、仮定法、助動詞を中心に──」（博士論文）2004年。
「*Mansfield Park* の語りの技法を考察する」『Ferris Wheel』第6号、フェリス女学院大学大学院、2003年。
【共訳】ポール・ポプラウスキー著、向井秀忠編『ジェイン・オースティン事典』鷹書房弓プレス、2003年。

ジェイン・オースティンの語りの技法を読み解く　　（検印廃止）

2008年2月20日　初版発行

著　　者　　島　﨑　は つ よ
発　行　者　　安　居　洋　一
印刷・製本　　モリモト印刷

〒160-0002　東京都新宿区坂町26
発行所　開文社出版株式会社
電話03-3358-6288　FAX 03-3358-6287
www.kaibunsha.co.jp

ISBN 978-4-87571-992-2　C3098